敦煌本文選舊注疏證

羅國威 著

三種

巴蜀書社

圖書在版編目(CIP)數據

敦煌本《文選》舊注疏證(三種)/羅國威著.—成都:巴蜀書社,2019.4
ISBN 978-7-5531-1122-3

Ⅰ.①敦… Ⅱ.①羅… Ⅲ.①《文選》—古典文學研究
Ⅳ.①I206.2

中國版本圖書館 CIP 數據核字(2019)第 038229 號

敦煌本《文選》舊注疏證(三種)
DUNHUANG BEN WENXUAN JIUZHU SHUZHENG SANZHONG
羅國威 著

責任編輯　王群栗　周昱岐
封面題簽　柳惠均
出　　版　巴蜀書社
　　　　　成都市槐樹街2號　郵編 610031
　　　　　總編室電話:(028)86259397
網　　址　www.bsbook.com
發　　行　巴蜀書社
　　　　　發行科電話:(028)86259422　86259423
經　　銷　新華書店
照　　排　成都完美科技有限責任公司
印　　刷　北京虎彩文化傳播有限公司
版　　次　2019年4月第1版
印　　次　2019年4月第1次印刷
成品尺寸　210mm×148mm
印　　張　12.5
字　　數　300千
書　　號　ISBN 978-7-5531-1122-3
定　　價　65.00圓

一

俄藏 Φ 二四二敦煌本《文選注》1

太守孟顗譖之，靈運乃馳入京自理，得免，乃遷
之為臨川內史，秩中二千石。於臨川取晉之跡，從
子弟養之意，欲與晉後事義，從居廣州，於廣州
祀事被煞。[illegible]性篤[illegible]鯨處跡，嘗謂孟顗云：若生
天在運前，若作佛在運後。顗問何謂，運對曰：大人
齋食好善，故生天在前；作佛須智慧，丈人故在運
後。因此孟顗遂致恨之。孟顗是運之丈人。靈運作
詩，意述其祖德。其祖玄有功於晉，曾祖安亦有
功於晉世。父名[illegible]
與今作四一人。
達人遺自我 謂父是達人，墨翟[illegible]不育[illegible]
意天下，故晉自我作晉脉遺棄
高情屬天雲 言情上屬於天內雲
兼抱濟物性 言并有濟拔物之性
而不纓垢紛 言不為垢氛所纓
段生蕃魏國 史記段生段干木也，魏人，有德，生蕃魏
展季救魯邑 展季謂柳下惠

俄藏Φ二四二敦煌本《文選注》2

二

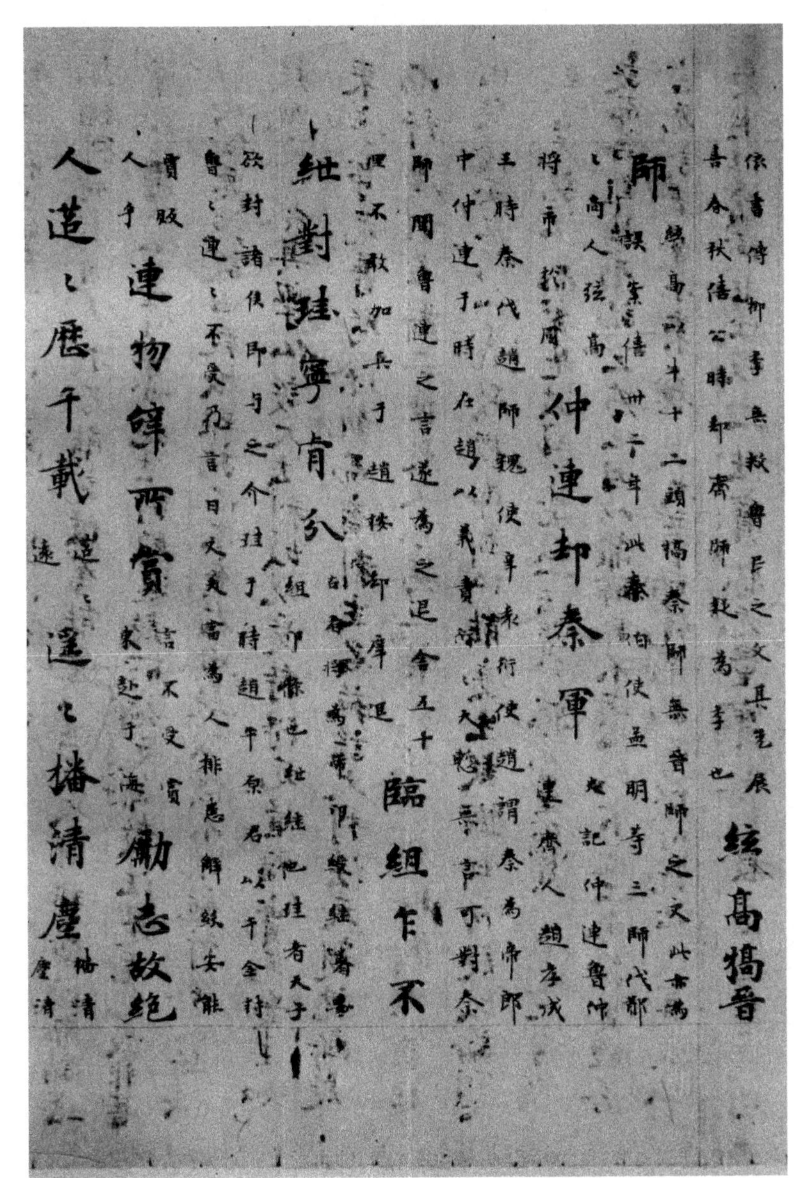

俄藏Φ二四二敦煌本《文選注》3

俄藏 Φ 二四二敦煌本《文選注》4

万拜咸震慴横流賴君子
拯溺由道情龕暴資
神理秦趙欣來蘇
燕魏遲文軌賢
相謝世運遠圖因事止高
揖七州外拂衣五湖裏隨
山跡隨濬傍巖藝枌梓
遺情捨塵物貞觀丘壑美

俄藏Φ二四二敦煌本《文選注》5

俄藏Φ二四二敦煌本《文選注》6

彤弓斯征彤赤也霸主天子賜弓矢以專征伐撫寧遐荒撫安

摠齊群邦以翼大商大商殷也迭彼大彭應劭日國語大彭豕韋為商伯大彭亦殷之霸國與豕韋迭霸亦彭城縣是其封也事見春秋

勳績惟光至乎有周言與殷家不異迭伏我為霸主歷

世會同秦國不絶王赧聽譖赧王名誕劉兆日旁言日譖寔

絶我邦應劭日王赧周末主聽讒受譖潤絶韋氏我也我邦既

絶厥政斯逸應劭日言絶豕韋之後政教逸漏不迪王者也臣瓚案逸放也管子日令而不行謂之放也言王不用我故政教逸也賞罰之行非

繇王室庶尹群后庶尹以正靡扶靡衛五

俄藏Φ二四二敦煌本《文選注》7

服崩離 崩、散也。崩、墮也。應劭曰：五服，甸服、侯服、要服、荒服。 宗周以墜

春ゝ 我祖斯微遷于彭城在予小子勤

唉厥生 言生時唉ゝ嘆。注白謂言艱難。 阸此嫚秦 言既此秦家之嫚ゝ。

与愽 問 耒耜斯耕悠ゝ嫚秦上天不寧

以其政亂 天更選賢主 乃眷南顧授漢于京 四曹 [illegible] 於

赫有漢四方是征 於，歎也；赫，大也。征，行也。 靡適不

懷 適，往也。言四方適去，咸皆安寧也。 万國攸平 攸，所也。 乃命厥弟

厥弟謂元王 建侯于楚 元王封于楚國也 俾我小臣

俾，使也。韋孟自謂。 惟傅是輔 傅，師傅也。輔，[illegible]也。 兢ゝ元

俄藏Φ二四二敦煌本《文選注》8

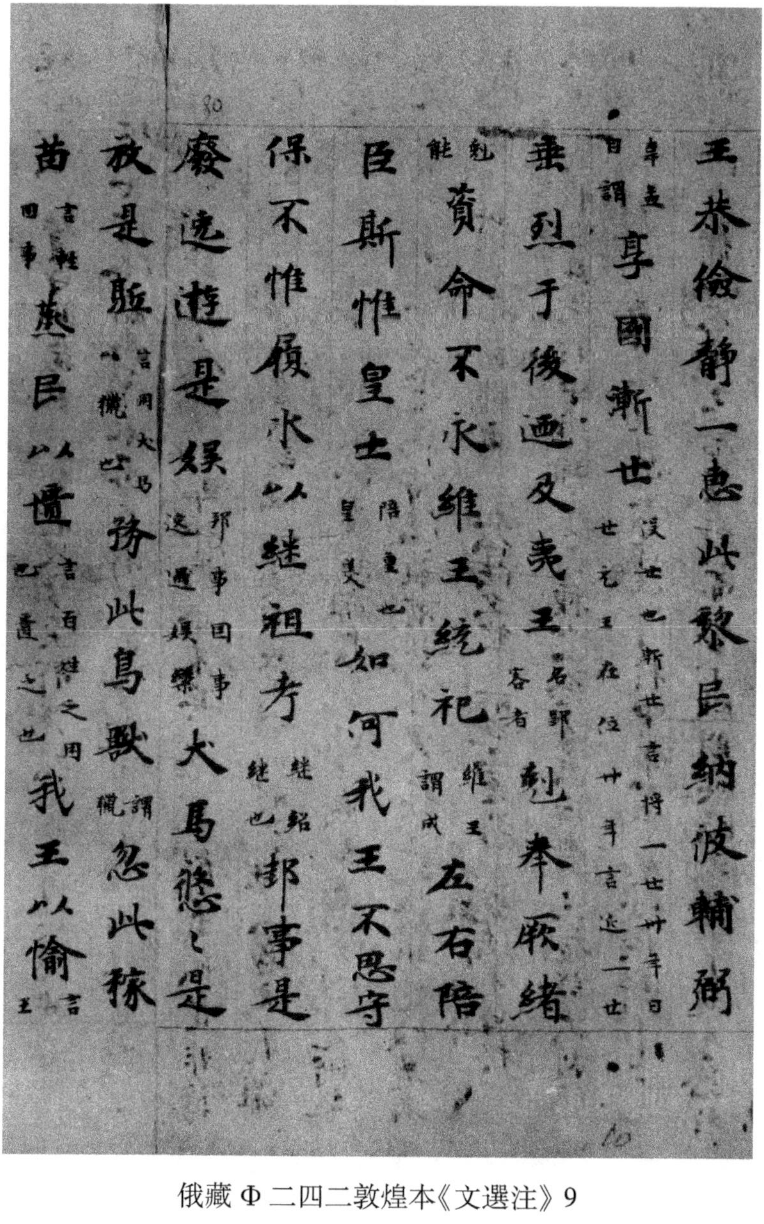
王恭儉靜一惠此黎邑納彼輔弼
享國漸世（卑孟自謂。漸世，沒世也。漸世，言得一世。卅年曰世。世，言王在位卅年，言近一世。）
垂烈于後迺及夷王（夷王，郢客者。）剋奉厥緒
（剋，能。）資命不永維王統祀（維王，謂戊。）左右陪
臣斯惟皇士（陪臣也。皇，美。）如何我王不思守
保不惟履冰以繼祖考（繼，紹也。）邦事是
廢逸遊是娛（邦事，國事。逸遊，娛樂。）犬馬悠悠是
放是驅（言用犬馬以獵也。）務此鳥獸（謂獵。）忽此稼
苗（言輕國事。）烝民以匱（言百姓之用匱之也。）我王以媮（言王）

俄藏Φ二四二敦煌本《文選注》9

即如此爲桀所弘匪德言王所弘者皆非其德所親匪俊俊謂俊乂之士唯囿是恢囿苑囿也恢大也惟諛是信言王信用諂諛之人諫譊諛也睮睮諂夫如淳莊子曰諫不擇是非而言曰睮睮自媚貌諤諤黄髮張揖字詁云諤諤語聲正直之臣黄髮言老者

如何我王曾不是察言何不察此既藐下臣寡欲從逸廣疋藐小也逸愈速也應劭曰情欲從速遊也臣藐遠也言寡遠之輔退獨素很陵很也嫚彼顯祖輕此削黜慢怠也顯祖曾祖也黜嗟嗟我王漢之都七縣減也王謂代也睦親高祖之弟封于楚曾不夙夜以休令聞穆

俄藏Φ二四二敦煌本《文選注》10

、天子臨照下土明、群司執憲靡

顧征遐由近殆其怙茲言恃於此親族敖黎也怙恃。

嗟、我王曷不斯思匪思監嗣其

罔則罔無則法彌、其逸、岌、其國應劭曰彌、由稍、

也罪過益甚也岌、欲毀壞意也鄧曰岌相調逸逸岌致冰匪霜致、

墜匪嫚由於嫚言墜失宗廟者不由息嫚也瞻惟我王

昔靡不練興國救顛言不可不練知前昔王之用賢臣以興

國救顛危有言有顛危者即須救濟也孰違悔過追思黃

髮秦繆以霸孰誰也言誰違悔過之事言有過即須改悔也黃髮謂耆

俄藏Φ二四二敦煌本《文選注》11

詩此泰謂公過之歲月其徂徂往也逝思
言後年將西戎注富演反時
年其逮耇逮轉也耇老也於昔君子庶顯于
後我王如何曾不斯覽黃髮不近
胡不時監
勵志詩一首四言
張茂先勵勸勤學
大儀斡運天迴地遊大儀天地也斡轉也
也言天左迴地右
遊轉也皆出自盧通地亦遊從扶考靈曜稱地
有四遊冬至地上行北而西三万里夏至地下行
南而東又三万里春秋二分是其中矣地恒動
而人不知譬如閉舟而行不覺舟之運也

俄藏Φ二四二敦煌本《文選注》12

四氣鮮次寒暑環周 如循環而周轉 星火既
夕 星火謂大星也二月昏見東方 忽焉素秋 旬秋万物皆白故素秋也
涼風振落 言寒也詩云北風其涼 熠燿宵流 熠燿
螢火也流飛也其狀呂忱字林曰一、具詞也 此即謂其詞一具詞二數、之之炳也
吉士思秋 吉士善士謂注云秋士悲春女思 寔感物化
寔是也感時物 秋而彫落變化 日與月與 而与 荏苒代
謝 在苒猶忽聞謝往 也言四時代往也 逝者如斯曾無日
夜蹉介庶士胡寧自舍 小之眾士何得 寧曰舍不學
仁道不遐 遐遠也仁道不遠但學即得 德輶如羽求
焉斯至 輶輕也能求學即得 言求即至來而得仁 眾鮮克舉

俄藏Φ二四二敦煌本《文選注》13

大歆玄漢歆道也玄謂幽玄也將抽厥緒先臣有
作先臣謂周公孔子之典籍之作貽我高矩貽遺也矩法也即謂典籍之法
雖有淵姿有善之姿質放心縱逸出般于
遊居多暇日居家不學即有於暇日如彼梓材
周礼有梓人職言學武功如梓人治梓為器弗勤丹漆雖勞朴
斲終負素質既不以丹漆塗飾假使朴斲有奇終不免負素之質具木雖美
不如雕飾猶人不學亦如此養由矯矢獸號于林按淮南子
稱楚王遊林中有白猿緣木而書王使左右
射之猿騰躍避矢不能中也於是養由基撫矢一
而眄猿猿乃抱木而長號何
者誠在於心而精通於猿蒱盧縈繳神

俄藏Φ二四二敦煌本《文選注》14

感飛禽 按江遂釋蒲盧一名蒲且，楚人也。善弋射者。弋射書四篇。汲冢記云：有雙鳥飛而過於道，蒲且弋一鳥而中之，餘一鳥雖離弋亦隨而自下。鳥幽通賦曰：精通靈而感物，神動氣而入微。此之謂也。或爲淳于越。此言有言由生心，言學亦如此。末伎之妙，動物應心。言射伎末由能如此，況學聞焉。研精耽道，安有幽滌。謂滌心也。安心恬蕩，棲志浮雲。言安定其心恬靜，却其滯蕩遠也。浮雲取高遠意。體之以質，人以良也。彪之以文。人以文章，以文德彪畫其身。如彼束畝，力耒既勤。言如秋東畝之田，須耕墾種植殖壟。藨蓘致功，藨除草也。蓘壅苗本。必有豐殷。

俄藏 Φ 二四二敦煌本《文選注》15

殷 言人亦如此也言如此方可殷 豈言學問亦須勤勞方始得成。

水積成淵載瀾載清 大波曰瀾言多則清載則 土積

成山歊蒸鬱冥 歊氣上江泉徐卿子 曰積水成淵吞舟之魚生

爲積土爲山豫章之木生焉又按尸子勸學稱 土積成丘則楩柟豫章生焉水積成川則吞舟

之魚生焉夫學之積也亦 有生也亦生江漢天之釋 山不讓塵淵不辭

盈黽尔含弘以隆德聲 言埠皆受也亦辭 如山海不辭高

涤學如高以下基 因下而得其高 洪由纖起 纖細也老

此成大 子云高以下爲基洪大也言成人之體乃猶 川廣

始學之時皆由初万物皆然非猶學

自源成人在始 國語曰韓獻子見趙武初冠 曰成人在始之我教之我

俄藏Φ二四二敦煌本《文選注》16

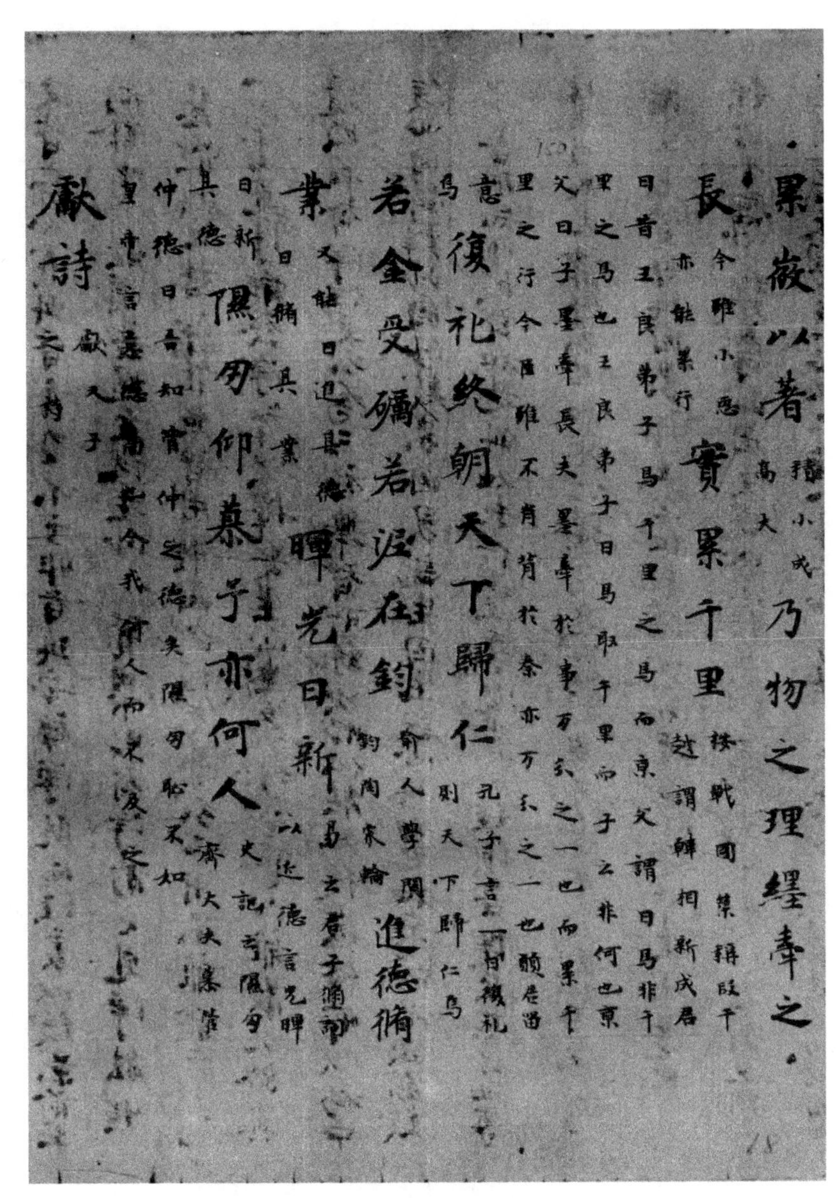

俄藏 Φ 二四二敦煌本《文選注》17

上責躬應詔詩表 曹子建

曹子建名植武帝時依銅雀臺詩門司馬門禁

于時御史大夫中謁者灌均奏之遂不在後文帝

帝即位念其舊事乃貶(?)臨淄侯又為鄄城侯(?)

乃老臣廿許人從太后過迎之入朝至關乃將單

馬輕向清河公主家請見帝使人逆之不得恐其

自危後至帝置之西館未許之朝故遣獻此詩太

后謂皇后清河公主遣之

臣植言臣自抱舋歸藩 舋罪也[illegible] 左氏傳注云舋

瑕也歸藩謂 剌肌剌骨追思罪戾 肌 戾

壽臨清侯也

也庚 晝分而食夜分而寢 晝分向白午也夜分夜半

志也

誠以天罔不可重離聖恩難可再恃

俄藏Φ二四二敦煌本《文選注》18

竊感相鼠之篇無礼遄死

之義 形影相弔

五情愧赧 以罪弃

生則違古賢夕改之勸

忍垢苟全則犯詩人胡顔之譏 伏

惟陛下

德像天地 恩隆父母

施暢春風澤如時雨是以不別

俄藏Φ二四二敦煌本《文選注》19

荆棘者自喻於賤木慶雲之惠也五色雲能降甘澤似
煙非煙蔚乀紛乀是日慶雲七子均養者尸鳩之仁
也尸鳩鶻鵃兒也言均調而養從小至大詩云尸鳩在桑其子七兮毛傳曰尸鳩之慈朝從
下上暮從上下舍罪責功者明君之舉也責取
也捨罪戾責狀其功勳也矜愚愛能者慈父之恩也
言慈父憐愚者見其愚鈍憐有賢者亦愛之以[illegible]是以愚臣任
佪於恩澤而不敢自弃者也自弃謂死前
奉詔書臣等絶朝言斗朝會天絶心離志絶

俄藏Φ二四二敦煌本《文選注》20

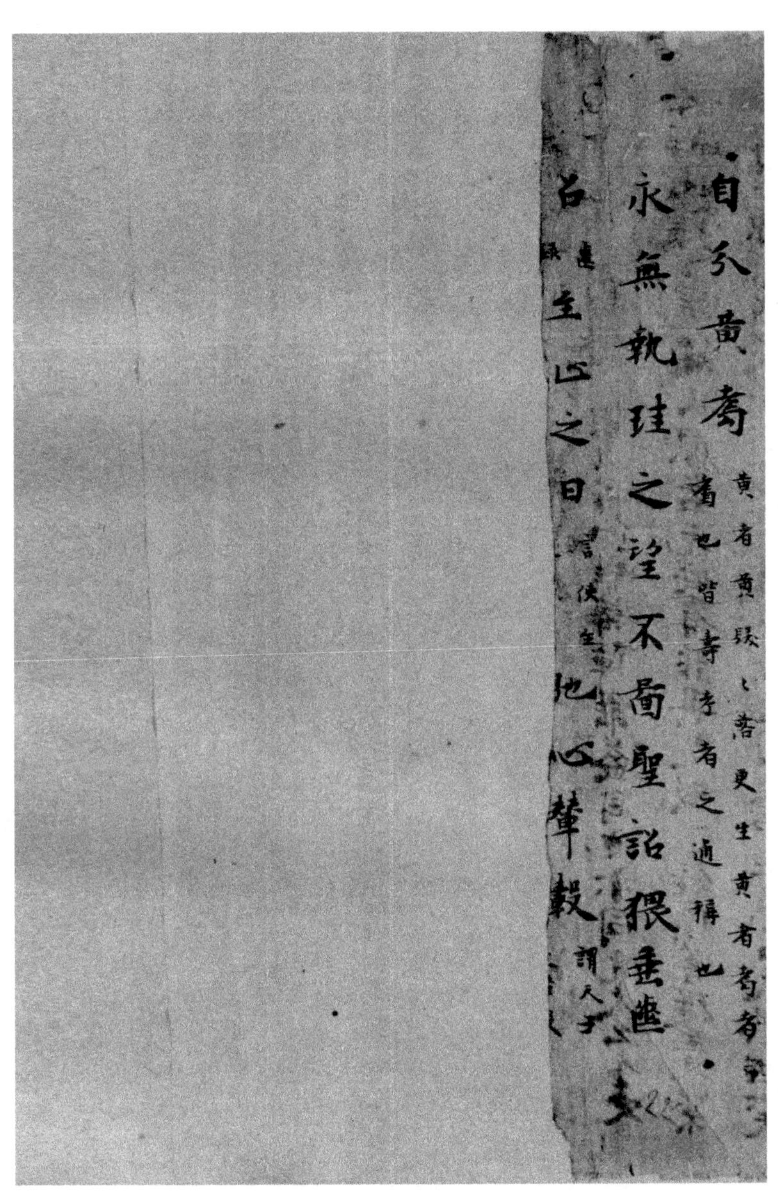

俄藏Φ二四二敦煌本《文選注》21

太守為從事適遼東海北頭至不顧至不顧去其處

迴不得志路為書人遺嵇蕃論其苦難之事此皆互

隱晉書干寶晉紀云呂安晋為兄遜姧其妻安欲

遣其妻与嵇康言可遣也巽恨之乃告司馬文王之安

与康謀及文王不然之徙安沙在路作此書寄康也

後司馬文王見之云命太山命東覆語之乃追還而殺

康俱殺東市　嵇紹自序云人言作書与光居非也

命王隱是李史平老子周敬王末西入胡賦事未詳

梁鴻字伯鸞扶風人也少有高節彼北邙為噫宮歎

天津藝術博物館藏敦煌本《文選注》1

肖寃兮憺遠適莿蠻兮憺憺傾覧帝京兮憺憺斬扶

與兮憺遂去鄉里適越至會稽憑寄於高伯

通家也　薄迫也回迴飄遇風塵侵迫也

至蒼桂枝蘭芷等自喻比胡寞之地非我賢士所處

根萌言木樹根牙於土地言不可　夜光至自謂

橘柚自謂玄朋比言橘本南方物比生長之也

言我學問不极之胡霧之地　蒂檥藕水中物

不宜在陵也　裸壞不貴衣　山海之高入稿國

傾然解裳　韶舜樂孔曰韶盡美矣雖取謂地人

別我　易之孔子曰無交与求則莫命與則傷

天津藝術博物館藏敦煌本《文選注》2

之者至矣薛公不與人爲交友與有所求於人則
不有物是爲傷之也　此言北虜不求我與往女
爲所惡也前言謂迴飄造沙漠等縣業洒謂至
遼東有福者義步驟行從之士也言昔雖不可
遺也　我領景憤氣思欲龍虎之爲志爲大將
軍使我可盡我力思如王翦子攻宋之之操如此則
可盡奪取人極食言在朝食禄公卿須如虎今
不然象意如也　蠟蒿踰山俱謂在朝言我意恐
欲除去之我要除佐助國家辛滌恢廓也　我與詩
垂翼謂今之遼東也　鋒鉅鍔不加於我自然擢奮

天津藝術博物館藏敦煌本《文選注》3

六翮知命孔子卌与知天命〻謂七政　又易曰樂天
知命与不憂悟子謂蕃　芳荛謂華　偩及在家
潛龍遊鳳謂落官職得天官也　白駒詩云見賢
者棄白駒与去詩人謂之江賢無借金玉之音与遐
遠之心不与嗣音璞沈厚意　陳伯之本齊家將
梁武帝蕭衍從襄州領人共入齊東昏侯寶春伯
之領兵拒梁武之知努弱兵羸遂降梁武〻衰〻以爲
江州刺史後有夫意於梁武遂煞其家婢妾世許
人与入元魏〻〻以爲將軍　後天監二年魏以爲之將
梁之土地江山易攻討處遂令將兵來代梁軍至臨

天津藝術博物館藏敦煌本《文選注》4

江梁武患之不知何計遂令中書丘遲臨江遺之

書患病也　陳勝少時耕於瀧上謂田耕人曰鷰雀

安知鴻鵠之志哉明主梁武帝棄齊寶眷也

開國承祇謂江州刺史乃使易云開國承家擁旄

節也　奔亡謂光為突厥故云鳴鏑穹廬也聖朝

梁謂也　朱鮪為光武族兄劉聖公大司馬光武

兄伯升為聖公死聖光遣鮪守洛陽光武岑彭説降

之乃不煞馬復其官沫血者骨血也謂兄沫其骨血

友云兄弟詩云孝乎唯孝友乎兄弟　張繡降曹

公公納其母繡懊惱遂反掩煞太祖長子昂及一姪後

天津藝術博物館藏敦煌本《文選注》5

曹公討劉表破張繡來降太祖不罪之封〻以為侯事者
〻以刃煞人也　愛子即昂也　不復与復語云人道不遠
行之則是復門也　主上梁武老子網漏吞舟之魚
言不煞汝之兄弟妻子父母仍存松柏兄親安不動
〻所愛之妻妾及所有臺俱在不毀言可來還也
此纓黃〻金即二馬為船將軍所乘馬車也　刑馬高
祖刑白馬誓醜虜也　謂投之魏暮擾容三擾齊之
地自号為燕高祖義熙三年伐得之送建康市与煞
之姚長之子本是鮮卑擾而京宗高祖往伐之因遂
与傅衛壁与降霜露所均謂洛陽此乃天下之中

天津藝術博物館藏敦煌本《文選注》6

霜露所局處自古聖人周公處豈盡是得安議上
居姬家漢光武並居之　雜種謂胡元家也
為薛才元家元帝後兄弟爭國相煞也　携六龍
也　首家首領精已有志蠻邪臺衛主蠻夷
含言我梁家會當誅書　鷰巢飛幕左傳云
吳季札過衛至戚聞父子鼓鍾札歎曰夫子所居
何異鷰巢飛幕之上也言今與我兩軍相守臨江
見江南早春及見故國旗鼓無感昔日時也睥女墻
言尔今執兮登与登城可不悲漁遊沸斷出淮甸
子　廉頗被讒入楚猶思欲為趙將報　魏將吳起

天津藝術博物館藏敦煌本《文選注》7

被讒奔楚出西河猶傾魏國与任左右日戀西河

去之如脫屣從何故泣也起曰不戀也不忍見秦之取

西河昔秦以我故不敢入西河今我去西移爲秦地是

以泣也 勵兔也 皇帝梁武墳也夜郎西南夷胡

鮮東北也昌海昌蒲在西北山谿中 蹏破其頭

用北狄野心謂元魏也臨川王梁武帝弟爲中軍將軍

常領兵託元家洛陽秦中師 陳伯之得達與書

南從再三悲滿遂歸梁 封与還其家也 劉治

爲秣陵令孝標從兄孝標作辭命論純交秣陵

作書非之不由命与人不能行即尔書跡伏遣非

天津藝術博物館藏敦煌本《文選注》8

一此家後書尚稱陵与標書兄死遂未及報聞祿
陵家得祿陵非標云將來視標作書云若作神鬼
不知當讀我此書於陵祿墓上標平原人永嘉年
還後被從桑乾奴後宗人將錢贖得之勤學与入難
常被學内嘲之後火悟學閒成遂逃江南劉集諮難
孝標命絶文寸事天倫標兄死不得報之書設
還沼之書此君長逝劉沼死緒亡餘沫也煞青煞
為書故云青蘭古者礼記日用友之墓有宿草焉
則不哭宿草謂陳根謂去年之草令歲覩之則不
哭則不覺泣無滯之無從 隙駟猶如駟四馬疾

天津藝術博物館藏敦煌本《文選注》9

過穴孔也隙穴也　又波水上波唯有秋蘭春蘭年
〻常新也言謡雖我故存昔梗槩与今酬荅未死
前意立也　墨翟著書明有鬼神篇云昔燕蘭
公煞杜〻子〻義〻既無罪被煞常怨之蘭公將祭
莊子義遂以銅殳朴煞蘭公又有王李有争煞羊
祭侯身神明死羊起来觸李云〻
周宣王煞杜伯〻無罪王遊後園伯遂執朱弓矢射
煞宣王此之無恩也　宣室未央殿前有宣室漢文帝
祭訖受釐福於室取胙宍因召日長沙太傅賈誼
鬼神實有福与人不誼言有此摽言尔若如賈墨

天津藝術博物館藏敦煌本《文選注》10

等談賛有思時可知也我答尔書　黄皇覽冢墓
記云漢東平思王在事不得向西京葬之遂於東
平昔每怨及葬訖其墓上松柏等樹悉西靡而
望長安　宣城記云臨城縣南卌里有蓋山舒姑泉
者舒女氏与其父同入山採新女因坐不起父守不
得因歸家化為泉水一池其父共母同入不見其女
唯見一泉母曰我女主時好歌遂於泉水邊撫琴
水涌出遂有雙鯉出躍出聞弦歌應節而躍也
標言尔若蓋山女及東平等神不並可看我答
書　縣鈎即吳季子移書讓太常等神不並可

天津藝術博物館藏敦煌本《文選注》11

看我苦書　懸紉即吳季子移書讓太常移易
也人以我此情移易彼情曰移此情向彼亡同此平懷
郎州縣移同此縣向彼曰移縣指州曰牒上解上寸
劉歆向子也楚元王十一孫歆哀帝時為侍中故之
親近天子也欲建左氏者哀帝欲立之當此之時用
公羊高穀梁赤春秋而不行左明傳也故合欲立之
公羊穀梁受傳春秋於子夏丘明季春秋於孔子詩
有四種當時齊有袁固生詩有軸嬰為詩謂之韓
詩有申公詩趙有毛亭詩當此之時立上三詩而不
立毛亭也伏生所誦詩是今文而無古文至此欲立

天津藝術博物館藏敦煌本《文選注》12

之及逸礼等而諸博士不適此等書故不肯立之故
哀帝欲立之令博士語欲立諸儒置不肯置
謂言立之故歆与書責之何以不立乇寸行於世乱
也三代夏殷周堯帝虞明王三代王也　相龍言道
不絶著顯明周室微謂幽厲之來言道之不可參
湯得也　孔安丘至衛〻靈公不問俎豆而問軍
旅放孔子至陳之食七日後湯於曾然後正礼〻楽〻
云〻書〻曺秦令無雅正也頌有切者也家序尚書
發首言而行序者是仲尼也脩易為彖象繫
舜也春秋在曾之公十返曾而脩春秋至襄十四年

天津藝術博物館藏敦煌本《文選注》13

四月癸亥夫子卒微妙之言遂絕謂先生之道
德尚吏也　終死大義謂春秋雅頌等義業吏
記有七八人所可師法但有四科十哲當周時有
八千八百七十國周末猶有百國至秦而三六有
七國不務道德唯習干戈戰事故云戰國
重更也三千五百為軍五百為振　孫武為兵法
吴起衛人武教吴兵法六宮人武教吴兵法
六宮人為二隊有不用命者斬之吴王大驚後
法大行淩獸夷平也暴秦始皇懷挾詩書皆
皆斬之始皇廿二年李斯教始皇天下今有人

天津藝術博物館藏敦煌本《文選注》14

挾藏書見爲城旦舂至惠帝時乃癈之是古言
古礼樂詩書是者令与罪聑帝明王謂唐虞之
代艸絲通曾人爲高祖制礼儀始有君臣之別
高祖乃歎曰吾今乃王者之重乎　封通爲稷嗣
易卜秦始皇時但燒經史而不燓卜筮陰陽之書降
侯周勃灌嬰人　介甲也胄光手掌故六百石官
也根柳即伏生藏之於壁譬渠得之者未解其
義但傳教技讀萌牙言始初有也衆書頗少見也
但傳說者未知不立爲學官爲博士　賈生誼也
或誦滲雅或讀得訟者不盡得相合始成一始武

天津藝術博物館藏敦煌本《文選注》15

帝末年何內有女子懷屋得太誓獻之於帝也

天漢武帝年号　孔安國書千六篇孔安書序云

五篇今言十六蓋是以卷為篇卷曾恭王景帝程

姬之子名余恭謚也　巫蠱謂武帝在甘泉宮江充

詐遣理桐木人五投聽太子宮而上武帝言太子

宮有巫蠱氣遂掘之得桐木太子怨之遂將兵

圍以充武帝謂太子逆遣將劉屈氂來討之不

勝而去也　右寫廿通藏之於秘閣伏隱藏凍歲前

伏藏秘閣之書三事謂尚書三通左氏春秋孝授

舊來舊官相傳者　信兄所得正傳　礼而不信

天津藝術博物館藏敦煌本《文選注》16

之輕末光師而非注古　保殘謂諸不欲立左無

遁礼等一事歆此議之謂見破畏其傳習之義而

無從善服行今所得正書之公義心或懷嫉妬驗也

言我舊來所得之何處來也　今聖上謂哀帝也

依違讓不即立左氏等猶遺我與諸學士議立之

近臣歆自傲務左氏等比相親比　廢遺失路之書

既得之喜今不然謂不肯立之也不肯校試左氏之

義　不誦不肯習誦餘道謂衆盡也人之性可事

試即周其利道共為之則不肯也先帝謂武帝有

礼者求之於鄙野之人古文猶勝於野命勝也何

天津藝術博物館藏敦煌本《文選注》17

人以不用歐陽和伯千乘人也兒寬弟子放饑滿人
字長卿 孟喜曾因蘭陵人六國時 公羊滿人
大夏勝也 梁丘賀小夏侯建勝兄子志記也識
北山薄山也當時丹陽為都薄山在丹陽故言北山
齊時都丹陽也為汝南周顒字彥倫高才博士文才
擅於穀州而袖不隱居山此薄山即鍾山也及後被齊
武帝之以為東海淅江之右塩縣為令周顒即佐之
而出此山故會稽孔德璋字稚珪為此移識之言初
道乃至得名即應之故假為鍾山及鍾山北阜草堂
此舊周顒隱處故言去故今假山之神及草堂之

天津藝術博物館藏敦煌本《文選注》18

神爲移致之於山庭之道周顒昔日何由來隱此及
被名鼎應聞道今更欲來此邊汝山庭及木樹莫容
之使煙及露爲馳使驛馬時移送也　英英神夫耿
介者言道有人如此者　芥視之如草芥若田單不應
貴掌魯連不受燕封千金相漢武帝云若使我得
神仙棄天下如脫屣亭亭物表永仙人鳳吹周靈子
晉吹簫在洛州之浦浮丘言得仙　袁淑真隱
傳云有蘇門先生遊於瀨之水值一採薪人蘇門
先生曰尔日終有此事乎甚可哀哉薪人笑曰吾
口聞聖人無心以道德爲心子何依乎吾以此採薪爲

天津藝術博物館藏敦煌本《文選注》19

取道舍猶吾不何知也遂長哥而去不領藾門谷
始老子者議終周本来為如此意今被他呂即去
終始參差楊朱見一道後分為多遂法本同未果蒼
黃、等者墨子見素絲之在蒼則青在黃則赤逕曲
心深喻素絲先後續謂被名入塵俗入塵俗尚長字
子平娶男女娶妻論入山隱去漢人仲文長統後漢
人常隱居不仕歎曰吾欲濯園之執来於閒逍遥
場園自樂何能屈節於公卿之門哉統山陽人
周子即周顒也遁東會如人顏闔隱者魯侯使執節
往見之闔不領又有周曾人二狀向郭子綦純向郭

天津藝術博物館藏敦煌本《文選注》20

坐隱机出庄子道周顆初來隱濫者隱中北岳即鍾
誆誘我松桂道來隱欺誆我雲壑假為隱遁之容
心永好爵即吉言周初來時不巢許在立幽立人王
孫出淮南小山　昔仙人涓子服木得仙三百年後釣
于河得一鯉魚魚中得書騶單馬渭之郭馬令之
侍馬衛使所棄名人者是言入谷來名之人者是言
入谷來名之鵠書字曰招士為鶴首書言作鵠頭之
書以爽士即與之反詖之書却之漢書藝之志載為鶴
書鳥人等越至山隴而名之刑馳神動容等道甚文
即意欲得作官也枕欲為麈谿東也風雲石泉俱瞋

天津藝術博物館藏敦煌本《文選注》21

怒之金章墨綬謂為壚有縣令近海之自壚官近海
漸江之右　魏志有敘字德容為新豐令三輔稱
能益部耆舊記云趙讓字元珪為候氏令政積有
異㢋負子庚何阜茂子仲康為令會蒸為中牟令
琴哥㨮楊雄作酒誰見結課求孝課析　斷獄欲
求三輔九州之聲譽詮与他拔簪會連之徒不用官
校簪入海解吉蘭珮嬰縛塵偽之事南北岳自相朝
唉言因容此人車来即盡謁請謁東白　西周豪令
閑後從此閑過欲抱上𢹂擢向京欲於此過尒之山
林等莫容其將面目過也　　或假步在我此豪遇
局扃禁閉莫容。過山中逍逃之容更須遂之謝遣

天津藝術博物館藏敦煌本《文選注》22

檄也明也將欲出師此之於雪〻動則電出故師先之以檄
比電光出玄晈然〻以道理喻之六国時遊楚於至
楚相褱相夫璧而意秦盜之故儀秦昭王時為秦相
為一尺二寸檄楚相玄其檄可明檄自張儀如當漢
武帝建元五年知通夜郎慎池遣中郎唐蒙責
帛遣詔檄巴蜀千人兵糧送從蒙在欶發万人
後誅巴蜀之渠師蜀人大驚故帝遣司馬相〻如
注檄以人曉喻之　交臂拱手　享會也于時有閩越王
傾兵侵南越王胡壃界南奏來遣太子嬰齊入

永青文庫藏敦煌本《文選注》1

侍欲誅去閹々越々第聞漢助之怖然其兄与自
来降　即至也　不然者畏有非常云故衛之烽更
薪於桔槔有急即舉燧積柴謹見急焚之竹鶩
荷兵干戈東子在天下方々天子在諸然一東又一解
云漢封屬王皆在関東　重煩　重難也　亟急也
漢宜百姓日縣管蠻夷日道　袁紹字本初　遣琳作
檄々豫州刺史劉備當与我同心与代曹操　故言檄豫
漢封劉備為豫州將軍郡有守國有相並謂劉備
處官等　畐髡兔制謂文王囚於羑里使散閑等

永青文庫藏敦煌本《文選注》2

求寶物以賂紂免時立難　慮權謂伊尹廢太甲

等權反經以合道經常也皆權時為事曩向也

趙高胡亥郎中後合為　承相初始皇死於沙丘書与

太子扶蘇趙高得書改云始皇賜太子死扶蘇得遂

自殺高立胡亥為天子而常語亥言陛下深䏻而亡

臣与陛下為驅使臣於是常閉二世而高肩為威權

指鹿為馬以蒲為脯不由二世欲識政胡亥夜夢白虎

齧其左其驂以問卜卜師師曰經水為祟胡亥遂居於

望夷之宮齋以祈涇水高於是令女婿閻樂煞之於望

永青文庫藏敦煌本《文選注》3

秉此言比曺孫執權假衛天子如趙高祿産等祖宗秦

之照公孝公等　高帝崩後呂后殺趙隱王如意遂立

姪兒産及弟祿産為趙王祿為梁王二軍漢將長安置

南軍故云二軍周亞夫為北軍劉朱来為南軍絳侯周勃

朱虛劉侯章高祖兒孝悼王子取呂氏女妻知呂謀絶

劉故取因勃興能因酒令殺呂氏迎代王立為文帝並是

章殺之功　太宗文皇帝也

大臣立權因劉等左悺徐璜皆獻帝小黄門名嵩裒

侯氏子曺騰為大長秋騰閹人無兒故曺嵩傳曰騰是

永青文庫藏敦煌本《文選注》4

得夏侯譚是得夏侯譚子曷嵩故云乞丐漢時以賦
買得官故云輿至輸貨也　贅之因言携本乞養
之子後閹即騰是黃門兒　幕府即袁紹也
幕府自衛青衛青征凶奴有權有功帝傳悅遂號幕
府封之故云幕府幕大也府聚也續盡卓者袁紹
當為虎賁中郎將遭董卓起乃是向關東習陳
顡軍取之遂令聚關起義兵欲誅卓徐兗青曾
孝四州合謀推紹為盟主韓合兗州俾墜其師　二
謀也神師謂偏將軍東夏侯青兗等英雄即四州

刺史同盟者秦師孟明白　而乞述既敗穆公用之異有

三年將詳君命之事　允良善之民遏讓如言掾掾不

忠於是煞之射欲徐州牧陶謙曾煞掾父掾志慾討

煞之往伭不得遂被還到来習他吕布於下邳爲布

所敗之書奪兗州之地唯有范東河及鄄城在𭃂

幹弱枝謂更與掾兵使討諸賊陶吕等𢧐掾也

叛人吕陶也　擐甲者申工言利兵領之爲掾討

吕布退而投奪得掾寧地方伯兗州刺史言與兗

去如悪刺史而今因労救得掾謂大造奪駕夜

永青文庫藏敦煌本《文選注》6

旆謂董卓遷獻帝布於長安後卓死後帝迎
還都許鑾以鸞鈴駕之於四馬車以鳴節其行
歲紹領北鄙之難謂公孫瓚於并作難紹討之局
所守兼紹遣動而操處操注輔獻帝治脩郊
廟我之贊訖去也　操遂欲動而自翼帝不受
紹言專行俾侮等道操執天之權三臺尚書御史
秘書等　皆相視　楊彪字文先還司空司徒
太尉公言典三司也睚眦當時彪去天子在操有執權
之心彪嘆操上疑畏彪與天子謀欲已遂託宿歸

永青文庫藏敦煌本《文選注》7

營惡彪又〻彪妻袁氏之女故託以他事遂繫彪
於獄考擿撈孔融聞彪被撈楚來謂操曰楊公
國之三公故世所冤今為如此撈楚恐傷物望謂操
曰國事如此融曰國事如此融曰乎為咸何國之有孔
融曾國男乎拂衣而去明旦不復朝其操不得已而
放之梁孝景帝第今言曰北戎文家設取操遣發
其墓耳金王竟軍遺言唯邊松柏等在猶宜恭
敬兄搖其墓乎發冢也　摸〻手擿之言遣人冢
手擿之雅朝獻〻帝〻聞〻大哭方法外新謂伍公

永青文庫藏敦煌本《文選注》8

孫瓚祢縫言其改悔褳梁三公屬袁治忠虧趙充
等住者紹討公ゝ孫ゝ瓚ゝ非紹一手之書命扵瓚
行人條行人其畧不異條也　王師大將軍謂紹
討冉州𢦏藏瓚訖遣過蕩冉州𢦏藏瓚訖遣
過蕩冉州南地名西山岳各等無並夷狄部落
條既聞瓚破遂去之因何　楚莊王昔乘車見踣
輥丞車輪隆車墜自謂作謂豫州刺史劉備言
我外吉高幹從并州越大行山命我譚從青州兵馬
涉濟縕之水我大軍渡何而討條捔如逐鹿而補

永青文庫藏敦煌本《文選注》9

之角者如一枚鹿偝其角才擊其脚也荊州遣偝
從宛葉二縣間来討𢛊　曾逵謂𢛊處也
素揮𨩲　朝無一介之輔尚書穆公之如有一介之
臣斷斷也　方欲天子遏蘭鍊忠臣有謀者皆如、
獸之頭桑鳥之翼以翰昡不敢言權𢛊忠臣列士紹謂
偝等遣中將軍劉表為荊州刺史比漢家享出州䧟
中子尚　吴潡是建安十七年依荀彧字文若潁川人
淵之孫琨理之字漢尚書令家有高名困通者易曰
困而有享君子之道大雅君謂正易去據其位而思其

永青文庫藏敦煌本《文選注》10

免齊斧利斬要斬頸故言領　應云齊斧利也
始出卯而白不羽翅ゝ有日鵝公子述字湯王莽時作
道江子政治臨卭後至王莽死後于天下不亂遂自号
為蜀王稱天号人以木於漢遣將軍任滿斬木偃水字荊
ゝ門ゝ在蜀山極險有路纔通今塞之遣兵馬滿臨
山以守　門漢光武建中遣將軍岑彭往伐之急滿下
小將千匹遂新滿首而從岑ゝ遂蜀朝鮮海槃因名
漢武帝遣樓船將軍楊僕往討得之而越南越東ゝ
漢時相然來降高祖　夫差与平公爭長於黃池應

永青文庫藏敦煌本《文選注》11

鄭在外縣界不覺越勾踐討破之太尉周亞夫征

潬於滎陽東破之七國即吳楚反者舟從潬自被殺處

今閬州　二袁述銘　閬中馬超[illegible]約等為乱也

太祖征破之走　舉鋒東渭与太祖等兩相拒不祖

摘楯也　宋為隴西漢寧郡太守漢中未遂懷漢

抱罕自稱為河首王太祖遣夏侯淵往滅之也　張魯漢

之將軍腹平魯本沛郡人　張後之陵孫其人有道術據巴

郏蜀曹公往代之魯遣弟莫來逆戰不下後太祖軍

退待其懈墮　遂掩襲之魯走巴中當時欲共其妻

永青文庫藏敦煌本《文選注》12

子賜後遂来降太祖封爲當陽侯封其五子皆爲左

陽平縣公子則公述邑王朴音 降魏〻封邑郡太〻守桂鏸

封邑西守 胡鏸皆中女娃〻之族寶邑之巴中之縣金城

北地郡名 接棘剪刑謂馬超建之等賊也戎胡鏸等

文事國無事 承古大祖 袁術字公路僭逆於

壽自号天子 僭臨也 逆獻帝之将 布據下 曹

討之共将張遼侯成皆率衆来降睦固表紹將薛洪

樛尚是固長史皆先降太祖皆官之官度与紹相持張

郃高覽皆紹之将軍来奔 後討尚謂紹死後其次子

永青文庫藏敦煌本《文選注》13

尚立　後在鄴州陰即等皆來歸降　鄴城表尚所守
處劉配兄弟子名棻闢鄴門納大將遂得鄴城袁
潭幽州焦觧譚將表　阜紹小子　承相掾　衝以車駕
構衝而擊城者言能破折之也　搴取此言量也
言不可量恍誘甘言謂被撥誘而懷小惠後將被大誅
也　昔崴在漢中謂伐張魯也　合配太守劉馥太祖
遣与五千兵守之孫扌領十万衆代馥不被退也
戾留為還天道助信者易云天道者順人助者信也
能順處信何往不復故曰自天祐之　吉無不利也

永青文庫藏敦煌本《文選注》14

事上之謂義士易親〻謂之仁出禮盛孝章為郡守而
權殺之是無義　敬輔權從兄有權欲有天下之志託
權恐不成遂遣人將書往魏送書與曹公可夾江東俱
并此地使人乃將書見權〻与張昭來語輔曰兄獻樂也而
欲向魏輔曰無之權於〻中書禎之輔默無言遂使從留
陽殺之此所謂不親〻也号豈可謂信仁也　連逃也
伊摯伊尹也　陽得伊尹近之於梁至梁知不能用已而
還近來向陽遇凡三也　而不可謂去業梁為復義知其
不用賢也　飛廉紂之惡臣不知紂之惡臣不知紂之無道而

永青文庫藏敦煌本《文選注》15

事之守死於付不可謂為仁也　不知去付而歸周

豫誰慎也魏虞皆江名族並為權所煞也　虞文繡翻

文魏周榮即妨莫之子埋没林藪言皆牧草莽也

堂備即尚書之廨又堂其子尚不為其　肯構也

春秋曰其父析薪其子不克負荷克能言父析其薪

其子不肯負荷而歸　劉普也　鶢鶋河婦鳥也

宋王説楚王是國若此鳥巢葦苕〻折子謂江東諸

侯附獲如附葦苕若折即尔之國也　聖朝謂魏也

弘曠〻民命不即征之也非賞之謂來降者賞之無量

永青文庫藏敦煌本《文選注》16

我魏之大小可来歸我故言存易ミ　蹊道上歸從等
以捕虎物以張之虎觸着即繼其脚足之虎存身故螫
其足而去之蹯足也　蝮地毒虵螫着人手即須斷去
之不然即毒引也　言汝江東諸將何以不絶蹯斷之ミ
令大命而与俱守無為至身之事也於禍中自懷寧安也
復及也　大雅詩既明且哲以保其身先賢去就伍庄
去紂歸陽陳平背項降漢等忽輕也　朝陽詩云鳳皇
鳴矣于彼高崗梧桐生矣于彼朝ミ陽ミ鳳皇所栖去處
言尔諸一居何不作鳳而西朝陽謂降魏而為吳作折翼

永青文庫藏敦煌本《文選注》17

莒也　大兵魏兵也　檄蜀　魏陳留王景初擧代蜀
鍾會繇之次子十時蔣濟能相人見之汝時眸子極
精非常也　魏遣會為鎮西將軍督享季將軍李
輔護軍將軍胡烈征西將軍鄧艾等攻劍閣五道並
入來時先為此檄〻之然始代之分崩離折太祖曹操廟
号太祖謚曰武帝神妙無方武定禍乱易云湯革命應
於天順於民撥整理　拯扶也　伊尹語湯云夏造我
正又帝名不廟号高祖明祖名叡　重光　大明
拓廣也　洪大也　濟民善民　未蒙王化　謂蜀土之

永青文庫藏敦煌本《文選注》18

民　領眷領之懷也　今主上是常道鄉公降為陳留

王名㬎明者　惠愛也　宰輔太意偹馬文王　匪民

言獨不得為中國之好伲彡而即會雍州刺史王經鑽而即

李輔等有伲之不欲与之戰欲說使知道義而伏之下指

武舞羽即文舞々者所執鳥羽旄牛尾為之元々善言也

益州先主劉備起自幽州後寄於袁紹在冀州不能

安又投呂布困躓不能張遂來詣高、祖常謂之曰天

下英雄与孤与子表本初之輩不可足之言備懼遂奔

荊州　出隴右假魏也　遑暇也　九伐周　孔大紉礼大司

永青文庫藏敦煌本《文選注》19

馬以九代政邪家　馮弱犯寡者青之賊賢害民則
代之謂戕其君更之賢也暴內陵外者墠之如除盡知為
墠然　政荒民散者削之謂黜其国負不服者侵之謂
以兵密侵取之賊煞之其親者正謂正其善惡放煞其
君者殘之害犯令遠政者杜塞內外有鳥獸之行者
滅之也　又安也　邊境謂魏之邊境蓄積也
跋若侯和雍州云兵戮被我魏所摧㓛詩云庶民子來
如子來言如子歸父也　蜀王煞秦禪禽蜀王五丁力
士規畜也　天震儀禮〻云天無私震姜維將兵來破隴右

永青文庫藏敦煌本《文選注》20

五羌鄧艾擊破之於段谷侯和之地　兵法之無聲正
々之旗代堂々之陣寧輔謂司馬文王先加恩惠不出後
壹孫權之從弟之騰胤乃孫綝等謀殺諸將來降魏封爲
侯司馬文王時伐蜀不過有九万人令守被備也外不過
有五万今發十五万必當禽獲蜀也秦昭王伐蜀貶蜀
王爲侯公孫述據蜀以十万人守荊州門漢使將岑彭伐
之元解　孫壹權之從姪見援魏々封孫一爲司虔故言
上司　文欽魏大將軍与毋丘儉等及援吳詹諮利人
也　魏欲殺之浮江援吳　諸葛誕於壽春反魏往征

六四

之吴使文欽唐咨遂來救之諸葛誕疑而將煞欽
戎兵也　欽三子一名鴦一名虎來降　唐咨亦降有
人勸司馬文王何不殺欽二子曰不可殺今欲懷來者遂
於之遣還故城〻上人云欽子尚不殺之我等何憚可而
不散及不在意司馬文王見之如此遂攻而剋之
陳平事項羽為都尉之措置也　令不改易農人之故
畝隴不迴改高人之市肆言依舊也　難蜀之司馬
相如武帝建元六年南越王相攻漢使太行王恢征之未
以〻相殺卒後漢武使唐蒙使南越王餉蒙蒟醬蒙美

六五

永青文庫藏敦煌本《文選注》22

之問何處得此味越 王曰牂柯南有夜郎國出之蒙歸
乃上書請開夜郎之越大富饒今南方稱蕃不文國家
牂柯通船今請開夜郎并發蜀兵船下城可得之帝
乃遣唐蒙往開二三年開輸辛苦蜀人怨卷司馬卿
既見蜀人如此乃此文上以諷天子下喻曉蜀人不須
勞苦也 六世說高祖武帝六世七十八年汪濊浮澤之皇
湛深也 洋溢也言恩歸多而流通夜郎等使郎唐蒙
略入其地曰略攘除略取 披靡言皆順從也 冉駹皆
牂柯縣名邛筰皆蜀地縣名 苞滿蜀地名 結軌還轅

永青文庫藏敦煌本《文選注》23

反迴轉也　將東向報蜀都相如　為廿七人之風進曰

者蜀者人　昔章昔礪輸故六夷狄天子之收青羈縻

不絶所以遂如此使之章昔三群臨邛犍為越巂竟可也

瞻結也　使者蜀耆老謂使人若大事不成恐為使人

之累左右使人之左右不斥言並俱与舊來數世雖仁德

之君不以德而來歸之兵强之之不畏其力而歸之言皆

不從〻歸也　齊民國之善民謂蜀自道夷狄即夜

即等所持蜀也　無用夜郎人等蜀耆者自謂所謂

言何意焉〻安也不變服不變天子之化俗不易改也

永青文庫藏敦煌本《文選注》24

老汝謂蜀廿七人　大言王者意大非等所知余之行
急言我爲使急不可一聞之　大夫蜀人非常人天子非
常事通夜即常人所思即謂蜀父老元本也　愕焉言
不側之及其咸切歸孚之安加也　故遂引禹初治水時難
後百姓得力也沸 蒲　夏氏禹臧憂慄寒也　漸分也
諳僅之今之歸豈惟民皆禹親其勞禹治水櫛風沐
雨滕毛孔言勤苦毛孔中皆生胝　胈淫裹白肉皆枯槁好
白也言辛苦也膚皮膚毛皆治仕矣列葉淡也　千茲
言皆言漢言賢君如禹及漢武豈蹤躡等小兒皆欲大

永青文庫藏敦煌本《文選注》25

其國事　言髙門大謂開夜郎兼容苞舉言傍通天
下　之三天而地天陽故三地偶故言二地侵溪行溢言多
忘澤今封墻謂中夏及蜀寸夷狄殊俗即夜郎等又兄
無辜罪而被殺也　言蠻夷皆延無有主當設被禁累皆
知諸向中國也言道被既之等聞中國有至仁謂武帝靡
烏一為遺巳亦之從明之民而不教之矣當為曼錄完循
青而　授浪漬池瀕歸漢等名味若水上為關
儌繞為棚塢牂牁郡名言為關栅也　鏤者鏤鑿通
上　遍中國縣名也若言揉逼來歸漢統領得之

永青文庫藏敦煌本《文選注》26

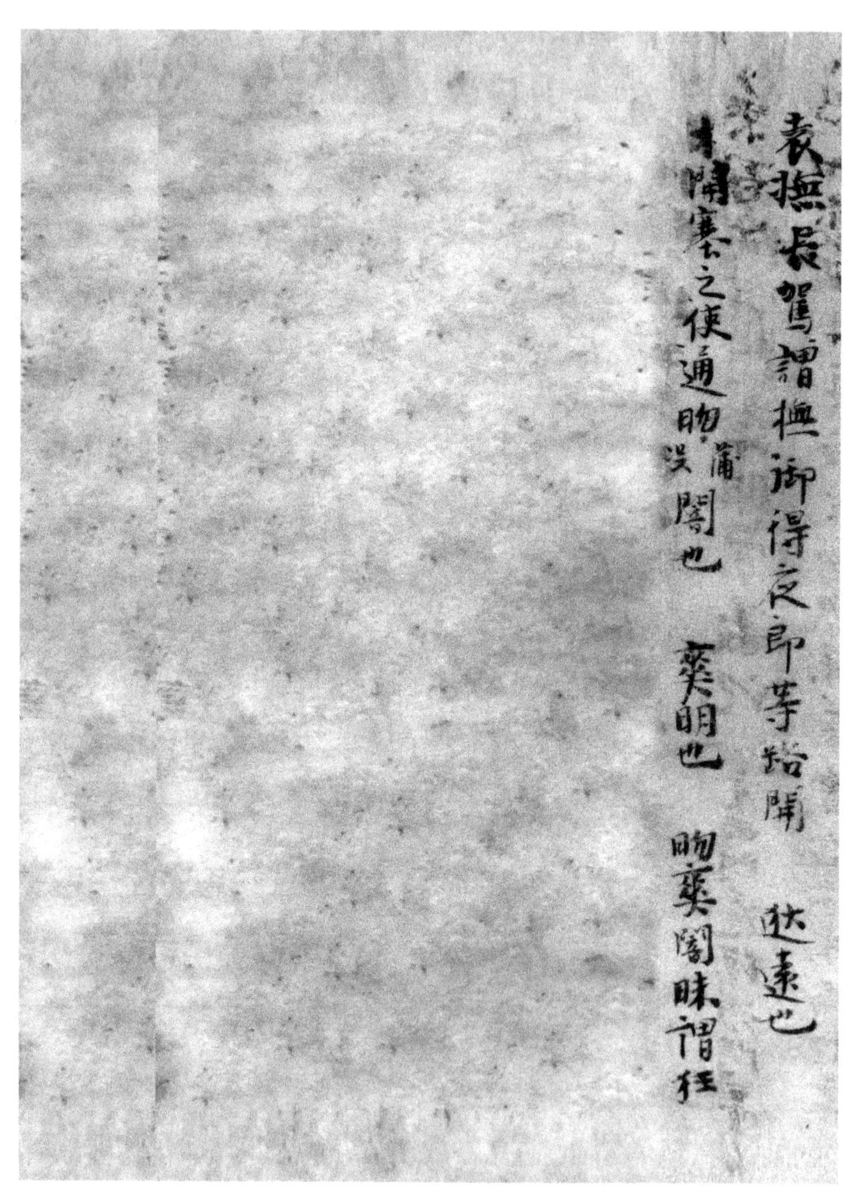

永青文庫藏敦煌本《文選注》27

前言

存世的敦煌本《文選》寫卷中，有三通無名氏注的寫卷，其一是藏於俄羅斯聖彼得堡的Φ二四二寫卷，該寫卷既有正文，又有注釋，其注既非李善注，亦非五臣注，而是無有署名的唐人舊注。其二是天津市藝術博物館藏敦煌本《文選注》寫卷，該寫卷無正文，只有注釋，其注既非李善注，亦非五臣注，也是一無有署名的唐人舊注。其三是藏於日本永青文庫的敦煌本《文選注》寫卷，該寫卷無正文，只有注釋，其注既非李善注，亦非五臣注，亦是一無有署名的唐人舊注。此寫卷的形制、字迹與天津市藝術博物館所藏者並無二致，當是同一寫卷的兩個部分。下面分别對此三種寫卷予以介紹。

藏於俄羅斯的Φ二四二《文選注》寫卷，存一八五行，有正文，有注。正文十三或十四字，注文小字雙行，行十九或二十字。所存從束廣微《補亡詩》第六首『明明后辟』句起，迄曹子建《上責躬應詔詩表》『馳心輦轂』句止，計有束廣微《補亡詩》第六首（佚首二句）、謝靈運《述祖德詩》二首、韋孟《諷諫詩》一首、張茂先《勵志詩》一首、曹子建《上責躬應詔詩表》之前半。

持此與今本李善注本《文選》（國家圖書館藏、中華書局影印宋淳熙八年貴池尤袤刊本）及五臣注本（台灣『中央圖書館』藏並影印宋紹興三十一年建陽崇化書坊陳八郎宅刊本）相較，發現此寫卷之卷次與尤刻本不同，尤刻本《補亡詩》以次迄《勵志詩》在卷十九，《上責躬應詔詩表》在卷二十。此寫卷則未分卷，説明此數篇在同一卷内。檢陳八郎本，此數篇同在卷十，則寫卷之卷次，當與五臣本同，為三十卷本，當無疑義。

寫卷注文，既不與李善注同，也與五臣注異。原書藏於日本並為京都大學影印刊行的《文選集注》一書，保存有數種唐人《文選》舊注，除李善注、五臣注外，有《文選鈔》《文選音決》和陸善經注。檢《文選集注》，其所存篇目又無此數篇，無法確認該注是否為此三家注中之某一種。不過，注者為唐人這一點是毫無疑問的。寫卷『世』字『民』字缺末筆，避太宗諱，書寫者亦當為唐人。

在天津藝術博物館館藏中，發現一軸敦煌本《文選注》寫卷，其《叙録》有云：『唐朝寫卷，薄白麻紙，十紙……每紙二十二行，每行十八—二十一字，烏絲欄。楷書，墨色稍淡。卷首尾缺，上下邊沿破。卷首上方有白文方印「周暹」。背為草書《大乘百法明門論開宗義記》，周叔弢舊藏。參見六十卷本《文選》卷四十三。存趙景真《與嵇茂齊書》、丘希範《與陳伯之書》、劉孝標《答劉秣陵沼書》、劉子駿《移書讓太常博士》、孔德璋《北山移文》等篇注。與李善注、五臣注、日本平安朝寫本集注等均有不同。』（《天津市藝術博物館藏敦煌文獻·附録》，上海古籍出版社，一九九六年）寫卷存文二百二十行。

日本東京細川氏永青文庫藏有一軸敦煌本《文選注》寫卷。一九六五年四月，該寫卷附上日本敦煌學、文獻學泰斗故神田喜一郎博士的《解説》影印出版。寫卷長期藏於永青文庫篋底，無人知曉，一旦面世，人們驚為天壤秘籍，震動了當時日本内外學界。神田喜一郎《解説》云：『薄黄麻紙、十一紙連成之長卷。存二百三十六行，卷首尾缺。無書寫年代。然第一六五行與第一六七行中因避太宗諱而「民」字缺末筆，是為唐鈔之明證。以書法考之，係初唐字體，其為唐鈔，殆無疑義。』『其紙背收有僧曇曠《大乘百法門論義記》，其書寫年代稍晚，當是中唐時所鈔。』『所存乃司馬相如《喻巴蜀檄》、陳琳《為袁紹檄豫州》《檄吴將校部曲文》、鍾會《檄蜀文》、司馬相如《難蜀父老》之注文。』『此注與李善注、五臣注全然不同。我國平安朝時代薈萃《文選》諸注而纂輯的《文選集注》一書之現存殘本中，正好有司馬相如《難蜀父老》一文存在，以與此敦煌本注相校，竟無一條相同者。』

這本《敦煌本〈文選〉舊注疏證》，收録此三種《文選注》及疏證，書首載三個寫卷的影印原件，次載三篇考訂及疏證。俄藏Φ二四二《文選注》寫卷，原曾收入拙著《敦煌本〈昭明文選〉研究》（黑龍江教育出版社，一九九八年十一月），此次對原稿重加校訂，收入本書。天津市藝術博物館藏《文選注》的箋證，最早作為論文刊於《文史》一九九九年四期和二〇〇〇年一期（中華書局）。日本永青文庫所藏《文選注》寫卷經日本學者岡村繁教授初步整理後，於一九六六年二月在《東北大學教養部紀要》第四號上發表，題為《敦煌本〈文選注〉校釋》。二十多年後，岡村繁先生又對該文重新修訂，題為《永青文庫敦煌本〈文選注〉箋訂》，在《久留米大學文學部紀要》第三號（一九九三年六月）和第十一號（一九九七年六月）上發表。全文共八萬餘字。岡村繁先生又授權於我，希望我翻譯介紹給中國學界。我將其譯成中文，在王元化先生主編的《學術集林》卷十四和卷十五（上海遠東出版社，一九九八年十月和一九九九年一月）刊出。嗣後岡村繁先生又將該箋訂收入一九九九年一月日本岩波書店出版的《文選の研究》一書。二〇〇〇年五月，在徵得原藏家天津市藝術博物館和日本永青文庫的同意授權後，巴蜀書社出版了我的《敦煌本〈文選注〉箋證》，將岡村繁先生的箋訂和我的箋證合為一書，書首附上影印原件。書出版後，受到文選學界和敦煌學界的關注，不少朋友提出了許多很寶貴的修改意見。

現在奉獻給讀者的，就是以上三個寫卷考釋的重新修訂整理本。岡村繁先生這位一生孜孜不倦研究中國古代文學、成就卓著的可敬學者，已於二〇一四年十二月二十六日仙逝，此書的出版，可以算作是對先生的追念。

羅國威

二〇一九年三月於四川大學竹林村

目　録

俄藏Φ二四二敦煌本《文選注》疏證

天津藝術博物館藏敦煌本《文選注》疏證

永青文庫藏敦煌本《文選注》疏證

俄藏Φ二四二敦煌本《文選注》疏證

凡例

一、本文以俄藏Φ二四二敦煌本《文選》寫卷為底本。

二、用以比勘之本，有中華書局影印宋淳熙八年貴池尤袤刊李善注本《文選》（簡稱尤刻本）、台灣『中央圖書館』藏並影印宋建陽崇化坊陳八郎刊本五臣注《文選》（簡稱五臣本）、日本汲古書院影印彼邦足利學校藏宋明州州學刊五臣李善注本《文選》（簡稱明州本）、《四部叢刊》影宋建陽刊李善五臣注本《文選》（簡稱叢刊本）。

補亡詩六首[一]

[一] 束廣微《補亡詩六首》，存俄Φ二四二號卷子，篇題、作者題署及前五首和第六首之首二句皆佚，所存從「明明后辟」句起迄篇末，共五行，有注。正文行十三或十四字，注文小字雙行，行十九或二十字。

束廣微

[上殘] 明明后辟

言有明明之德。后、辟，君[一]。

[一] 李善注云：「《爾雅》曰：『明明，察也。』郭璞曰：『聰明鑒察也。』《爾雅》曰：『后、辟，君也。』」案：敦煌本注將「明明」釋為「有明明之德」，李善注引《爾雅·釋訓》「明明，察也」及郭璞注，文異而義同。「后」「辟」兩家並釋為「君」，所不同者，李善指明根據《爾雅（·釋訓）》，敦煌本未言出處也。

仁以為政

□仁德之仁，君以此為政也。言仁以德為政化也。

魚游清沼，鳥萃平林[一]

沼，小池曰沼。萃，集。

[一] 鳥萃平林，明州本『平』作『于』，叢刊本校云：『五臣作于。』五臣本注云：『翰曰：后、辟皆君也，言明君以仁愛為政，則魚鳥各得其性。』

濯鱗鼓翼，振振其音。賔寫尔誠[二]

謂二王後[三]。

[二] 敦煌本『爾』字用俗體。

[三] 此條注文，敦煌本原置於正文『賔』字之下，今為統一格式，移置於此。李善注云：『賓，謂群臣也。』

主竭其心。時之和矣，何思何脩[一]，文化内輯

輯，和。

[一] 何思何脩，各本「脩」並作「脩」。案：「脩」乃別體。此句下，李善注云：「時既和平矣，何所思慮，何所脩治。」

武功外悠[一]

悠，長。

[一] 武功外悠，各本「悠」作「悠」。案：「悠」乃別體。李善注云：「輯，和也。言以文化輯和於内用，武德加於外遠也。悠，遠也。」

述德[一]

[一] 述德，此二字乃《文選》分類之標目。五臣本無「述德」二字。

前言孝子之養親，此言述祖之有如此德，亦言孝也。宋永嘉太守，曾祖安、祖玄，

破扶堅賊大有功勳[一]，得七州剌史[二]。

[一] 案：『扶』當作『苻』，下文『謝靈運』下注文即作『苻』，作『扶』乃同音假借。謝玄破苻堅事見《晉書·謝玄傳》。

[二] 『剌』乃『刺』之俗字。

述祖德詩二首五言[一]

[一] 謝靈運《述祖德詩二首》，存俄Φ二四二號卷子，次束廣微《補亡詩六首》之後。所存從分類標目『述德』、篇題、作者題署起，迄篇末。全詩保存完好，無漶漫，共四十一行，有注。正文行十二或十三字，注文小字雙行，行十八或二十字。各本『五言』皆小字。

謝靈運

為敗苻堅等，故作此詩。丘淵之《新集録》曰[一]：『靈運，陳郡陽夏人。祖玄，車騎將軍。父漁，秘書監。靈運歷秘書監、侍中、臨川内史，伏誅。』[二]謝靈運字靈運，陳郡夏人[三]，小名客兒。晉世以仕[四]，至宋時為侍中。初為永嘉太守，非其意，乃歸會稽。會稽太守孟顗譖之反[五]，運乃馳入京自理，得免。乃遷之為臨川內史，袟中二千石。於臨川取晉之疎從子弟養之，意欲興晉。後事發，徙居廣州，於廣州犯事被煞[六]。其人性好急躁麄疎[七]，曾謂孟顗云：『若生天在運前，若作佛在運後。』顗問何謂，運對曰：『丈人蔬食好善，故生天在前。作佛須智慧，丈人故在運後。』[八]因此孟顗遂致恨之。孟顗是運之丈人。靈運作詩，意述其祖德。其祖玄，有功於晉。曾祖安，亦有功於晉廿[九]。父名奐，本作血一人[一〇]。

[一] 丘洲之，敦煌本『淵』字避唐高祖諱寫作『洲』。案：丘淵之生卒年不詳。檢《宋書·顧琛傳》云：『淵之字思玄，吳興烏程人也。太祖（指宋文帝劉義隆）從高祖（指宋武帝劉裕）北伐，留彭城，為冠軍將軍、徐州刺史，淵之為長史。太祖即位，以舊恩歷顯官，侍中、都官尚書、吳郡太守。卒于太常，追贈光禄大夫。』《南史·顧琛傳》所載略同，唯『淵之』作『深之』，避高祖諱也。檢《隋書·經籍志》簿録類，著録有『《晉義熙已來新集目録》三卷』，未著撰人。《新唐書·藝文志》目録類，著録有『丘深之《晉義熙以來新集目録》三卷』，知『丘淵之《新集録》』乃『丘淵之《晉義熙以來新集目録》』之簡稱。《舊唐書·經籍志》雜四部書目，著録有『《義熙已來雜集目録》三卷，丘深之撰』，書名略異。案：此『雜』字疑為『新』字之訛，敦煌本《文選》寫卷中不乏『新』『雜』互訛的例子。

[二] 案：《世説新語·言語》篇『謝靈運好戴曲柄笠』條下劉孝標注云：『丘淵之《新集

録》曰：「靈運，陳郡陽夏人。祖玄，車騎將軍。父渙，秘書郎。靈運歷秘書監、侍中、臨川内史。以罪伏誅。」』與敦煌本注引大體相同。

〔三〕陳郡夏人，敦煌本『郡』下當脱『陽』字。

〔四〕敦煌本『世』字缺筆，避太宗諱。

〔五〕會稽會稽，原作『會々稽々』，乃省文。

〔六〕『煞』乃『殺』之俗字。

〔七〕『麄』乃『麤』之别體。

〔八〕『丈人蔬食好善故生天在前作佛須智慧丈人故在運後』，《南史·謝靈運傳》作『太守孟顗事佛精懇，而為靈運所輕，嘗謂顗曰：「得道應須慧業，丈人生天當在靈運前，成佛必在靈運後。」』《宋書·謝靈運傳》『丈人』作『文人』，屬上句。案：《太平御覽》卷六六引作『文人』，同《宋書》；而卷四九八及卷六五四引又作『丈人』，同《南史》。細玩文意，以作『丈人』為勝。

〔九〕『丗』同『世』，避太宗諱。此寫卷凡『世』字均如此。

〔一〇〕案：敦煌本前引《新集録》作『父漁』，此作『父奐』，檢《晉書·謝玄傳》《宋書·謝靈運傳》及《南史·謝靈運傳》，謝靈運父名並作『瑍』，敦煌本作『漁』及『奐』（奐）並訛。『血一人』，當為『奐』（亦為『奐』之異體）之誤鈔。

達人遺自我[一]

謂父是通達人。墨翟貴己，不肯流意天下，故貴自我[二]。作『貴』勝[三]。遺，弃[四]。

[一] 各本『遺』作『貴』。案：作『遺』與作『貴』，文意迥異，『遺自我』者，忘掉自我也；『貴自我』者，看重自我也。

[二] 墨翟（約前四六八—前三七六）所著《墨子》一書，主張『兼愛』和『節用』。據《莊子·天下》篇云，墨翟『使後世之墨者，多以裘褐為衣，以跂蹻為服，日夜不休，以自苦為極，曰：「不能如此，非禹之道也，不足謂墨。」』足見墨翟非『貴己不肯流意天下』之人，注非。若謂墨翟『遺己』，則與《墨子》的主張吻合。

[三] 此三字乃敦煌本注所下之斷語，蓋傳鈔時，底本作『遺』，參校本作『貴』，故云。

[四] 『弃』乃『棄』之俗體。

高情屬天雲[一]

言情上屬於天与雲[二]。

[一] 属，『屬』之俗體。

[二] 与，『與』之俗體。李善注云：『天雲，言高也。』

兼抱濟物性

言并有濟拔万物之性[一]。

[一]敦煌本「万」乃俗體。

而不纓垢紛[一]

言不為垢氛所纓。

[一]各本「紛」作「氛」。案：敦煌本注云「言不為垢氛所纓」，注文作「垢氛」，則正文「紛」亦當作「氛」。李善注云：「纓，繞也。垢，滓也。氛，氣也。謂世事呰惡，不相纓繞，不雜塵霧。」

段生蕃魏國[一]

《史記》：段生，段干木也，魏人，有德生，蕃魏[二]。

[一]明州本、叢刊本「蕃」作「藩」。案：「蕃」與「藩」通。

[二]「史記段生段干木也魏人有德生蕃魏」，此非《史記》原文。今本《史記·魏世家》云：「文侯受子夏經藝，客段干木，過其閭，未嘗不軾也。」《文選·魏都賦》曰：「千乘為之軾

盧，諸侯為之止戈，則干木之德，自解紛也。』李善注云：『《吕氏春秋（·尊師）》曰：「段干木者，魏文侯敬之，過其盧而軾之。」其僕曰：「干木布衣耳，而君軾其盧，不亦過乎？」文侯曰：「干木不趣俗役，懷君子之道，隱處窮巷，聲馳千里之外，未肯以己易寡人也。寡人光乎勢，干木富於義，勢不如德尊，財不如義高，吾安敢不軾乎？」秦欲攻魏，而司馬康諫曰：「段干木賢者，而魏禮之，天下皆聞，無乃不可加乎兵。」秦君以為然，乃止。』又《文選·幽通賦》『木偃息以蕃魏』，亦指段干木蕃魏也。

展季救魯民[一]

展季謂柳下惠。依書傳柳季無救魯民之文，其先展喜，春秋僖公時却齊師，疑為季也[二]。

[一] 敦煌本『民』字缺末筆，避太宗諱，各本並改作『人』。

[二] 敦煌本此注，指出謝詩用事之誤。李善注則先引劉向《列女傳》以釋展季，繼引《左傳》僖公二十六年文以釋展喜：『春秋僖公二十六年，齊孝公伐魯北鄙，公使展喜犒師。齊侯未入境，喜從之。公曰：「魯人恐乎？」對曰：「小人則恐，君子則否。」齊侯曰：「野無青草，室如懸磬，何恃而不恐？」對曰：「恃先王之命。昔周公、太公，股肱周室，夾輔成王，成王賜之盟，曰：「世世子孫，不相侵害。」齊侯乃還。公使展喜犒師，使受命于展禽。』

絃高犒晉師[一]

絃高以牛十二頭犒秦師，無晉師之文，此亦為誤。案：僖卅二年，此秦伯使孟明等三帥伐鄭，鄭商人弦高將市於周[二]。

[一] 各本『絃』作『弦』。

[二] 此以《左傳》僖公三十二年所載秦軍伐鄭之事以糾正靈運用事之誤。

仲連却秦軍[一]

《史記》：『仲連，魯仲連，齊人。趙孝成王時，秦伐趙師，魏使辛袁衍使趙[二]，謂秦為帝。郎中仲連于時在趙[三]，以義責衍，衍大慙，無言可對。秦師聞魯連之言，遂為之退舍五十里，不敢加兵于趙。』按：却，庠退。

[一] 尤刻本『却』作『卻』。

[二] 《史記·魯仲連傳》『辛袁衍』作『新垣衍』。

[三] 《史記·魯仲連傳》云：『魯仲連者，齊人也。好奇偉俶儻之畫策，而不肯仕宦任職，好持高節。游於趙。』仲連游於趙前『不肯仕宦任職』，却秦軍後又辭封不受，無有任郎中事，敦煌本『郎中』二字疑衍。

臨組乍不紲[一]，對珪寧肯分

古者將為帶印，綬繼著要[二]。組，印絛也。紲，繼也。珪者，天子欲封諸侯，即與之介珪。于時趙平原君以千金封魯連魯連不受[三]，乃言曰：『丈夫當為人排患解紛，安能賈販人乎。』[四]

[一] 敦煌本『紲』字缺末筆，尤刻本、明州本、叢刊本『紲』作『綀』，五臣本作『緤』。案：『綀』乃『緤』之別體，而『緤』與『紲』通。

[二] 案：『要』『腰』古今字。

[三] 『魯連魯連』，敦煌本作『魯々連々』，乃省文。

[四] 《史記·魯仲連傳》作：『所謂貴於天下之士者，為人排患釋難解紛亂而無取也，即有取者，是商賈之事也，而連不忍為也。』

連物辭所賞[一]

言不受賞，東赴于海。

[一] 各本『連』作『惠』。案：作『惠』是，敦煌本訛。李善注云：『恩惠及物，而不受賞賜。』

勵志故絶人，苕苕歷千載[一]

苕苕，遠。

[一] 各本「苕苕」作「岧岧」。案：「岧」與「迢」通，而「苕」乃「迢」之别體。

遥遥播清塵

播清塵，清風之塵。

清塵竟誰嗣，明哲時經綸

明哲，謂靈運之先祖[二]。經綸者，《尚書》云：「綸道經邦。」[三]

[二] 李善注云：「明哲，謂祖玄也。」

[三] 今本《尚書·周書》作「論道經邦」。案：「綸」與「論」通。孔安國傳「佐王論道，以經緯國事」，李善注引《周易（·屯）》云：「君子以經綸。」孔穎達疏：「經謂經緯，綸謂綱綸，言君子法此屯象，有為之時，以經綸天下，約束於物。」敦煌本注引《尚書》，李善注引《周易》，可謂異曲同工矣。

委講輟道論[一]

為救世故委講者[二]，謂運之叔祖安、王羲之友等，同隱在會稽山，出晉為苻堅於淮左。綴，止[三]。

[一]各本「輟」作「綴」。黄侃云：「「委講綴道論」句，綴當作輟（《古詩類苑》引《集》如此）。」（《文選平點》）案：作「輟」是，詳下。

[二]「委講」李善無注，五臣本注云：「翰曰：言玄委棄講藝。」

[三]案：「綴」當依正文作「輟」。《國語・齊語》「比綴以度」，韋昭注：「綴，連也。」又《楚辭・遠逝》「綴鬼谷於北辰」，王逸注：「綴，繫也。」是「綴」無「止」義，而「輟」有「止」義也。《爾雅・釋詁》：「輟，已也。」又《吕氏春秋・期賢》「乃按兵，輟不敢攻之」，高誘注：「輟，止也。」又《春秋穀梁傳》文公七年「輟戰而奔秦」，何休注：「輟，止也。」

改服康世屯

屯，卦不通之皃[一]。康，安。屯，難。

[一]敦煌本「皃」乃「貌」之俗體。

屯難既云康，尊主隆斯㠯

令百姓皆有隆平也。

中原昔喪乱[一]

中原謂雒陽，晉懷帝、愍帝時有石勒、劉聰、王弥等賊破雒陽，懷帝殁于平陽。

喪乱豈解已

已，止[二]。

[一] 案：『喪亂豈解已』句李善無注，五臣本注云：『銑曰：言中夏喪亂未解散也。已，止也。』

崩騰永嘉末

崩騰，破壞之皃。永嘉，懷帝年號也。

逼迫太元始

逼，近也[一]。太元，東晉元帝年號[二]。

[一] 五臣本注云：『逼迫，言為胡虜等奔逐也。』

[二] 李善注云：『孝武即位，年號太元。』案：『太元』乃晉孝武帝年號，敦煌本誤作元帝年號，當據改。

河外無反正

北境謂之河外[一]。

[一] 李善注云：『河外，西晉也。』五臣本注云：『良曰：河外，洛陽也，言為賊所破，不得反洛陽之正。』

江介有蹙圮

介，介隔也，謂於江南[一]。圮，毁也。蹙，急也。

[一] 李善注：『江介，東晉也。』五臣本注云：『介，間也，遷於江間，迫促狹小，屢有毁敗也。』

万拜咸震慑[一]

震，驚。

[一] 敦煌本「萬」字用俗體。各本「拜」作「邦」。案：作「邦」是，「拜」與「邦」形近，故訛。李善注：「慑，懼也。」

横流賴君子

君子，謂靈運之祖[一]。

[一] 李善注云：「謝靈運《山居賦》自注曰：『余祖車騎，建大功，淮肥左右，得免横流之禍。』」

拯溺由道情

由有道德之情。拯，拔[一]。

[一] 李善注云：「拯，濟也。溺，没也。」

龕暴資神理

龕，勝也[一]。**顧希馮力取。**

［一］李善注云：『孔安國《尚書傳》曰：「龕，勝也。」』案：《尚書·西伯戡黎》『作《西伯戡黎》』句，孔傳云：『戡亦勝也。』案『戡』與『龕』同。五臣本注云：『向曰：言拯横流之溺，由懷道情，勝暴静亂，資神妙之理。』

秦趙欣來蘇[一]

安國蘇息也。《類聲》：『更也。』[二]

［一］『蘇』乃『蘇』之别體。

［二］案：『類聲』二字誤倒，當作『聲類』。《聲類》十卷，魏李登撰，《隋志》及兩《唐志》均著録，今亡，馬國翰《玉函山房輯佚書》有輯本。玄應《一切經音義》卷十八及卷十九引《聲類》云：『更生曰蘇。』敦煌本此注『更』下當脱一『生』字，當作：『《聲類》：「更生也。」』

燕魏遲文軌[一]

思遲文軌也。遲，待也。言晉家居七州之外，謂極廣大也[二]。

[一] 五臣本注云：「銑曰：遲，等也，秦趙燕魏四國言皆欣其蘇息，以待文軌同也。」

[二] 案：此句當是『高揖七州外』句之釋文，敦煌本錯置於此。

賢相謝世運，遠啚囯事止[一]

言宏遠之圖謀囙今事亦止[二]。

[一] 各本『啚』作『圖』，『囯』作『因』。案：敦煌本『圖』『因』二字並用別體。

[二] 案：『囙』乃『因』之別體。李善注云：『賢相，即太傅也。《山居賦》注曰：「太傅既薨，遠圖已輟。」』賢相，太傅謝安也。

高揖七州外[一]，拂衣五湖裏[二]

謂太湖、上湖、翮湖、石貴湖也。

[一] 『燕魏遲文軌』句注文『言晉家居七州之外，謂極廣大也』，當是此句之釋文，而錯置於彼。李善注云：『《山居賦》注曰：「便求解駕東歸，以避君側之亂。」舜分天下為十二州，時

晉有七。」案：敦煌本注及李善注釋『七州』並繆，七州，指謝玄所都督之七州，亦即『述德』標目下注所云之『得七州刺史』者也。五臣本注：『良曰：七州，謂東晉之七州。揖，辭也，言辭七州之命。』五臣本此條注文較敦煌本注及李善注為勝。

[二]李善注云：『張勃《吴録》曰：「五湖者，太湖之別名，周行五百餘里。」』案：五湖，六朝以來各家説法不同，有謂五湖即太湖者（如李善注），有謂五湖指太湖東岸與太湖相通連的五個小湖（實為五個灣）者（如敦煌本注）。案：此處之『五湖』與上文之『七州』相對為文，當泛指太湖，非實指五小湖也。

隨山疏濬潭[一]

疏，疏決使通流。

[一]李善注云：『疏，開也。濬，深也。楚人謂深水為潭。』

傍巖藝枌梓[一]

執，種也，封也[二]。枌，白榆。

[一]尤刻本『藝』作『蓺。』案：『蓺』與『藝』同。

[二]案：敦煌本『執』乃『埶』之訛。『埶，種也』見《廣雅·釋地》；『蓺，樹也』見《毛

詩·齊風·南山》『蓺麻如之何』句毛傳。『埶』與『藝』及『尌』與『樹』，並古今字也。

遺情捨塵物

世間塵黑之物。

貞觀丘壑美

貞，正。觀，見也。謂正見丘壑之美。

勸勵

勸勵，謂勸勵取用賢相意也。

諷諫一首四言并序[一]

[一] 韋孟《諷諫》詩，存俄Φ二四二號卷子，次謝靈運《述祖德詩》之後。所存從分類標目

『勸勵』、篇題、作者題署起迄篇末，共五十七行，有注，正文十二或十四字，注文小字雙行，行十七或十九字。以《文選》各本及《漢書·韋賢傳》《藝文類聚》卷二十四所載比勘。諷諫一首四言并序，五臣本、明州本、叢刊本『諷諫』下有『詩』，五臣本無『一首』，各本『四言并序』作『并序四言』，皆小字。

韋孟

韋孟，彭城人，漢玄成五廿祖。

孟為元王傅[一]

元王，漢高祖弟，名文由，謚曰元。於《謚法》：『始建都國曰元。』[二] 謂初都彭城。

[一]《漢書》作『其先韋孟，家本彭城，為楚元王傅』。

[二] 案《汲冢周書·謚法》：『始建國都曰元。』敦煌本『國都』二字誤倒。

傅子夷王[一]

元王次子名郢客，享國年焠[二]，謚曰夷。《謚法》云：『静𡰱安衆曰夷。』[三]

[一]《類聚》『傳』上有『又』。明州本、叢刊本無『傳』字。

[二]《説文·歺部》:『焠,大夫死曰焠。』段注:『《曲禮》:「天子死曰崩,諸侯曰薨,大夫曰卒,士曰不禄,庶人曰死。」』案:《漢書·楚元王傳》云:『元王立二十三年薨,太子辟非先卒,文帝乃以宗正上邳侯郢客嗣,是為夷王……立四年薨。』

[三]敦煌本『民』字缺末筆。《汲冢周書·謚法》作『安心好静曰夷』。《左傳》僖公二十八年『奉夷叔以入守』句孔穎達正義引『《謚法》:「安民好靖曰夷。」』並與敦煌本小異。

及孫王戊

戊,郢客之子名,無謚。所以無者,戊与七国連反[一],所以不謚也。

[一]敦煌本『与』『国』二字乃『與』『國』二字之俗體。

戊荒淫不遵道[一],作詩諷諫曰[二]

[一]《類聚》無『戊』字。

[二]《類聚》『作』上有『孟』字,五臣本、明州本、叢刊本無『曰』,《漢書》作『孟作詩諷諫。後遂去位,徙家於鄒,又作一篇。其諫詩曰』。

肅肅我祖

肅肅，敬也。

國自豕韋

應劭曰：『在商為豕韋氏也。』[一]豕韋，殷家諸侯霸者也，東郡韋成孫是其封，事出《左傳》[二]。

[一]此所引『應劭曰』，乃《漢書·韋賢傳》『肅肅我祖，國自豕韋』句應劭注。

[二]《左傳》襄公二十四年：『在商為豕韋氏。』杜預注：『豕韋，國名，東郡白馬縣東南有韋城。』案：《新唐書·宰相世系表》云，韋氏出自風姓，顓頊孫大彭為夏諸侯，少康封其別孫元哲於豕韋。

黼衣朱黻[一]

黼，畫斧形，兩己相背曰黻也[二]。

[一]各本『黼』作『黼』。案：敦煌本『黼』乃『黼』之訛。《漢書》《類聚》『黻』作『紱』。案：『紱』與『黻』同聲假借。

［二］《左傳》昭公二十九年『為九文』句杜預注云：『黼若斧，黻若兩己相戾。』《漢書》注云：『師古曰：黼衣畫為斧形，而白與黑為彩也。朱紱為朱裳畫為亞文也。亞，古弗字也，故因謂之。』王先謙《漢書補注》引宋祁說云：『「黼衣」字下當更有「衣」字，「為彩」當作「謂彩」。』又引錢大昕說云：『「亞」當作「𢀳」，兩己相背也。』案：杜注之『兩己相戾』，錢說之『兩己相背』，並與敦煌本注以『兩己相背』釋『黻』合。

四牡龍旂

言駕四馬，旗上畫龍頭，諸侯得交龍為旂。

彤弓斯征［一］

彤，赤也，霸主天子賜弓矢，以專征伐。

［一］各本『彤』作『彤』。案：『彤』與『彤』通，詳《干祿字書》（平聲）。李善注云：『言受彤弓之賜，於此得專征伐。』

撫寧遐荒［一］

撫，安。

［一］李善注：『荒，荒服也。』

捴齊群邦［一］**，以翼大商**

大商，殷也。

［一］敦煌本『捴』乃『總』之別體。各本『邦』作『邦』。案：『邦』乃『邦』之別體。

迭彼大彭

應劭曰：『《國語》［一］**：「大彭、豕韋，為商伯。」』大彭亦殷之霸國，与豕韋迭霸**［二］**，亦彭城縣是其封也。事出《春秋》。**

［一］《漢書》注引應劭說『《國語》』下有『曰』。案：所引見《國語·鄭語》，韋昭注云：『大彭，陸終第三子，曰籛，為彭姓，封於大彭，謂之彭祖，彭城是也。豕韋，彭姓之別封於豕韋者也。殷衰，二國相繼為商伯。』

［二］《漢書》注云：『師古曰：迭，互也。自言豕韋氏與大彭互為伯於殷商也。』

勳績惟光。至乎有周［一］

言与殷家不異，遂使我為霸主。

〔一〕各本「乎」作「于」。

歷廿會同〔二〕

為國不絶。

〔一〕《漢書》注：「師古曰：繼為諸侯，預盟會之事也。」

王赧聽譖〔一〕

赧王名誕。劉兆曰：「旁言曰譖。」

〔一〕五臣本、明州本、叢刊本、《漢書》「赧」作「赧」。案：「赧」與「赧」同。

寔絶我邽〔一〕

應劭曰：「王赦，周末王，聽讒，受譖潤，絶韋氏我也。」〔二〕

〔一〕敦煌本「邽」乃「邦」之别體。

〔二〕今本《漢書》注引應劭説作：「王赧，周末王，聽讒受譖，絶豕韋氏也。」案：敦煌本「赧」訛「赦」，「絶」下脱「豕」，《漢書》注引無「潤」「我」。

我邽既絶，厥政斯逸

應劭曰：『言絶豕韋之後[一]，政教逸漏，不迪王者也[二]。』臣瓚案：『逸，放也。管子曰：「令而不行，謂之放也。」』[三]言王不用我，故政教逸也。

[一]今本《漢書》注引『言』下有『自』。

[二]今本《漢書》注引『迪』作『由』。案：《尚書·多方》云：『不克終日勸于帝之迪。』釋文：『馬本作攸，云所也。』是『迪』與『攸』同聲通假也。而『攸』與『由』同音，是『迪』與『由』同音通假也。

[三]今本《漢書》注引『管子』作『管仲』，句末無『也』。

賞罰之行，非繇王室[一]，庶尹群后[二]

庶尹，尹正。

[一]五臣本、明州本、叢刊本『繇』作『由』。李善注云：『「繇」與「由」古字通。』

[二]《漢書》注云：『師古曰：庶尹，衆官之長也。羣后，諸侯也。』

靡扶靡衛，五服崩離

離，散也。崩，隤也。應劭曰：「五服，甸服、綏要服、荒服。」[一]

[一] 案：敦煌本此引《漢書音義》舊注有脱漏，今本《漢書》注引應劭説作：「五服，謂甸服、侯服、綏服、要服、荒服也。」

宗周以墜[一]。我祖斯微，遷于彭城[二]，在予小子，勤唉厥生[三]

言生時唉唉啼泣，自謂言歎辭。

[一]《漢書》「墜」作「隊」。案：「隊」與「墜」同音假借。

[二]《漢書》「遷」作「䙴」。《漢書》注：「師古曰：䙴，古遷字。」

[三]《漢書》「唉」作「誒」。案：「誒」「唉」並為語辭。五臣本注云：「翰曰：予小子，孟自稱也。唉，嘆也。勤歎其生之微也。」

阸此嫚秦[一]

言既此秦家之嫚。嫚與僈同。

[一] 明州本、《漢書》「阸」作「阨」。案：「阨」乃「阸」之别體。各本「嫚」並作「嫚」。

案：『嫎』『㥬』並別體。

耒稆斯𥞊[一]，悠悠嫎秦[二]，上天不寧以其政嚳[三]，更選賢主。

[一]《漢書》『斯』作『以』。案『耜』『耕』二字各本從『耒』，敦煌本從『禾』，此乃敦煌本與衆不同之處。《漢書》注云：『師古曰：言遭秦暴嫚，無有列位，躬耕於野。』

[二]敦煌本『悠』乃『悠』之別體。

[三]《説文·告部》云：『嚳，急告之甚也。』段注：『急告猶告急也，告急之甚，謂急而又急也。』又云：『按《白虎通》云：「謂之帝嚳者，何也？嚳者，極也，教令窮極也。」窮極即急告引伸之義。』

乃眷南顧，授漢于京[一]回首曰眷。

[一]《類聚》『眷』作『睠』。案：『睠』與『眷』通。《漢書》注：『師古曰：高祖起在豐沛，於秦為南，故曰南顧。言以秦之京邑，授與漢也。』

於赫有漢，四方是征

於，美也。赫，大也。征，行也。

靡適不懷[一]

適，往也。言所適去處皆安寧也。

[一]《漢書》注：『師古曰：懷，思也，來也。』

万國攸平[二]

攸，所。

[二]万國攸平，《漢書》『攸』作『逌』。《漢書》注：『師古曰：逌，古攸字。』是『攸』『逌』古今字也。敦煌本『万』乃俗體。《漢書》注：『師古曰：言漢兵所往之處，人皆思附而來，萬國所以平也。』

乃命厥弟

厥弟謂元王。

建侯于楚[一]

元王封于楚國也。

[一]《漢書》『于』作『於』。

俾我小臣[一]

俾，使也。韋孟自謂。

[一]敦煌本『俾』乃『俾』之別體。

惟傅是輔

傅，師傅也。輔，弼也。

矜矜元王[一]，恭儉静一[二]，惠此黎巳[三]，納彼輔弼

韋孟自謂。

[一]《漢書》《類聚》『矜矜』作『兢兢』。案：『兢』與『矜』通。《漢書》注：『兢，謹戒也。』

〔二〕《漢書》『静一』作『凈壹』，《類聚》作『静壹』。李善注云：『孔安國《尚書》傳曰：「矜矜戒慎，恭敬静守。」一，道也。』

〔三〕五臣本、明州本『民』作『人』。

享國漸世〔一〕

没世也。漸世，言將一世。卅年曰世，元王在位廿年，言近一世〔二〕。

〔一〕《漢書》『享』作『饗』。案：『享』與『饗』通。

〔二〕《漢書》注：『師古曰：元王立二十七年而薨，垂遺業於後嗣也。』

垂烈于後，迺及夷王〔一〕

名郢客者。

〔一〕《類聚》『迺』作『爰』，各本作『乃』。案：『迺』與『乃』同。

剋奉厥緒〔一〕

剋，能。

〔一〕尤刻本、《漢書》『剋』作『克』，五臣本、明州本作『尅』。案：『尅』乃『剋』之別體，而『克』與『剋』同。叢刊本『緒』作『次』，明州本校云：『善本作次。』

資命不永[二]，維王統祀[三]

維王，謂成[三]。

[二]各本『資』作『咨』。案：作『咨』是，敦煌本訛。《漢書》注：『師古曰：咨，嗟也。永，長也。夷王立四年而薨，戊乃嗣位，故言不永也。』

[三]《漢書》『維』作『唯』，各本作『惟』。案：『維』『唯』『惟』，聲同而義通也。

[三]案：敦煌本『成』乃『戊』之訛。

左右陪臣，斯惟皇士

陪，重也。皇，美。

如何我王，不思守保，不惟履冰，以繼祖考[一]

繼，紹繼也。

[一]不惟履冰以繼祖考，《漢書》注：『師古曰：惟亦思也，言不思念敬慎如履薄冰之義，用繼其祖考之業也。』

邦事是廢，逸遊是娱

邦事，国事[一]。逸，過。娱，樂。

[一] 敦煌本『国』乃『國』之俗體。

犬馬悠悠[一]，是放是駈[二]

言用犬馬以獵也。

[一]《類聚》『犬』作『人』。《漢書》『悠悠』作『繇繇』。《漢書》注：『師古曰：「繇」與「悠」同。悠悠，行貌。』

[二] 五臣本、明州本『是放』作『田獵』。案：敦煌本『駈』乃『驅』之别體。

務此鳥獸[一]

謂獵。

[一]《漢書》『此』作『彼』。

忽此稼苗

　言輕田事。

蒸巳以匱[一]

　言百姓乏困也。匱，乏也。

[一]《漢書》『蒸』作『烝』。案：『烝』『蒸』古今字。

我王以愉[一]

　言王即以此為樂。

[一]各本『愉』作『媮』。《漢書》注：『師古曰：「媮」與「愉」同，樂也。』

所弘匪德[一]

　言王所弘者皆非其德。

[一]《漢書》『匪』作『非』。

所親匪俊[一]

俊，謂俊乂之士。

[一]《漢書》『匪』作『非』。

唯圄是恢

圄，菀圄也。恢，大也。

惟諛是信[一]

言王信用諛諂之人。諛，讒諛也。《莊子》曰：『諛不擇是非而言。』[二]

[一]各本『惟』作『唯』。

[二]案：《莊子》云，見《漁父》篇。成玄英疏云：『苟且順物，不簡是非。』

腧腧諂夫[一]

如淳曰：『腧腧，自媚貌。』[二]

[一]各本『腧腧』作『睮睮』。

［二］今本《漢書》注引『腧腧』作『睮睮』，『貌』下有『也』。李善注引『自媚貌』作『目媚貌』。

諤諤黃髮［一］

張揖《字詁》云：『諤諤，語聲正直之皃。』［二］黃髮，言老者。

［一］《漢書》『諤諤』作『咢咢』。案：『咢咢』與『諤諤』同，詳下。

［二］案：張揖《字詁》，《隋志》著録為三卷，《舊唐志》著録為二卷（《舊唐志》作《古今字詁》），亡。張揖《廣雅·釋訓》云：『諤諤，語也。』王念孫疏證：『諤諤，猶詻詻也。《大戴禮·曾子立事》篇「君子出言以鄂鄂」，盧辯注云：「鄂鄂，辨厲也。」《史記·商君傳》云：「千人之諾諾，不如一士之諤諤」。《漢書·韋賢傳》云：「咢咢黃髮。」《鹽鐵論·國病》篇云：「今辯訟愕愕然。」並字異而義同。』

如何我王，曾不是察

言何不察此二人之年［一］。

［一］五臣本注云：『翰曰：言王不察諂媚之夫、中正之老也。』

既藐下臣[一]，追欲從逸[二]

《廣疋》[三]：「藐，小也。逸，愈逸也。」[四]應劭曰：「藐，遠也，言疏遠忠賢之輔，追情欲，從逸遊也。」臣瓚案：「藐，陵藐也。」

[一]敦煌本「藐」乃「藐」之別體。

[二]尤刻本、叢刊本「從」作「縱」，五臣本、明州本作「樂」。案：《漢書》注「從讀曰縱」，是「從」與「縱」通也。

[三]敦煌本「疋」乃「雅」之別體。

[四]「逸，豫也」，見《廣雅·釋言》（《廣雅》正文作「劮」），疏證云：「劮，通作逸。《晉語》云：『豫，樂也。』」而「豫」之俗體作「悆」，敦煌本「愈」當為「悆」之訛。

嫚被顯祖[一]，輕此削黜[二]。嗟嗟我王

嫚，怠也。顯祖，謂祖庿也[三]。黜，却七縣城也。王，謂戊也。

[一]《文選》各本「被」作「彼」。

[二]《漢書》「此」作「茲」。

[三]敦煌本「庿」乃「廟」之別體。

漢之睦親

高祖之弟，封于楚。

曾不夙夜，以休令聞。穆穆天子，臨照下土[一]，明明群司，執憲靡顧。征遐由近[二]，殆其怙茲[三]

為恃於此親，故放縱也。怙，恃。

[一] 尤刻本「臨照」作「照臨」，《漢書》作「臨爾」。

[二] 各本「征」作「正」。《漢書》「由」作「繇」。

[三] 尤刻本、叢刊本「怙茲」作「茲怙」。

嗟嗟我王，曷不斯思[一]。匪思監[二]，嗣其罔則[三]

罔，無。則，法。

[一]《漢書》「斯」作「此」。

[二]《文選》各本作「匪思匪監」，《漢書》兩「匪」字並作「非」，「監」作「鑒」。案：敦煌本「思」下脱「匪」，當補。「監」與「鑒」通。

［三］敦煌本『囦』乃『罔』之俗體。《漢書》注：『師古曰：不思鑒戒之義，是令後嗣無所法則也。』

弥弥其逸［一］，**岌岌其國**

應劭曰：『弥弥，由稍稍也［二］，**罪過兹甚也。岌岌，欲毀壞意也。』**［三］**鄧曰：『岌，相調岌之岌。』**［四］

［一］敦煌本『弥』乃俗體。《漢書》『逸』作『失』。《漢書》注引應劭曰：『彌彌，猶稍稍也，罪過茲甚也。』

［二］《漢書》『由』作『猶』。案：『由』與『猶』同音假借也。

［三］今本《漢書》注引無『意』字。又師古曰：『岌岌，危動貌。』

［四］此所引鄧注，今本《漢書》無之，乃《漢書音義》之佚文。

致冰匪霜，致墜匪嫚［一］

由於嫚也。言墜失宗廟者，可不由怠嫚也。

［一］《漢書》『墜』作『隊』，『匪』作『靡』。

瞻惟我王，昔靡不練[一]。興國救顛

言不王可不練知前昔王之用賢臣[二]，以興國救顛危者，言有顛危者，即須救濟也。

[一]『昔』字《漢書》同，各本作『時』。

[二]案：『不王』二字按正常詞序當作『王不』，此乃倒置，句法與下篇張茂先《勵志》詩『雖勞朴斲，終負素質』句注『不如彫飾』同。

孰違悔過，追思黃髮，秦繆以霸[一]

孰，誰也。言誰連悔過之事[二]，言有過即須改悔也。黃髮，謂蹇叔，此秦穆公過之言[三]。後卒霸西戎。

[一]五臣本、明州本『繆』作『穆』。

[二]案：『連』當是『違』字之訛。

[三]案：『公』下當脱一『悔』字。

歲月其徂

徂，往也。追思，思法當須及時。

年其逮耇

遷轉也[一]。耇，老也。

[一] 案：「遷」上當脱一「逮」字，當作「逮，遷轉也」。

於昔君子[一]，庶顯于後[二]。我王如何，曾不斯覽。黄髮不近，胡不時監[三]

[一]「昔」字《漢書》同，各本作「赫」。

[二] 案：「歲月其徂」迄「庶顯于後」四句，即《尚書·秦誓》「我心之憂，日月愈邁，若弗云來」之意。孔安國傳云：「言我心之憂，欲改過自新，如日月並行過，如不復云來，雖欲改悔，恐死及之，無所益。」

[三] 五臣本「胡」作「故」，《文選》各本「監」作「鑒」。李善注云：「歎美昔之君子，能庶幾自悔，故光顯于後。」

勵志詩一首四言[一]

《廣疋》：「勵，勸。」[一]

〔一〕張茂先《勵志詩》，存俄Φ二四二號卷子，次韋孟《諷諫》詩之後。所存從篇題、作者題署起迄篇末，共五十一行，有注。正文行十二或十四字，注文小字雙行，行十八或二十字。勵志詩一首四言，尤刻本無『詩』，叢刊本無『一首』，各本『四言』為小字。

〔二〕敦煌本『疋』乃『雅』之別體。案：『勵，勸也』，見《廣雅·釋詁》。

張茂先

此詩茂先自勵勸勤學。

大儀斡運〔一〕，天迴地遊

大儀，天地也。斡，轉也。言天左迴，地右遊轉也，皆出《白虎通》〔二〕。地亦遊從。按《考靈曜》稱：『地有四遊，冬至，地上行北而西三万里；夏至，地下行南而東又三万里；春秋二分是其中矣。地恒移動而人不知，譬如閉舟而行，不覺舟之運也。』〔三〕

〔一〕『儀』『斡』二字敦煌本並用別體。李善注云：『大儀，太極也，以生天地謂之大，成形之始謂之儀。』

〔二〕案：《白虎通德論·天地》篇：『天道所以左旋，地道右周何？』

［三］『按考靈曜稱』云云，李善注引作《河圖》，文字與此全同。案：《御覽》卷三六引《尚書考靈異》云：『地有四遊，冬至，地上北而西三萬里。夏至，地下南而東復三萬里。春秋分則其中矣。地恒動不止，人不知，譬如人在大舟中閉牖而坐，舟行不覺也。』與此引文字小異。案：敦煌本注引書名作《考靈曜》，與《初學記》《藝文類聚》所引同（《類聚》『曜』作『耀』），與《御覽》小異。

四氣鱗次，寒暑環周

如循環而周轉。

星火既夕

星火，謂火星也，二月昏，見東方。

忽焉素秋

匂秋万物皆白，故素秋也［一］。

［一］敦煌本『匂』與『蓋』同音假借。《爾雅·釋天》云：『秋云白藏。』郭璞注：『氣白而收藏。』

涼風振落

言寒也。《詩》云：『北風其涼。』[一]

[一] 案：此乃《邶風・北風》篇詩句。

熠燿霄流[二]

熠燿，熒火也。流，飛也。其按呂忱《字林》曰：『一，一其詞也。』[三] 此即謂其詞一，其詞二，數次之始也。

[二] 各本『霄』作『宵』。案：『霄』與『宵』通。

[三] 案：敦煌本正文『流』字下當有注『一』或『其一』二字，乃詩歌分節之次第，今《文選》各本並有『其一』是其證。蓋傳鈔之際將『一』或『其一』脱漏。此引《字林》釋『一』，即釋『一』或『其一』也，否則此釋文則無所附麗矣。《字林》七卷，晉弦令呂忱撰，《隋志》、兩《唐志》皆著録（《舊唐志》作『十卷』），其書不傳，清任大椿有《字林考逸》八卷（《式訓堂叢書》），陶方琦有《字林考逸補本》一卷。敦煌本作『呂忼』，『忼』字疑誤。

吉士思秋

吉士，善士。[一] 謂注云：『秋士悲，春女思。』[二]

[一]『吉士』訓為『善士』，見《詩·大雅·卷阿》『藹藹王多吉士』句鄭箋。

[二]『謂』當作『詩』。《詩·豳風·七月》『女心傷悲』句毛傳云：『春女悲，秋士悲，感其物化也。』

寔感物化

寔，是也。感時物秋而彫落變化。

日與月與[一]

而，与[二]。

[一] 五臣本、明州本、叢刊本兩『與』字並作『歟』。案：『與』『歟』字通。

[二] 王引之《經傳釋詞》卷七：『而，猶與也，及也。』然正文作『與』，疑此注當作『與，而』。

荏苒代謝

荏苒，儵忽間謝往也。言四時代往也。

逝者如斯，曾無日夜。嗟尒庶士[一]，胡寧自舍

尒之衆士，何得寧日[二]。舍，不學。

[一] 案：「尒」乃「爾」之俗體。

[二] 李善注云：「言逝川之流，不舍日夜，亦當感之以勵志，何得晏然自舍哉。」

仁道不遐

遐，遠也。仁道不遠，但學即得。

德輶如羽，求焉斯至

輶，輕也。能求學即得。言求即至，求而得仁。

衆鮮克舉，大猷玄漠

猷，道也。玄，謂幽玄也。

將抽厥緒[一]，先巳有作[二]

先巳，謂周公、孔子之典籍之作。

[一] 李善注云：『言大道玄遠幽漠，知之猶從小引其端緒，而至於可知。』

[二] 敦煌本『民』字缺筆，五臣本、明州本『民』作『人』。

貽我高矩

貽，遺也。矩，法也，即謂典籍之法。

雖有淑姿

有善之資質。

放心縱逸，出般于遊[一]，居多暇日

居家不學，即有於暇日。

[一] 尤刻本「出」作「田」。案：作「田」是。般，五臣本、明州本作「盤」。案：「般」與「盤」通。《尚書·無逸》：「文王不敢盤于游田。」此句即「盤于游田」之意。

如彼梓材

《周礼》有梓人職。言學成功，如杍人治材為器[一]。

[一] 敦煌本「杍」乃「梓」之俗體。案：《周禮》之《冬官考工記》有《梓人》，掌制飲器。

弗勤丹涞[一]，雖勞朴斲[二]，終負素質

既不以丹涞塗餙[三]，假使朴鄧有奇[四]，終不免負素之質，其木雖美，不如彫餙[五]，猶人不學，亦如此。

[一] 各本「涞」作「漆」。案：「涞」乃別體。

[二] 各本「斲」作「斵」。案「斲」乃別體。

[三] 敦煌本「餙」乃「飾」之別體。

〔四〕敦煌本『鄄』乃『斲』之訛。

〔五〕案：『不如』二字按正常詞序當作『如不』。此種倒置，與上韋孟《諷諫》詩『昔靡不練』句下注『言不王可不練知前昔王之用賢臣』句同。

養由矯矢，獸號于林〔一〕

按《淮南子》稱：『楚恭王遊林中，有白猨緣木而喜，王使左右射之，猨騰躍避矢，不能中也。於是養由基撫矢而眄猨，猨乃抱木而長號。何者？誠在於心而精通於猨。』〔二〕

〔一〕案：『號』乃『號』之別體。

〔二〕『按淮南子稱』云云，今本《淮南子·説山》篇作：『楚王有白蝯，王自射之，則搏矢而熙。使養由基射之，始調弓矯矢，未發而蝯擁柱號矣。』

蒲盧縈繳〔一〕，神感飛禽

按江邃釋〔二〕：『蒲盧一名蒲且，楚人也，善弋射，著《弋射書》四篇。』《汲冢記》云：『有雙鳧飛而過於庭，蒲且弋一鳧而中之，餘一鳧雖離弋，亦隨而自下焉。』〔三〕《幽通賦》曰：『精通靈而感物，神動氣以入微。』此之謂也。或為淳于越此言者，言由至心，言學亦如此。

［一］五臣本、明州本『盧』作『蘆』，叢刊本校云：『蒲盧五臣作蒲蘆。』

［二］案：『釋』上當脱一『文』字。江邃，字玄遠，濟陽考城人，頗有文義，官至司徒記室參軍，見《宋書·沈演之傳》。《文釋》十卷，《宋書·沈演之傳》及兩《唐志》集部總集類皆著録（《新唐志》子部雜家類有江邃《釋文》十卷，當是『《文釋》』二字誤倒而重出）。其書已亡，馬國翰《玉函山房輯佚書》有輯。

［三］『汲冢記』云云，李善注引作《汲冢書》。案：今本《汲冢周書》（四部叢刊影明本）無蒲且事。蒲且事見《淮南子·覽冥》篇：『故蒲且子之連鳥於百仞之上。』又《列子·湯問》篇：『蒲且子之弋也，弱弓纖繳，乘風振之，連雙鶬於青雲之際，用心專，動手均也。』

末枝之妙［一］，動物應心

言射枝末，由能如此，況學問焉。

［一］各本『枝』作『伎』。案：敦煌本『枝』當作『技』，此乃敦煌本從手從木之字常混用之又一例。

研精妣道［二］，安有幽深

謂深心也。

［一］各本『妧』作『耽』。案：『妧』與『耽』通。

安心恬蕩，棲志浮雲

言安定其心恬静，却其蕩逸也。浮雲，取高遠意。

體之以質

文章皃也。

彪之以文

以文德彪畫其身。

如彼東畝［一］，力耒既勤

言如彼東畝之田，須耕墾種殖［二］。顔監曰：『耒，牛耕曲木。』［三］

［一］各本『東』作『南』。

［二］敦煌本『耕』字從『木』。

［三］顔監，顔師古也，師古官秘書監。此注引師古之説，可證此敦煌注在師古《漢書注》之後

成。此注語見《漢書·王莽傳中》「必躬載耒」句師古注。

薦蓘致功

薦，除草也。衮，壅苗本[一]。

［一］敦煌本此作「衮」，誤，當依正文作「蓘」。

必有豐殷

言人亦如此也。言如此，方可殷豐。言學問亦須勤勞，方始得成。

水積成淵[一]，載瀾載清[二]

大波曰瀾。言多則清。載，則。

［一］「淵」，避唐高祖諱改。五臣本、明州本、叢刊本「淵」作「川」。

［二］五臣本、明州本「瀾」作「潤」。

土積成山，歊蒸鬱冥

歊，氣邑雲上皃。《孫卿子》曰：「積水成淵，吞舟之魚生焉。積土為山，豫章之木出焉。』[一]又按《尸子·勸學》稱：『土積成丘[二]，則枏梓豫章出焉[三]；水積成川，則吞舟之魚生焉。夫學之積也，亦有出也[四]。』亦出江邃《文釋》[五]。

[一] 今本《荀子·勸學》篇作『積土成山，風雨興焉；積水成淵，蛟龍生焉』。

[二] 今本《尸子》（清汪繼培輯本）『丘』作『嶽』。

[三] 今本《尸子》作『則梗枏豫章生焉』。

[四] 今本《尸子》『出』作『所生』。

[五] 指此段注文亦引自江邃《文釋》。

山不讓塵，淵不辝盈[一]，勉尔含弘[二]，以隆德聲

言辝皆受也，亦如山海，不辝高深，既如此成大。

[一] 各本『淵』作『川』。『辝』為『辭』之別體。《禮記·坊記》『無辭而行情則民爭』，鄭玄注：『辭，辭讓也。』

[二] 五臣本、明州本、叢刊本『爾』作『志』。

高以下基

因下而得其高。

洪由纖起

纖，細也。《老子》云：『高以下為基。』[一]洪，大也。言成人之體，乃猶始學之時，皆由初，万物皆然，非猶學。

[一]《老子》二十九章：『故貴以賤為本，高以下為基。』

川廣自源[二]，成人在始

《國語》曰：『韓獻子見趙武初冠，曰：「成人在始之哉，敬之哉。」』[三]

[二]五臣本、明州本『自』作『其』。案：作『其』誤，敦煌本是也。

[三]今本《國語·晉語》作『趙文子冠……（韓）獻子曰：「戒之，此之謂成人，成人在始。」』

累微以著

積小成高大。

乃物之理，纆牽之長

今雖小惡，亦能累行。

實累千里

按《戰國策》稱：『段干越謂韓相新成君曰：「昔王良弟子馬千里之馬。」而京父謂曰：「馬非千里之馬也。」王良弟子曰：「馬取千里而子云非，何也？」京父曰：「子墨牽長。」夫墨牽於事，万分之一也，而累千里之行，今臣雖不肖，背於秦，亦万分之一也，願君留意焉。』[二]

[二]『按戰國策稱』云云，敦煌本『策』乃『策』之別體。案：敦煌本此引有誤有脱，今本《戰國策·韓策》作：段干越人謂新城君曰：『王良之弟子駕，云取千里馬，遇造父之弟子。造父之弟子曰：「馬不千里。」王良弟子曰：「馬，千里之馬也；服，千里之服也，而不能取千里，何也？」曰：「子纆牽長。故纆牽於事，萬分之一也，而難千里之行。」今臣雖不肖，於秦亦萬分之一也，而相國見臣不釋塞者，是纆牽長也。』李善注云：『千里之馬，繫以長索，則為累矣。人雖有容貌，不脩德，如千里馬也。』

復礼終朝[一]，天下歸仁

孔子言：『一日復礼[二]，則天下歸仁焉。』

[一] 敦煌本『礼』乃『禮』之俗體。

[二] 案《論語・顔淵》作『一日克己復禮，天下歸仁焉』。

若金受礪，若泥在鈞

喻人學問，鈞陶家輪[一]。

[一] 李善注云：『謂陶家泥輪以能成器也。』

進德脩業[一]

又能日進其德，日脩其業。

[一] 『脩』乃『修』之别體。

暉光日新

《易》云：『君子脩詞以近德。』[一]言光暉日新其德。

〔一〕案：《周易·乾·文言》作：『子曰：「君子進德修業，忠信，所以進德也；修辭立其誠，所以居業也。」』

隰朋仰慕，予亦何人

《史記》云：『隰朋，齊大夫，慕管仲德，曰：「吾知管仲之德矣，隰朋恥不如皇帝。」』〔一〕言慕德高也，今我何人，而不及之。

〔一〕案：今本《史記》無此文。隰朋事見《左傳》僖公九年、《國語·齊語》和《管子·大匡》篇。李善注：『言隰朋猶慕德，我是何人，而不慕乎。』

獻詩

獻天子之詩。

上責躬應詔詩表〔一〕

〔一〕曹子建《上責躬應詔詩表》，存俄Φ二四二號卷子，次張茂先《勵志》詩之後。所存從分類標目『獻詩』、篇題及作者題署起，迄『馳心輦轂』句止，共三十行，有注，正文行十二或十三字，注文小字雙行，行十八或十九字。以《文選》各本及《三國志・魏書・陳思王傳》（簡稱《魏志》）所載比勘。

曹子建

曹子建名植，武帝時依銅雀臺詩，門司馬門禁[一]，于時御史大夫中謁者灌均奏之，遂不在後。文帝即位，念其舊事，乃封臨淄侯，又為鄄城侯，唯与老臣廿許人。後太后適追之入朝，至閔，乃將單馬輕向清河公主家求見，帝使人逆之，不得，恐其自死。後至，帝置之西館，未許之朝，故遣獻此詩，太后謂皇后、清河公主遣之。

［一］武帝時依銅雀臺詩門司馬門禁，《魏志》作『植嘗乘車行馳道中，開司馬門出』，敦煌本『門司馬門禁』當作『開司馬門禁』，『開』訛『門』。案：此節注文叙獻詩原委，本之《魏志》本傳及裴注，李善注引『植集曰』云云，誤甚。

臣植言[一]，臣自抱釁歸蕃[二]

釁，罪也。按杜預《左氏傳》注云：『釁，瑕也。』歸蕃，謂為臨淄侯也。

［一］『臣植言』，《魏書》無此三字。

〔二〕『臣自抱疊歸蕃』，《魏志》『疊』作『疊』。案：『疊』乃『疊』之俗體，見《干禄字書》（去聲）。尤刻本、《魏志》『蕃』作『藩』。案：『蕃』與『藩』通。

刻肌刻骨，追思罪戾

肌，宍也〔一〕。戾，惡也。

〔一〕案：『宍』乃『肉』之俗字。

晝分而食，夜分而寢

晝分而日午也。夜分，夜半。

誠以天罓不可重離〔一〕，聖恩難可再恃

絅，法絅也。離，遭也。

〔一〕《文選》各本『罓』作『網』，《魏志》作『罔』。案：『罓』乃『罔』之俗體，『網』與『罔』通。《文選》各本『離』作『罹』。案：『離』與『罹』通。

竊感《相鼠》之篇，無礼遄死之義[一]

詩篇之『相鼠有禮，人而無礼。人而無礼[二]，胡不遄死』。

[一]敦煌本『礼』乃『禮』之俗體。

[二]『人而無禮，人而無禮』，原省作『人々而々無々禮々』。此《鄘風·相鼠》篇文也。

形影相弔，五情愧赧

按《説文》曰：『赧，面慙，從赤，皮聲。』[一]五情：喜、怒、哀、樂、怨也。

[一]《文選》李善注引作：『《説文》曰：「赧，面慙也。」』《集韻·濟韻》：『赧赧赧，乃版切，《説文》：「面慙赤也，周失天下於赧王。亦從皮，亦作赧。」』今本《説文·赤部》作：『赧，面慙而赤也，從赤，皮聲。周失天下於赧王。』案：今本《説文》無『赧』字，而『赧』與『赧』通也。

以罪弃生[一]，則違古賢夕改之勸[二]

出《大戴礼》：『朝過夕改，君子与之。』[三]

[一]以罪弃生，案：『弃』乃『棄』之俗體。

[二] 則遠古賢夕改之勸，各本『遠』作『違』。案：『遠』乃『違』之俗體。

[三] 案：《大戴禮·曾子立事》篇作：『朝有過，夕改，則與之；夕有過，朝改，則與之。』

忍垢苟全[一]，則犯詩人胡顔之誡[二]。伏惟陛下

應劭曰：『陛下者，升堂之階，王者必有執兵陳於階陛之側，群臣与至尊言，不敢指斥，故呼在陛者而告之，因卑以達尊之意也。若今稱殿下、閤下、侍者、執事，皆此類也。』[三]

[一]《魏志》『垢』作『活』。

[二] 各本『誡』作『譏』。案：作『譏』是，敦煌本訛。李善注：『即上「胡不遄死」之義也。』

[三]『應劭曰』云云，見《漢書·高帝紀下》：『於是諸侯上疏曰……大王陛下……』顔師古引應劭曰：『陛者升堂之陛，王者必有執兵陳於階陛之側，羣臣與至尊言，不敢指斥，故呼在陛下者而告之，因卑以達尊之意也。若今稱殿下、閣下、侍者、執事，皆此類也。』

德像天地[一]

像，似也，天謂天無私覆[二]，地無私載[三]。

［一］各本『像』作『象』。案：『象』與『像』通。

［二］案：『天謂』之『天』下疑脱一『地』字。

［三］《禮記·孔子閒居》：『孔子曰：「天無私覆，地無私載。」』

恩隆父母

隆，盛[一]。

［一］《禮記·樂記》：『是故樂之隆，非極音也。』鄭玄注：『隆，猶盛也。』《史記·禮書》『是謂大隆』，司馬貞《索隱》：『隆者，盛也。』乃此注所本。

施暢春風，澤如時雨。是以不别荆棘者

自喻於賤木。

慶雲之惠也

五色雲能降甘澤，似煙非煙，藹藹氛氛，是曰慶雲。

七子均養者，尸鳩之仁也[一]

尸鳩，鸛鴇兒也[二]。言均調而養，從小至大。《詩》云：『尸鳩在桑，其子七兮。』[三] 毛傳曰：『尸鳩之慈，朝從下上，暮從上下。』[四]

[一]『尸』字《魏志》同，各本作『鳲』。

[二] 鸛，《説文・鳥部》：『鸛，鸛專，畐蹂，如誰短尾，射之銜矢射人。』《詩・豳風・東山》『鸛鳴于垤』，鄭箋：『水鳥也。』鴇，《説文・鳥部》：『鴇，鵃鴇也。』鸛、鴇分別為兩種不同的鳥，敦煌本注以『鸛鴇兒』釋《尸鳩》，未詳所本。

[三] 見《毛詩・曹風・鳲鳩》。

[四] 今本《毛詩》傳作『鳲鳩之養其子，朝從上下，莫從下上，平均如一。』鄭箋云：『喻人君之德當均一於下也，以刺今在位之人不如鳲鳩。』

舍罪責功者，明君之舉也

責，取也。捨罪戾，責收其功勳也。

矜愚愛能者，慈父之恩也

言慈父怜愚者[一]，見其愚故怜，有賢者，亦愛之以賢也。《文子》語也[二]。

[一] 敦煌本「怜」乃「憐」之俗體。

[二] 案：《文子·微明》篇：「老子曰：慈父之愛子者，非求其報，不可内解于心。」又《上仁》篇：「衣寒食饑，慈父之恩也。」

是以愚臣低佪於恩澤[一]，而不敢自弃者也[二]

自弃，謂死。

[一] 各本「低佪」作「徘徊」。

[二]《魏志》「敢」作「能」。「弃」乃俗體。

前奉詔書，臣等絶朝

言与朝會永絶。

心離志絶，自分黄耇

黄者黄髮，髮落更生黄者。耇者耆也，皆壽考者之通稱也。

永無執珪之望[一]。不啚聖詔，猥垂齒召[二]

齒，録[三]。

[一] 永無執珪之望，《魏志》『永無』作『無復』。五臣本『珪』作『圭』。案：『圭』與『珪』通。

[二] 敦煌本『啚』乃『圖』之别體。李善注：『猥，猶曲也。』

[三] 《禮記·王制》：『不變，屏之遠方，終身不齒。』鄭玄注：『齒，猶録也。』當即此注所本。

至止之日

言使至［下佚］。

馳心輦轂

謂天子［下佚］[一]。

[一] 敦煌本所載至『子』字止，下佚。

天津藝術博物館藏敦煌本《文選注》疏證

凡例

一、據《文選注》注文列出相對應的正文，敦煌本注所據之本有與今本之文字異者，逐一考訂。

二、於正文之下列敦煌本注，正文頂格，注文低一格。注文之次，列考訂和箋證。

三、用以比勘之本，有日本京都大學影印《文選集注》（簡稱集注本）、中華書局影印宋淳熙八年貴池尤袤刊李善注《文選》（簡稱尤刻本）、台灣『中央圖書館』藏並影印宋建陽崇化坊陳八郎刊本五臣注《文選》（簡稱五臣本）、日本汲古書院影印彼邦足利學校藏北宋末明州州學刊五臣李善注《文選》（簡稱明州本）、四部叢刊影建刊本李善五臣注《文選》（簡稱叢刊本），韓國影印彼邦奎章閣藏明宣德三年翻宋元祐九年秀州州學刊五臣李善注《文選》（簡稱奎章閣本）。

趙景真《與嵇茂齊書》

與嵇茂齊書

〔上殘〕太守為從事[一]，適遼東海北頭，至不願去[二]，其憂迫不得志，路為書以遺嵇蕃[三]，論其苦難之事。此皆王隱《晉書》[四]。干寶《晉紀》云：『呂安昔為兄巽奸其妻[五]，安欲遣其妻[六]，与嵇康言，康言可遣也[七]，巽恨之[八]，乃告司馬文王[九]，云安与康謀反[一〇]。文王不煞之[一一]，徙安沙漠[一二]，在路作此書寄康也。後司馬文王見之，有「蹋太山令東覆」之語[一三]，乃追還，与嵇康俱煞東市[一四]。』嵇紹《自序》云[一五]：『人言作書与先君，非也。』今王隱是[一六]。

[一]『為』前似當有『辟』字，疑脱。李善注：『州辟遼東從事』，與此意同。

[二]此句原作『至不願至不願去』，『至不願』三字不當複，衍，今刪。

[三]『遺』，原訛『遣』，今正之。

[四]『此皆王隱晉書』，『書』下當有奪字，為存其舊，今不補。

［五］『兄巽』原作『元遜』，『元』與『兄』形近，『巽』與『遜』音近，故訛。『妻』，原作『婁』，形近而訛。

［六］『妻』，原作『婁』，形近而訛。

［七］『与』為『與』之俗體，敦煌本多用。『康言可遣也』，原無『康言』，當是上句『康』字『言』字之下原有重疊號『々』，傳鈔之際脱落，今補。

［八］『巽』，原訛作『選』。

［九］『司馬文王』，『司』，原訛作『勁』，據下文改。案：司馬文王，晉太祖司馬昭（二一一—二六五）也。

［一〇］『云』，原作『之』，形近而訛。［二］『文』，原作『又』，誤，據上文『司馬文王』改。

［一二］『漠』字原無，據文意補。

［一三］此句，原作『云喻太山命東覆語之』九字，文意不通，蓋『云』字當是『有』字之訛，『喻』字當是『蹋』字之訛，『命』字當是『令』字之訛（『蹋太山令東覆』句集注本、尤刻本、五臣本、明州本、叢刊本、奎章閣本並作『令』）。『語之』二字誤倒，今正之。

［一四］『東』，原作『來』。《晉書・嵇康傳》『康將刑東市』，是康刑於『東市』，非『來市』也。『東』與『來』形近，故訛。

［一五］『云』，原作『公』，形近而訛。

〔一六〕『令』，原作『命』。此例與上文『令』訛『命』同。

《文選集注》於作者題署下注云：

李善曰：《嵇紹集》曰：『趙景真與從兄茂齊書，而時人誤謂呂仲悌與先君書，故具列本末：趙至字景真，代郡人，州部（案：『部』疑當作『辟』）遼東從事。從兄太子舍人蕃字茂齊，與至同年相親，至始詣遼西（案：『西』疑當作『東』）時，作此書與茂齊。』干寶《晉紀》以為呂安與嵇康書，二説不同，故題云景真而書曰安也。

鈔曰：干寶《晉紀》云：『呂安與康相善，安兄巽。康有潛遁之志，不能披褐懷玉寶，矜才而上人。安妻美，巽使婦人醉而幸之。醜惡發露，巽病之，反告安謗己。巽善鍾會，有寵於太祖，遂徙安邊郡。安還書與康，其中云：「顧影中原，憤氣雲踊，哀物悼㞢（『世』作『㞢』者，避太宗諱也），激情風厲。龍嘯大野，虎睇六合，猛志紛紜，雄心四據。思躡雲梯，橫奮八極，披艱掃難，蕩海夷嶽。蹴崑崙使西倒，蹋太山令東覆。平滌九區，恢維宇宙。斯吾之鄙願也，豈能与吾同大丈夫之憂樂哉！」太祖惡之，追收下獄，康理之，俱死。』又《嵇紹集》云：『此書趙景真與從兄嵇茂齊書，時人誤以為仲悌與先君書，故具列其本末。』尋其至實，則干寶説呂安書為是。何者？嵇康之死，實為呂安事相連，呂安不為此書言太極，何為至死？當死之時，人即稱為此書而死。嵇紹晚始成人，惡其父與呂安為黨，故作此説以拒之。若説是景真為書，景真孝子，必不肯為不忠之言也。又景真為遼東從事，於理何苦而云『慎（當是憤字之訛）氣雲踊，哀物悼古』乎？實是呂安見枉，非理從邊之言也。但為此言，與康相知，所以得使鍾會構成其罪。若真為殺安遺妻，引康為證，未足以加刑也。干寶見紹説之非，故於脩史陳其正義。今《文選》所撰，以為親不過子，故從紹言以書之。其實非也。

李周翰曰：干寶《晉紀》云：『呂安字仲悌，東平人也。時太祖徙安遠郡，即路作此書與嵇康。』案：康子紹集序云『景真與茂齊書』，且《晉紀》國史實有所憑，紹之家集未足可據，何者？時紹以太祖惡安之書，又父與安同誅，懼時所疾，故移此書於景真，考其始末，是安所作，故以安為定也。

陸善經曰：《晉書》云趙至論議精辨，有縱横才氣，遼西舉郡計史，到洛與父相遇，時母已亡，父欲令其官（案：疑當作『宦』）立，弗之告，仍戒以不歸，至乃還遼西。太康中以良吏赴洛，方知母亡，號慟歐血。干寶《晉紀》以為呂安與嵇康書，詳其書意，自『吾子根植芳苑』已下，則非與康明矣。

案：集注所引四家之説，可分為兩派：一派認為此乃趙至與嵇蕃書（李善、陸善經），一派認為是呂安與嵇康書（《鈔》和李周翰）。此敦煌本注，既引王隱《晉書》，又引干寶《晉紀》，末引《嵇紹集》之自序來證明王隱之説是，干寶之説非，其説與李善、陸善經暗合。

安白：昔李叟入秦，及關而歎

集注本云：『今案：陸善經本「安」為「至」，「關」為「郊」。』

李史本老子[一]。周敬王末西入胡[二]。歎事未詳[三]。

[一]『史』，疑為『叟』之訛。『本』，敦煌本此字與『年』似，作『年』文意欠通，今姑定作『本』。《史記·老子韓非列傳》：『老子者，楚苦縣厲鄉曲仁里人也，姓李氏，名耳，字聃，周守藏室之史也。』

[二]周敬王，姬匄也，其執政期為公元前五一九年至公元前四七六年。

[三]『歎』，原作『欺』，形近而訛。集注本引李善注云：『《列子（·黃帝）》曰：楊朱南之沛，老聃西遊於秦，邀於郊。至梁而遇老子，老子中道仰天而歎曰：「始以女為可教，今不可教也。」楊朱曰：「請問其過。」老子曰：「而睢睢而盱盱，而誰與居？」』是為敦煌本注著者未曾見李善注之明證也。

梁生適越，登岳長謡

梁鴻字伯鸞，扶風人也，少尚高節[一]。過京師，作《五噫之歌》曰[二]：『陟彼北卭兮噫[三]，宮殿崔嵬兮噫[四]，遠適荆蠻兮噫[五]，顧覽帝京兮噫[六]，遼遼未央兮

噫[七]。』遂去鄉里，適越，至會稽，隱寄於高伯通家也。

[一]『尚』，原作『否』，形近而訛。《後漢書·梁鴻傳》『家貧而尚節介』，當為此注所本。

[二]『過京師作五噫之歌曰』九字原無，據文意補。

[三]『陟』字原脱，據《後漢書·梁鴻傳》補。

[四]『崔』，原作『省』，形近而訛。『噫』，原作『憶』，音近而訛。

[五]『噫』，原作『憶』，音近而訛。案：此句《後漢書》本傳無。

[六]『噫』，原作『憶』，音近而訛。

[七]『遼遼未央』，原作『聊扶々央』，蓋『聊』與『遼』音近而訛，又誤將該字下之重疊號『々』與下文之『扶』字互乙，而『扶』又是『未央』字之訛。今將其復原。『噫』，原作『憶』，音近而訛。

案：《後漢書·梁鴻傳》云：『梁鴻字伯鸞，扶風平陵人也……家貧而尚節介……因東出關，過京師，作《五噫之歌》曰：「陟彼北芒兮噫，顧覽帝京兮噫，宮室崔嵬兮噫，人之劬勞兮噫，遼遼未央兮噫。」……遂至吴，依大家皋伯通，居廡下，為人賃舂。』此當是敦煌本注所本。

集注本引李善注云：『然老子之歎，不為入秦，梁鴻長謡，不由適越，且復以至郊為及關，升芒為登岳，斯蓋取意而略文也。』

日薄西山，則馬首靡託

薄，迫也[一]。

[一]《廣雅·釋詁》：「薄，迫也。」集注本引《鈔》曰：「西山，謂崦嵫山，日所入處也。靡，無也。言日迫山，暗馬道，前向尚未得止託處也。」

或乃迴飄狂厲，白日寢光

「迴飄」，集注本、尤刻本、五臣本、明州本、叢刊本、奎章閣本「飄」並作「飆」。集注本引《鈔》作「迴飄」，是敦煌本、《鈔》所據之本正文並作「飄」也。今正文改「飆」作「飄」。

迴飄，遇風塵。[二]**寢**[三]，**匿也**。

[二] 集注本引《鈔》曰：「迴飄，旋風也。此亦喻讒小蔽君之明，假託言也。」案：《文選鈔》訓「迴飄」為「旋風」，與敦煌本注異；將其引申為「諭讒小蔽君之明」者，蓋認定此書為呂安致嵇康書也。

[三]「寢」，原作「侵」，據正文改。五臣注：「良曰：寢，隱也。」與敦煌本同。

至若蘭茝傾頓，桂林移植

『至若蘭芷……桂林……』等[一]，自喻北胡虜之地，非我賢士所處。

[一] 此句原作『至若桂枝蘭芷等』，『桂枝蘭芷』乃提示正文之縮略語，依正文次序，『蘭芷』在前，『桂枝』在後，今乙之。『桂枝』，集注本、尤刻本、五臣本，明州本、叢刊本、奎章閣本『枝』字並作『林』，敦煌本注作『枝』，形近而訛。

根萌未樹，牙淺弦急

根萌，言未樹根牙於土地，言不可[一]。

[一]『可』下當有脱文。集注本引陸善經注曰：『蘭桂傾移，喻身之往遼土；根萌未樹，故恐風波潛駭；牙淺弦急，故懼危機密發。皆慮未及安，而逢禍難也。』

投人夜光

夜光，至自謂。

今將植橘柚於玄朔，蔕華藕於修陵

橘柚，自謂。玄朔，北。言橘本南方物，北生長之也，言我學問不宜投之胡虜之地[一]。蔕，栽[二]。藕，水中物，不宜在陵也。

[一]「宜」字原無，據下文「不宜在陵也」句補。「投」，原作「捉」，形近而訛。

[二]「栽」，原作「㦲」，當是「㦲」之訛（《齊道興造像碑》「栽」作「㦲」），今正之。案：敦煌本注訓「蔕」為「栽」，與《説文·艸部》訓「蔕」為「瓜當」，《文選·吴都賦》「杌白蔕」句劉逵訓為「花本」異。

表龍章於裸壤

裸壤不貴衣，山海之禹入裸國，傾然解裳[一]。

[一]《淮南子·原道》：「故禹之裸國，解衣而入，衣帶而出，因之也。」「裸」，原訛「禍」，今正之。

奏《韶》《武》於聾俗

集注本、五臣本、明州本、奎章閣本作「韶武」，尤刻本、叢刊本作「韶舞」。案：「韶」指舜樂，『武』指武王樂，尤刻本、叢刊本作『舞』誤。

《韶》，舜樂。孔曰[一]：『《韶》盡美矣[二]。』

[一]『孔曰』，『孔』下奪『子』，今不補。

[二]《論語・八佾》：『子謂《韶》，盡美矣。』當即此注所本。何晏集解云：『孔（安國）曰：《韶》，舜樂名，謂以聖德受禪，故盡善。』

固難以取貴矣

『難取』[一]，謂地人別我[二]。

[一]『難取』，當是『難以取貴』的縮略語。

[二] 集注本引陸善經注云：『皆言才非所宜。』

夫物不我貴，則莫之與，莫之與，則傷之者至矣

《易》之孔子曰[一]：『無交而求[二]，則莫之與，莫之與[三]，則傷之者至矣。』《辭》云不與人為交友而有所求於人[四]，則不有物，是為傷之也。此言北虜不求我與往，女為所惡也[五]。

［一］以下所引乃《易·繫辭》載孔子之言，故云「《易》之孔子曰」。

［二］「而」，原訛「与」，據《繫辭》改。此寫卷「而」訛「与」的例子不少，蓋「而」字草書易誤「与」字。

［三］「則莫之與莫之與」，原作「則莫命々興々」，「莫」下當脱一重疊號「々」，「命」當為「之」之訛，「興」當為「與」之訛，今正之。案：此二句今本《易·繫辭》作「則民不與也，莫之與」。敦煌本注將「民不與也」改作「莫之與」，為求與《文選》正文合也。

［四］「云」，原作「公」，形近而訛。「而」，原訛「与」，今正之。案：《辭》云者，謂《繫辭》所云也。

［五］「女為」，似當作「為女」。案：若仍保留「女為所惡也」原句，則「惡」下當脱「故」字。

總轡遐路，則有前言之艱；懸窜陋宇，則有後慮之戒

「前言」，謂迴飄、涉沙漠等［二］。縣窜陋宇［三］，謂至遼東有偪者戒。

［一］「涉」，原作「造」，訛，前正文有「經迴路，涉沙漠」之語，據改。

［二］「縣」正文作「懸」，「縣」與「懸」通。《説文·𥄉部》「縣」字下段玉裁注云：「自專以縣為州縣字，乃别製從心之懸挂，别其音，縣去懸平。」「窜」，原作「案」，形近而訛。「宇」字原脱，據正文補。

吁其悲矣，心傷悴矣。然後乃知步驟之士，不足為貴也

步驟，行役之士也[一]。言苦難不可遣也[二]。

[一]『驟』原作『驪』，形近而訛。五臣注：『良曰：步驟，謂驅馳行役之人也。』與此注同。

[二]『遣』，原作『遺』，形近而訛。

若迺顧景中原，憤氣雲踊，哀物悼世，激情風烈，龍睇大野，虎嘯六合，猛氣紛紜，雄心四據，思躡雲梯，橫奮八極

敦煌本注作『顧景』，其所據之《文選》正文當作『顧景』，集注本、五臣本、明州本、奎章閣本並同，尤刻本、叢刊本作『顧影』。案：『影』與『景』同，《周禮・地官・大司徒》『正日景以求地中』，釋文：『景，本或作影。』

我顧景憤氣，思欲龍虎之為志，為大將軍，使我可盡我才思，如工輸子攻宋之雲梯[一]，如此，則可盡奪取八極[二]。言須如虎[三]，今不然，象意如也[四]。

[一]『雲』，原作『定』，今改正。案：工輸子，公輸班，古之巧智人也。《墨子・公輸》：『公輸盤為楚造雲梯之械。』又《戰國策・宋策》：『公輸般為楚設機，將以攻宋……墨子曰：

「聞公為雲梯，將以攻宋……」」

〔二〕『八』，原作『人』，訛，據正文改。

〔三〕『言』字上原有『食』字，疑涉下文『食禄』而衍，今删。『言』字下原有『在朝食禄公卿』，當為下文之注而誤置於此，今乙之。

〔四〕『象意如也』四字費解。今姑存之，俟考。集注本引《鈔》云：『顧景，自顧形，歎息彌深也。「哀物悼世，激情風列」，睹見時物而哀之，因嗟悼世事，故激怒中情如風之厲也。睇，視也。大野，猶中原也。紛紜，盛壯也。四據，謂雄然之心，據於四方也。』

蹴崑崙使西倒，蹋太山令東覆，平滌九區，恢廓宇宙，斯亦吾之鄙願也

『廓』，集注本、五臣本、明州本、奎章閣本並同，尤刻本、叢刊本作『維』。

『蹴崙』『蹋山』，俱謂在朝食禄公卿〔一〕，言我意慾欲除去之〔二〕，我安得佐助國家〔三〕，平滌恢廓也〔四〕。

〔一〕『食禄公卿』原在上句『食言』之下，當為誤置，今乙之。

〔二〕『慾』，原作『恕』，形近而訛。

〔三〕『得』，原作『徐』，文意不通，『徐』字當涉上文『除』字而訛，今改之。

〔四〕『平』，原作『卒』，形近而訛。集注本引《鈔》云：『滌，洗除也。九區，謂九州區宇也。

恢，大也；廓，開也；言大開宇宙以立天地。』

時不我與，垂翼遠逝

與，待[一]。垂翼，謂今之遼東也[二]。

[一] 此句原作『我與待』，『我』字當涉正文而衍。集注本引《鈔》云：『與，猶待也』，與此敦煌本注合。

[二] 集注本引《鈔》云：『言我有此鄙願，未及得行，即值時不待我，逢此厄運，垂翼而行也。』又引陸善經注云：『垂翼遠逝，不得志之遼西（『西』疑當作『東』也）。』

鋒鉅靡加，六翮摧屈

鋒鉅，鍔[一]，不加於我，自然摧屈六翮[二]。

『六翮』，集注本、五臣本、明州本、奎章閣本並同，尤刻本、叢刊本『六』作『翅』。

[一] 集注本引《鈔》云：『鋒鉅，謂岳刃也。』

[二] 『摧』，原作『擢』，形近而訛。集注本引《鈔》云：『上句云垂翼遠遊，今此言六翮摧屈，借鳥以自喻也。夫鳥以被鋒刃所傷故垂翼，今我雖不被更羸之鋒，然為人所挫辱，自然摧屈也。』

自非知命，誰能不憤悒者哉

『悒』，集注本作『邑』。《荀子·解蔽》：『無邑憐之心。』楊倞注：『或曰：邑與悒同。』

知命，孔子五十而知天命[一]**。天命**[二]**，謂七政**[三]**。又《易》曰：『樂天知命故不憂**[四]**。』**

[一] 此句原作『孔子卌与知天命』，『卌』當為『五十』之訛，『与』當為『而』之訛。《論語·為政》：『子曰：吾十有五而志於學，三十而立，四十而不惑，五十而知天命，六十而耳順，七十而從心所欲不逾矩。』當即此注所本。

[二] 『天命』，原本只『命』字下有疊字號『々』，『天』字下亦當有疊字號，蓋傳鈔之際脱漏，今據意補。

[三] 《尚書·舜典》：『在璿璣玉衡，以齊七政。』偽孔傳：『七政，日月五星各異政，舜察天文，齊七政，以審己當天心否。』乃此注以『七政』訓『天命』之所本。

[四] 此句原作『樂天知命与不憂』。案：此乃《易·繫辭》文，《繫辭》原文作『樂天知命故不憂』，『与』字訛，今據改。集注本引《鈔》云：『吾非知命之人，則不能無憤悒之事也。』

吾子植根芳苑

集注本、尤刻本、五臣本、明州本、叢刊本、奎章閣本並作『苑』，敦煌本注作『菀』，是敦煌本注者所據之《文選》作『菀』也。

吾子，謂蕃。芳菀，謂華京及在家[一]。

[一]『華』，敦煌本作『荂』，與《魏世宗嬪司馬氏墓誌》同。《文選》卷二五謝靈運《酬從弟惠連》『務協華京想』，李善注：『華京，猶京華也。』

俯據潛龍之淵，仰蔭遊鳳之林

『遊』，集注本、五臣本、明州本、奎章閣本同，尤刻本、叢刊本作『棲』。

『潛龍』『遊鳳』，謂蔭官職得天官也[一]。

[一]《周禮·天官冢宰》：『乃立天官冢宰，使帥其屬，而掌邦治，以佐王均邦國。』案：此處之『天官』，非謂冢宰，乃泛指美官也。

無金玉爾音，而有遐心

《白駒》詩，云見賢者乘白駒而去[一]**，詩人為之思賢**[二]。**無惜金玉之音**[三]**，而遐**

遠之心[四]**，不與嗣音**[五]。

[一]『駒』，原作『駒』，形近而訛。今本《詩·小雅·白駒》毛傳作：『宣王之末不能用賢，賢者有乘白駒而去者。』『而』，原本作『与』，今據毛傳改。

[二]『為』，原作『謂』，音近而訛。『思』，原訛『江』，據意改。

[三]『惜』，原作『借』，形近而訛。

[四]『而』，原作『与』，當涉下文之『與』字而訛，今據意改。

[五]嗣，續也，見《詩·鄭風·子衿》『子寧不嗣音』句鄭箋。集注本引陸善經注云：『言無惜音問而有遐遠之心。』

敦履璞沉

璞沉，厚意[一]。

[一]集注本引《鈔》云：『敦，愿也，此下陳相戒慎之意也。』又引陸善經注云：『令其履質樸沉深之志。』

丘希範《與陳伯之書》

與陳伯之書

陳伯之本齊家將，梁武帝蕭衍從襄州領人攻入齊[一]，東昏侯寶眷、伯之領兵拒梁武[二]，之知勢弱兵羸[三]，遂降梁武，梁武以為江州刺史[四]。後有失意於梁武，遂煞其家婢妾卅許人[五]，而入元魏[六]，魏以為將軍。後天監二年，魏以為之悉梁之土地江山易攻討處[七]，遂令將兵予伐梁[八]。軍至臨江，梁武患之，不知何計，遂令中書丘遲臨江遺伯之書[九]。

[一]『帝』，原作『常』，形近而訛。『衍』，原作『演』，音近而訛。『攻』，原作『共』，音近而訛。

[二]『之』，原作『芝』，音近而訛。

[三]『之』，原作『芝』，音近而訛。『勢』，原作『㔟』，『㔟』乃『勢』之別體。《魏南石窟寺碑》『勢』作『㔟』，與此同。

[四]『遂降梁武梁武』，原本作『遂降梁武々夏』，蓋傳寫之際，將『梁』下之疊字號脱落，於『武』字之疊字號下又衍『夏』，今正之。

［五］『卅』，原作『世』，形近而訛。『許』，原作『行』，形近而訛。

［六］『而』，原訛『与』，今正之。

［七］『之』，原作『芝』，今正之。

［八］『予』，原作『柔』，『柔』乃『柔』之別體（《魏丘哲妻鮮于仲兒墓志》作『柔』，與此寫卷同）。作『柔』文意不通，今姑改作形近之『予』，俟考。

［九］『伯之』，原作『芝々』，訛，今正之。

案：此注所述陳伯之事，與《梁書》及《南史》之《陳伯之傳》大體相同。

陳將軍足下，無恙

敦煌本注『恙』作『患』，尤刻本、五臣本、明州本、叢刊本、奎章閣本、《梁書》《南史》並作『恙』，敦煌本注所據之本亦當作『恙』，今注文作『患』者，形近而訛也。

恙［一］，病也。

［一］『恙』，原訛『患』，今正之。案：《太平御覽》卷三七六引《風俗通》云：『俗説無恙，無病也，凡人相問無病也。』

棄鷰雀之小志，慕鴻鵠以高翔

陳勝少時耕於隴上［一］，謂同耕人曰［二］：『鷰雀安知鴻鵠之志哉［三］。』

［一］『耕』，原作別體『畊』，與《唐盧公清德頌》同。

［二］『耕』，原作別體『畊』，今正之。

［三］『雀』，原作『省』，形近而訛。『鴻』，原作『鳴』，形近而訛。《史記·陳涉世家》：『陳勝者，陽城人也，字涉。……陳涉少時，嘗與人傭耕，輟耕之壟上，悵恨久之，曰：「苟富貴，無相忘。」傭者笑而應曰：「若為傭耕，何富貴也？」陳涉太息曰：「嗟乎，燕雀安知鴻鵠之志哉！」』

昔因機變化，遭遇明主

『遇』，《梁書》作『逢』。『明』，《南史》作『時』。

明主，梁武帝；棄齊寶眷也。

開國承孤

『承』，《梁書》同，尤刻本、五臣本、明州本、叢刊本、奎章閣本並作『稱』。『孤』，《梁書》作『家』。

『開國承孤』，謂江州刺史乃侯［一］**。《易》云：『開國承家。』**［二］

［一］《梁書·陳伯之傳》云：『（建康）城平，進號征南將軍，封豐城縣公，邑二千户。』『開國

承孤』當指此也。

〔二〕此乃《易·師》文，王弼注云：『開國承家以寧邦也。』

擁旄萬里

擁旄，擁旄節也〔一〕。

〔一〕此二句六字，原作『擁旄節也』四字，當是傳鈔之際，將『擁旄』二字下之疊字號脱落所致，今補上。

如何一旦為奔亡之虜，聞鳴鏑而股戰，對穹廬以屈膝

奔亡，謂元為突厥〔一〕，故云『鳴鏑』『穹廬』也〔二〕。

〔一〕《魏書·序紀》：『昔黄帝有子二十五人……昌意少子，受封北土，國有大鮮卑山，因以為號。其後世為君長，統幽都之北，廣漠之野，畜牧遷徙，射獵為業，淳樸為俗，簡易為化。』

〔二〕『盧』，原作『虜』，形近而訛。

聖朝赦罪責功

聖朝，謂梁也〔一〕。

［一］『謂梁』，原誤倒作『梁謂』，今正之。

朱鮪涉血於友于

朱鮪為光武族兄劉聖公大司馬［一］，光武兄伯升為聖公死［二］。聖公先遣鮪守洛陽［三］，光武令岑彭説降之［四］，而不煞焉［五］，復其官［六］。血者［七］，骨血也，謂兄涉其骨血。友于兄弟［八］。《書》云：『孝乎唯孝，友于兄弟。』［九］

［一］『鮪』，原作『鮹』，形近而訛。案：劉玄字聖公，光武帝劉秀之族兄，朱鮪為劉聖公大司馬事見《後漢書・劉玄傳》。

［二］光武兄縯字伯升，為劉聖公所害，朱鮪參與其謀，事見《後漢書・宗室四王三侯（縯）傳》。『升』字原訛『叔』，蓋『叔』之草書與『升』形近，今正之。

［三］『公』字原脱，今補。

［四］『令』字原無，今據意補。

［五］『而』，原訛『与』，今改之。

［六］鮪守洛陽，岑彭説降之，光武不殺而復其官，事見《後漢書・岑彭傳》。

［七］『血者』，原作『涉血者』，『涉』字衍，今刪。

［八］『于』，原訛『云』，今正之。

［九］『書云孝乎唯孝友于兄弟』十字，原作『詩云孝乎唯孝友乎兄弟』。案：此乃《尚書》語，非《詩》文。敦煌本注將『書』誤作『詩』，『友于』訛『友乎』，今正之。『孝乎唯孝，友于兄弟』見於《論語·為政》篇，又見偽古文《君陳》篇。

張繡事刃於愛子

『事』，尤刻本、五臣本、明州本、叢刊本、奎章閣本作『剚』，《梁書》《南史》作『傳』。案：《管子·山至數》『倉廩虛，則傳賤無禄』，郭沫若集校引聞一多説云：『傳即事字（金文事、傳、使一字）。』是『事』與『傳』同也。

張繡降曹公［一］，公納其母，繡懊惱［二］，遂反，掩煞太祖長子昂及一姪［三］。後曹公討劉表破［四］，後繡來降［五］，太祖不罪之，封以為侯［六］。事者［七］，以刃煞人也。愛子，即昂也。

［一］『繡』，原作『潚』，形近而訛。

［二］『惱』，原作『惚』。案：『惚』乃『惱』之別體，《魏廣川王祖母太妃侯造像》及《唐常才造像》與此同。

［三］『姪』，原作『姓』，形近而訛。

［四］『討』，原作『計』，形近而訛。

［五］『後繡來降』，此一『後』與上句之『後』字重複，不當有，為存原式，今仍其舊。

［六］張繡降曹操事，見《三國志·魏書·武帝紀》：『張濟自關中走南陽。濟死，從子繡領其衆。（建安）二年春正月，公到宛，張繡降，既而悔之，復反。公與戰，軍敗，為流矢所中，長子昂、弟子安民遇害。』又見同書《魏書·張繡傳》：『張繡，武威祖厲人，驃騎將軍濟族子也……太祖南征，軍淯水，繡等舉衆降。太祖納濟妻，繡恨之。太祖聞其不悦，密有殺繡之計。計漏，繡掩襲太祖。太祖軍敗，二子没……繡從賈詡計，復以衆降……薨，謚曰定侯』。

［七］『事』，即『傳』也，《史記·張耳陳餘列傳》：『范陽人蒯通説范陽令云：「……然而慈父孝子莫敢傳刃公之腹中者，畏秦法耳。」』集解引李奇説云：『東方人以物插地皆為傳』。

不遠而復

不遠而復［一］，語云：『人道不遠，行之則是復門也。』［二］

［一］『不遠而復』，原作『不復与復』，今正之。

［二］《易·復》：『不遠復，無祇悔。』王弼注：『復之不速，遂至迷凶，不遠而復，幾悔而反，以此修身，患難遠矣。』

主上屈法申恩，吞舟是漏

主上，梁武。《老子》：『網漏吞舟之魚。』[一]

[一] 今本《老子》無此文。《史記·酷吏列傳》：『漢興，破觚而為圜，斲雕而為朴，網漏於吞舟之魚。』《漢書·酷吏傳》：『漢興，破觚而為圜，斲雕而為樸，號為罔漏吞舟之魚。』師古注：『言其疏也。』案：李善注引《鹽鐵論（·論菑）》曰：『明王茂其德教，而緩其刑罰，網漏吞舟之魚。』

將軍松柏不翦，親戚安居，高臺未傾，愛妾尚在

言不煞汝之兄弟、妻子、父母，仍存松柏，親戚安然不動[一]，所愛之妻妾及所有高臺俱在不毀[二]，言可來還也。

[一] 此句原作『兄親安不動々』，今據正文改。

[二] 『高』字原無，據正文補。

佩紫懷黄

《梁書》作『懷黄佩紫』。

紫，綬；黃，黃金印[一]。

[一]『紫綬黃黃金印』六字，原作『此緩黃々金即』。『此』當是『紫』之殘誤，『緩』當是『綬』之訛，『即』當是『印』之訛，今將其復元。《禮記·玉藻》：『天子佩白玉而玄組綬。』鄭注：『綬者所以貫佩玉相承受者也。』

乘軺建節

二馬為軺[一]，**將軍所乘馬車也**。

[一]李善注引如淳《漢書注》曰：『二馬為軺傳。』與此注同。

並刑馬作誓

刑馬[一]，**高祖刑白馬誓**[二]。

[一]『刑馬』二字當為此句之縮略提示語。

[二]《史記·呂太后本紀》：『王陵曰：「高帝刑白馬盟曰：非劉氏而王，天下共擊之。」』

將軍獨靦顏借命

靦，厚也，謂投之魏。

夫以慕容超之强，身送東市

慕容超據齊之地[一]，自號為燕[二]，高祖義熙五年伐得之[三]，送建康市，而煞之[四]。

[一]『慕容超』三字，原本作『暮據容三』四字。『暮』當為『慕』之訛，『據』字涉下文而衍，『三』當是『超』之訛，今正之。

[二]《宋書·武帝紀》：『初，偽燕王鮮卑慕容德僭號於青州，德死，兄子超襲位，前後屢為邊患。』

[三]『五』，原作『三』。案：劉裕抗表北伐乃義熙五年事，今據《宋書》改。

[四]『而』，原訛『与』，今正之。案：《宋書·武帝紀》載，義熙六年二月屠廣固，獲超，送超京師，斬於建康市。

姚泓之盛，面縛西都

姚長之子[一]，本是鮮卑，據西京，宋高祖往伐之，因遂面縛銜壁而降[二]。

[一]據《宋書·武帝紀》載，姚泓乃姚興之子姚萇之孫，『長』字當是『萇』字之誤，『子』字當是『孫』字之誤，今仍其舊，不改。

［二］『面縛銜璧而降』，原作『与傅銜璧与降』。『与傅』當為『面縛』之訛，『壁』与『璧』形近，故訛，『与』為『而』之訛，今正之。《宋書·武帝紀》：『初，公（指宋武帝劉裕）平齊，仍有定關洛之意……會羌主姚興死，子泓立，兄弟相殺，關中擾亂，公乃戒嚴北討……（義熙十三年）七月……王鎮惡剋長安，生擒泓。九月……執送姚泓，斬於建康市。』

故知霜露所均，不育異類

霜露所均，謂洛陽，此乃天下之中，霜露所居處［一］。

［一］『居』，原訛『局』，今正之。五臣本注云：『濟曰：均，平也，謂洛土中也。』與此注同。

姬漢舊邦，無取雜種

自古聖人周公處，豈遣得汝夷亦居［一］？姬家、漢光武並居之。雜種，謂胡元家也［二］。

［一］『夷』，原訛『洟』，今正之。

［二］胡元家，胡謂胡人，元指元魏也。

況偽蘖昏狡，自相夷戮

『蘖』，尤刻本同，五臣本、明州本，叢刊本、奎章閣本作『孽』。敦煌本注原作『薛』，當是『蘖』之訛，今從尤刻本改。

偽蘖子，元家元帝後[一]，兄弟爭國相煞也。

[一]『蘖』，原訛『薛』，今正之。案：《魏書·序紀》，魏之始祖為神元皇帝諱力微，即敦煌本注之『元家元帝』也。《梁書·陳伯之傳》載，此篇作於天監四年，時當北魏宣武帝元恪之正始二年，則『偽蘖子』當指元恪也。

部落攜離，酋豪猜貳

攜，亦離也[一]。酋豪[二]，首領[三]。猜忌[四]，有二心[五]。

[一]『攜亦離也』，原作『携六龍也』。『六』當為『亦』之訛，『龍』當為『離』之訛。《左傳》僖公七年：『招携以禮，懷遠以德。』杜預注：『携，離也。』當即此注之所本。

[二]『酋豪』，原作『首家』，形近而訛，今正之。

[三]『領』，原作『鎮』，形近而訛，今正之。

[四]『猜』，原作『精』，據《文選》正文改。『忌』，原作『己』，據文意改。

［五］『二心』，原作『忘』，當是將『二心』二字連書所致，今正之。此以『猜忌有二心』釋正文之『猜貳』也。

方當繫頸蠻邸，懸首藁街

蠻邸藁街［一］，生蠻夷舍，言我梁家會當誅盡［二］。

［一］『藁街』，原訛『臺衛』，蓋形近而訛，今據正文改。

［二］『盡』，原訛『書』，今正之。

而將軍魚游於沸鼎之中

魚游沸鼎［一］，出《淮南子》［二］。

［一］『魚』，原作『漁』，今據正文改。

［二］此條注文，原錯置於下文『言爾今執弓弦而登城，可不悲』之下，今乙之。案：今本《淮南子》無『魚游沸鼎』之文。《淮南子·氾論》篇有『燕雀處帷幄而兵不休息』之句，當是注者將『燕巢飛幕』誤記成『魚游沸鼎』。

鷰巢於飛幕之上

鷰巢飛幕，《左傳》云：『吴季札過衛至戚[一]，聞夫子鼓鍾[二]，札歎曰：「夫子所居，何異鷰巢飛幕之上也。」』[三]

[一]『札』，原訛『礼』；『過』，原訛『遇』，今並正之。

[二]『夫』，原訛『父』，據《左傳》改。

[三]『幕』，原訛『慕』，今正之。案：《左傳》襄公二十九年載，吴公子札來聘，自衛如晉，將宿於戚，聞鍾聲焉，曰：『大子之在此也，猶燕之巢於幕上。』

暮春三月，江南草長，雜花生樹，羣鶯亂飛。見故國之旗鼓，感生平於疇日

言今與我兩軍相守臨江，見江南早春，及見故國旗鼓，撫感昔日時也[一]。

[一]『撫』，原作『無』，今據意改。

撫弦登陴，豈不愴悢

陴，女牆[一]。言爾今執弓弦而登城[二]，可不悲。

[一]《説文·𨸏部》：『陴，城上女墻。』

〔二〕『而』，原作『与』，今正之。

所以廉公之思趙將

廉頗被讒入楚，猶思欲為趙將報〔一〕。

〔一〕《史記·廉頗藺相如列傳》：『廉頗居梁，久之，魏不能信用。趙以數困於秦兵，趙王思復得廉頗，廉頗亦思復用於趙。』乃此注之所本。

吴子之泣西河

魏將吴起被讒奔楚，出西河，猶顧魏國而泣〔一〕，左右曰：『戀西河，去之如脱屣〔二〕，何故泣也？』起曰：『不戀也，不忍見秦之取西河。昔秦以我故，不敢入西河，今我去〔三〕，西河移為秦地〔四〕，是以泣也〔五〕。』

〔一〕『而泣』，原訛『与位』，今正之。

〔二〕『脱屣』，原作『脱々徙』，『脱』下衍一疊字號，『屣』訛『徙』，今正之。

〔三〕『去』，原作『云』，形近而訛。

〔四〕『河』字原無，據意補。

〔五〕《吕氏春秋》卷一一《長見》篇：『吴起治西河之外，王錯譖之於魏武侯，武侯使人召之。

吴起至於岸門，止車而望西河，泣數行而下。其僕謂吴起曰：「竊觀公之意，視釋天下若釋躧，今去西河而泣，何也？」吴起抿泣而應之曰：「子不識，君知我而使我畢能西河可以王。今君聽讒人之議，而不知我，西河之為秦取不久矣，魏從此削矣。」吴起果去魏入楚。』案：又見同書卷二〇《觀表》篇。《觀表》篇『躧』作『屣』，陳奇猷集釋引許維遹説云：『躧與屣、履竝通。《觀表》篇作「屣」。《漢書·地理志》「女子彈弦跕躧」，如淳云：「躧音屣」，師古云：「躧字與屣同。」』

想早勵良規

勵，勉也[一]。

[一]《小爾雅·廣言》：『勵，勉也。』

當今皇帝盛明

皇帝，梁武。

滇池夜郎，解辮請職

案：今《文選》各本作『夜郎滇池』，敦煌本注作『滇池夜郎』，是所據之《文選》亦當作

『滇池夜郎』也，因據改。

滇池夜郎，西南夷[一]。

[一]滇池、夜郎屬西南夷，見《漢書·西南夷兩粵朝鮮傳》。

朝鮮昌海，蹶角受化

朝鮮[一]，**東北也**[二]。**昌海，蒲昌**[三]，**在西北凶奴中**[四]。**蹶角**[五]，**蹶破其頭角**[六]。

[一]『朝』，原訛『胡』，今正之。

[二]《漢書·西南夷兩粵朝鮮傳》：『朝鮮王滿，燕人。……漢興，為遠難守，復修遼東故塞，至浿水為界，屬燕。』故云『東北』。

[三]『蒲昌』，原誤倒作『昌蒲』，今正之。《漢書·地理志》敦煌郡：『正西關外有白龍堆沙，有蒲昌海。』又《漢書·西域傳》：『蒲昌海，一名鹽澤者也，去玉門、陽關三百餘里，廣袤三百里。』

[四]『奴』，原訛『怒』，今正之。案：『凶奴』即『匈奴』。

[五]『蹶角』二字原無，據意補。

[六]『角』，原訛『用』，今正之。李善引《孟子（·盡心）》『若崩厥角稽首』句趙岐注：『厥角，叩頭，以額角犀厥地也。』

唯北狄野心

北狄野心，謂元魏也。

中軍臨川殿下，明德茂親，總兹戎重，弔民洛汭，伐罪秦中

臨川王，梁武帝弟，為中軍將軍[一]。常領兵討元家洛陽秦中師[二]。

[一]《梁書·太祖五王（臨川王宏）傳》：『（天監）四年，高祖詔北伐，以宏為都督南北兗北徐青冀豫司霍八州北討諸軍事。』

[二]『討』，原作『託』，作『託』文意欠通，今改作與『託』形近之『討』。

聊布往懷，君其詳之。丘遲頓首

陳伯之得遲此書，南望再三悲涕，遂歸梁，梁封而還其家也[一]。

[一]『而』，原作『与』，今正之。《南史·陳伯之傳》：『伯之得書，乃於壽陽擁衆八千歸降……伯之既至，以為平北將軍、西豫州刺史、永新縣侯。未之任，復為驍騎將軍，又為太中大夫。久之，卒於家。』

劉孝標《重答劉秣陵沼書》

重答劉秣陵沼書

劉沼為秣陵令[一]，孝標從兄。孝標作《辨命論》《廣絶交論》[二]，秣陵作書非之，言不由命[三]，而人能行[四]。既而書疏往返非一[五]，此最後書。秣陵嘗與標書[六]，兄死，遂未及報。間秣陵家得秣陵非標書云[七]：將來視，標作書云：『若作神鬼有知[八]，當讀我此書於秣陵墓上[九]。』

[一]『沼』，原訛『治』，今正之。《梁書·文學（劉沼）傳》云：『劉沼字明信，中山魏昌人。……沼幼善屬文，既長博學。仕齊起家奉朝請，冠軍行參軍。天監初，拜後軍臨川王記室參軍，秣陵令，卒。』

[二]『廣絶交論』，原作『絶交』二字，今據意補。

[三]『言』字原無，據意補。

[四]『而人能行』，原作『与人不能行』五字。『与』當為『而』字之訛，『不』字當涉上文而衍，今據文意正之。

［五］『既而』，原作『即爾』，據意改。『往返』，原作『伏遣』，今據意改。

［六］『秣陵嘗』，原作『尚耕陵』。案：『尚』當為『嘗』之訛，『耕』為『秣』之訛，『嘗』又與『秣陵』誤倒，今並正之。

［七］『書』字原無，據意補。

［八］『有』，原作『不』，據文意改。俟考。

［九］『秣陵』原誤倒作『陵秣』，今正之。五臣本注云：『良曰：初，孝標以仕不得志，作《辨命論》，秣陵令劉沼作書難之，言不由命，由人行之。書答往來非一。其後沼作書未出而死，有人於沼家得書以示孝標，孝標乃作此書答之，故云重也。』明張鳳翼《文選纂義》卷九：『然書不及辨難，而但寓存歿之感，不知何以言答也。』清李慈銘曰：『劉孝標之答劉沼，「劉侯既重有斯難」云云，乃答書之序，非書也。自《文選》誤收入書類，題為《追答劉沼書》，沿譌至今。考《梁書·文學·劉峻傳》，明云「峻乃為書以序之曰」，以下所載之文，悉與《文選》同。《南史》峻傳削去其文，但云「峻乃為書以序其事」，皆不誤也。文中絕無答書之語，而人莫之察。』（《越縵堂讀書記·史部·正史類》）錢鍾書《管錐編》論《全梁文》云：『實非書也。何焯批點《文選》云：「此似重答劉書之序。」是矣。……《梁書·文學傳》云：「……峻乃為書以序之」云云。其為重答書之序甚明。蓋弁於本書之首，自成起訖，而未另安題目。本書想必嚚譊争辯，情詞遠遜，昭明遂割取弁語而棄置本文，却仍標原題。就本文言，不啻買櫝還珠，而就弁語言，無異乎賣馬脯而懸羊

頭也。』

劉孝標

標平原人，泰始年遷北[一]，後被徙桑乾奴[二]，後宗人將錢贖得之[三]，勤學而入難[四]，常被學內嘲之。後大悟[五]，學問成，遂逃江南[六]。

［一］『泰始』，原作『永嘉』，據《梁書》及《南史》之《劉峻傳》改。『北』字原無，據意補。

［二］『徙』，原訛『從』，今正之。

［三］『後』字與上句之『後』字語意重複，今姑仍之。

［四］『而』，原作『与』，今正之。『入難』，謂貧不自立入學甚難。

［五］『大』，原訛『火』，今正之。

［六］《梁書·劉峻傳》云：『劉峻字孝標，平原平原人。……宋泰始初，青州陷魏，峻年八歲，為人所略至中山，中山富人劉實愍峻，以束帛贖之，教以書學。魏人聞其江南有戚屬，更徙之桑乾。峻好學，家貧，寄人廡下，自課讀書，常燎麻炬，從夕達旦，時或昏睡，爇其髮，既覺復讀，終夜不寐，其精力如此。齊永明中，從桑乾得還。』

劉侯既重有斯難，值余有天倫之戚，竟未之致也

劉侯，沼。難，難孝標命、絶交等事[一]。天倫[二]，標兄死，不得報之書。致，還沼之書[三]。

[一]『等』，原作『寸』，當是傳鈔之際將『等』字上部脱落所致，今將其補全。

[二]『天倫』二字，為『天倫之戚』之縮略語。《穀梁傳》隱公元年何休注云：『兄先弟後，天之倫次。』

[三]『沼』，原訛『洺』，今正之。

尋而此君長逝

此君長逝，劉沼死[一]。

[一]『沼』，原訛『洺』，今正之。

緒言餘論

緒，亦餘[一]。

[一]《莊子·讓王》『其緒餘以為國家』，司馬彪注：『緒者，殘也，謂殘餘也。』

余悲其音徽未沫

《梁書》無「余」字。

沫，滅也[一]。

[一]「沫滅也」三字，原本作「沫也」二字，當是傳鈔之際，將「沫」下之「滅」字脱落，今補上。五臣本注：「向曰：徽，美；沫，滅也。」

青簡尚新，而宿草將列

煞青，煞青為書[一]，故云青簡[二]。古者《禮記》曰：「朋友之墓，有宿草焉則不哭。」[三]宿草，謂陳根[四]，謂去年之草，今歲覩之則不哭[五]。

[一]「青」字原無，據意補。

[二]「簡」，原作「蕳」，此敦煌本注從竹從草之字常混用，今正之。案：青簡，即竹簡，殺青寫就，故稱青簡。《太平御覽》卷六〇六引《風俗通義》云：「殺青者，直治竹作簡書之耳。」

[三]《禮記·檀弓上》：「曾子曰：『朋友之墓，有宿草而不哭焉。』」

[四]「謂」，原訛「渭」，今正之。

［五］『今』，原訛『令』，今正之。

泫然不知涕之無從也

則不覺泫然涕之無從［一］。

［一］涕之無從，言不知涕之從何而出。《禮記·檀弓上》：『孔子曰：「吾惡乎涕之無從也。」』

雖隙駟不留，尺波電謝

隙駟，猶如馳四馬疾過穴孔也［一］。**隙，穴也**［二］。**尺波，水上波**［三］。

［一］『馳』，原作『駟』，形近而訛。案：隙駟，喻速也。《莊子·知北遊》：『人生天地之間，若白駒之過郤（隙），忽然而已。』《禮記·三年問》：『則三年之喪，二十五月而畢，若駟之過隙。』

［二］五臣本注：『翰曰：隙，穴也。』與此注同。

［三］五臣本注：『翰曰：波，水波。』與此注同。案：波與電光皆不久停，喻人生之短暫。

而秋菊春蘭，英華靡絶

唯有秋菊春蘭[一]，年年常新也。

[一]『菊』，原作『蘭』，涉下文而訛，今正之。

故存其梗槩

言沼雖故，我存其梗槩[一]。

[一]此二句，原作『言洺雖我故存昔梗槩』，文意欠通，當是『我』與『故』誤倒，『其』與『昔』形近而訛，今正之。案：此二句，謂於此略存劉沼之意。

更酬其旨

而今酬答未死前意旨也。[一]

[一]『而』，原作『与』，今正之。『意旨』，原作『意立』，今據正文改。

若使墨翟之言無爽

墨翟著書，明有鬼神，《明鬼》篇云[一]，昔燕簡公煞莊子義[二]，莊子義既無罪被煞[三]，常怨之，簡公將祭廟[四]，子義遂以銅殳朴煞簡公[五]。又王李有爭[六]，煞羊祭侯身神明[七]，死羊起來觸李云云[八]。周宣王煞杜伯，伯無罪。王遊後園，伯遂執朱弓矢射煞宣王[九]。此定無爽也[十]。

[一]『明鬼』二字原無，今補。

[二]『簡』，原作『蕳』，今正之。『莊』，原作『杜』，涉下文『杜伯』而訛，據《墨子》改。

[三]『莊』，原作『杜』，今正之。

[四]『簡』，原作『蕳』，今正之。『廟』，原作『厝』，當與『廟』之俗體『庿』形近而訛，今正之。

[五]『簡』，原作『蕳』，今正之。

[六]『又王李有爭』，原作『又有王李有爭』，上一『有』涉下一『有』字而衍，今删。案：今本《墨子》作『王里國』『中里徼』。

[七]『煞羊祭侯身神明』，今本《墨子》作『乃使之人共一羊，盟齊之神社』。

[八]『觸』，原作别體『㲃』，與《魏程哲碑》同。

[九]『朱』，原訛『來』，據《墨子》改。

[十]『爽』，原作『思』。爽，差錯，作『思』於義未當，今改之。

宣室之談有徵

宣室，未央殿前有宣室[一]。漢文帝祭訖，受釐福於室，取胙宍[二]，因召曰[三]：『長沙太傅賈誼，鬼神實有福與人不？』誼言有[四]。此標言，爾若如賈墨等談實有鬼神可知也[五]，我答爾書。

[一]《漢書·賈誼傳》蘇林注云：『宣室，未央前正室也。』

[二]『胙』，原訛『昨』，今正之。

[三]『因』，原作『固』，據《史記》改。

[四]《史記·屈原賈生列傳》：『後歲餘，賈生徵見。孝文帝方受釐，坐宣室。上因感鬼神事，而問鬼神之本。賈生因具道所以然之狀。』

[五]『鬼』，原作『思』，形近而訛，今正之。『神』，原訛『時』，今正之。

冀東平之樹，望咸陽而西靡

《皇覽冢墓記》云[一]：『漢東平思王枉死[二]，不得回西京葬之[三]，遂葬於東平[四]，其每怨[五]。及葬訖，其墓上松柏等樹悉西靡而望長安[六]。』

[一]『皇覽冢墓記』，原作『黄皇覽冢墓礼』，『黄』字涉下文『皇』字而衍，『礼』字當是

『記』字之訛。案：《皇覽》一書，《隋志》及兩《唐志》並著録。《北堂書鈔》卷九二『舜葬九疑』句下引《皇覽冢墓記》一條，《藝文類聚》卷四〇引《皇覽》二條，此二條又見於《太平御覽》卷五六〇所引《皇覽冢墓記》二十五條中，《漢書·東平思王傳》顔師古注引又作《皇覽》，是《皇覽》《皇覽冢墓記》同為一書也，《皇覽》為書名，《冢墓記》當為篇名。

[二]『死』，原作『事』，今正之。枉死，即《漢書·東平思王傳》載之『通奸犯法』也。

[三]『回』，原作『向』，形近而訛。

[四]『葬』，原無，據意補。

[五]『其』，原作『昔』，形近而訛。

[六]《漢書·東平思王傳》顔師古注：『《皇覽》云：「東平思王冢在無鹽，人傳言王在國思歸京師，後葬，其冢上松柏皆西靡也。」』又《太平御覽》卷九五三引《聖賢冢墓記》云：『東平王無疆（鹽），傳云王歸國思京師，後薨，葬東平，其冢上松柏皆西靡。』案：李善注引《聖賢冢墓記》，與此二條並同。

蓋山之泉，聞弦歌而赴節

《宣城記》云：『臨城縣南卌里有蓋山舒姑泉者，昔舒氏女與其父同入山採薪[一]，女因坐不起，父呼不得，因歸家，化為泉水一池。其父共母同入，不見其女，

唯見一泉。母曰：「我女生時好母歌。」遂於泉水邊撫琴，水涌出，遂有雙鯉躍出[二]**，聞弦歌應節而躍也。」標言，爾若蓋山女及東平等神不誣**[三]**，可看我答書。**

[一]『昔』字原無，今據意補。『舒氏女』，原誤倒作『舒女氏』，今乙之。『薪』，原作『新』，今正之。

[二]『遂有雙鯉躍出』，原作『遂有雙鯉出躍出』，上一『出』字衍，今刪。

[三]『誣』，原作『並』，蓋先訛作音同之『巫』，再訛作形近之『竝』也，今正之。案：『竝』與『並』同。

但縣劍空壠，有恨如何

『縣』，尤刻本、五臣本、明州本、叢刊本、奎章閣本並作『懸』。今據敦煌本注改。『壠』，五臣本、明州本、叢刊本、奎章閣本並作『隴』。

縣劍[一]**，即吴季子**[二]**。**

[一]『縣劍』二字，當是『縣劍空壠』的縮略提示語。

[二]『子』字下原衍『移書讓太常等神不並可看我答書懸劍即吴季子』二十字，當是傳鈔之際，涉上下文而衍，今刪。案：《史記・吴太伯世家》：『季札之初使，北過徐君。徐君好季札劍，口弗敢言。季札心知之，為使上國，未獻。還至徐，徐君已死，於是乃解其寶劍，繫之徐君冢樹而去。從者曰：「徐君已死，尚誰予乎？」季子曰：「不然。始吾心已許之，

豈以死倍吾心哉！」』五臣本注云：『翰曰：言今所答，亦猶懸劍於墓樹而去。』

劉子駿《移書讓太常博士》

移書讓太常博士

移書讓太常，移，易也，以我此情移易彼情曰移[一]。此情向彼[二]，亦同此本懷[三]。即州縣移同，此縣向彼曰移，縣詣州曰諜上、解上等[四]。

[一]《文心雕龍·檄移》：『移者，易也，移風易俗，令往而民隨者也。相如之難蜀老，文曉而喻博，有移檄之骨焉。及劉歆之移太常，辭剛而義辨，文移之首也。』高步瀛云：『銑注曰：「移，易也，謂以我情移易彼意也。」是又就彥和之説而稍變之，然亦不免望文生義爾。』（《古文辭類纂箋》卷二八書説類四）

[二]『彼』，原訛『被』，據下文『向彼』改。

[三]『同』，原作『周』，『本』，原作『平』，並據意改。高步瀛云：『步瀛案：檄移體義大同，似起東漢以後，《漢書·公孫弘傳》曰：「弘乃移病免歸。」顔注曰：「移病，謂移書言病也。」則移書本無責讓之意。及《薛宣傳》曰：「櫟陽令謝游輕宣，宣獨移書顯責之。」

則與歆移書讓太常博士義同。至《後漢（書）·袁紹傳》，橋瑁詐作三公，移書傳驛州郡，説董卓罪惡，殆與檄同體矣。彦和檄移合論，殆亦循流而未溯其源歟。使如彦和所説，則以化民之義施於學官，則怨恨歆者，寧止以其言激切哉！」（《古文辭類纂箋》卷二八書説類四）

［四］「等」，原訛作「寸」，今據文意改。

劉子駿

劉歆，向子也，楚元王十一世孫[一]。

［一］「世」字原無，據意補。案：劉歆事見《漢書·楚元王傳》附歆傳。

歆親近，欲建立《左氏春秋》及《毛詩》《逸禮》《古文尚書》皆列於學官，哀帝令歆與五經博士講論其議，諸儒博士或不肯置對

「歆親近」，《漢書》「歆」上有「及」。「論其議」，《漢書》「議」作「義」。

歆哀帝時為侍中，故云親近天子也。欲建左氏者，哀帝欲立之。當此之時，用公羊高、穀梁赤《春秋》，而不行左丘明《傳》也[一]**，故合欲立之。公羊、穀梁受傳**

《春秋》於子夏[二]，丘明夅《春秋》於孔子[三]。《詩》有四種，當時齊有轅固生《詩》[四]；有韓嬰為《詩》[五]，謂之《叔詩》；有申公《詩》；趙有毛亨《詩》[六]。當此之時，立上三《詩》而不立毛亨也[七]。伏生所誦《詩》是今文而無古文，至此欲立之，及《逸禮》等。而諸博士不通此等書，故不肯立之，故哀帝欲立之。令博士語欲立，諸儒不肯置對[八]。

[一]『丘』字原奪，今補。

[二]《春秋公羊傳》徐彦疏引戴宏序云：『子夏傳與公羊高，公羊高傳與其子平，平傳與其子地，地傳與其子敢，敢傳與其子壽。』又《春秋穀梁傳》楊士勛疏云：『穀梁子名淑，字元始，魯人，一名赤，受經於子夏，為經作傳，故曰《穀梁傳》。』

[三]『夅』，原作『季』，形近而訛。《説文・子部》：『夅，放也。』段玉裁注：『教字、學字皆以夅會意。』《漢書・藝文志》：『周室既微，載籍殘缺，仲尼思存前聖之業……以魯周公之國，禮文備物，史官有法，故與左丘明觀其史記，據行事，仍人道，因興以立功，就敗以成罰，假日月以定曆數，藉朝聘以正禮樂……丘明恐弟子各安其意，以失其真，故論本事而作傳，明夫子不以空言説經也。』

[四]『轅』，原作『袁』，據《漢書》之《藝文志》《儒林傳》改。

［五］『韓』，原訛『軸』，據《漢書》之《藝文志》《儒林傳》改。

［六］『亨』，原訛『亭』，今正之。《漢書・儒林傳》：『毛公，趙人也。治《詩》，為河間獻王博士，授同國貫長卿。』陸璣《毛詩草木鳥獸蟲魚疏》云：『孔子刪《詩》授卜商，商為之序，以授魯人曾申，申授魏人李克，克授魯人孟仲子，仲子授根牟子，根牟子授趙人荀卿，荀卿授魯國毛亨，毛亨作《訓詁傳》以授趙國毛萇。時人謂亨為大毛公，萇為小毛公。』

［七］《漢書・藝文志》：『漢興，魯申公為《詩》訓故，而齊轅固、燕韓生皆為之傳。或取《春秋》，采雜説，咸非其本義。與不得已，魯最為近之。三家皆列於學官。又有毛公之學，自謂子夏所傳，而河間獻王好之，未得立。』

［八］『諸儒不肯置對』，原作『諸儒置不肯置』，蓋上一『置』涉下一『置』而衍，下一『置』下又奪『對』，今據正文改。師古注云：『並不與歆意同，故不肯立其學也。置對，置辭以對也。』

歆因移書太常博士，責讓之曰

謂言立之，故歆與書責之，何以不立《毛詩》行於世也［一］。

［一］此句原作『何以不立毛寸行於世亂也』，『寸』字當是『詩』字之訛，『世』下衍『亂』，今正之。

昔唐虞既衰，而三代迭興

三代，夏、殷、周[一]。

[一]『代』，原訛『伐』，今正之。師古曰：『迭，互也。』

聖帝明王，累起相襲，其道甚著

聖帝，虞。明王，三代王也。相襲，言道不絶。著，顯明[一]。

[一]五臣本注：『良曰：言堯舜禪讓道衰，至夏殷周更代起也。累，重；襲，因；著，明也。道，謂帝王之道也。』

周室既微，而禮樂不正，道之難全也如此

周室微[一]，謂幽、厲之末[二]。言道之不可全得也[三]。

[一]『微』，原訛『徽』，今據正文改。

[二]『末』，原作『未』，今正之。

[三]『全得也』三字，原作『令陽得也』四字，『令』字當是『全』字之訛，下衍『陽』，今據文意正之。

是故孔子憂道不行，歷國應聘，自衛反魯，然後樂正，《雅》《頌》乃得其所

孔丘至衛[一]，衛靈公不問俎豆而問軍旅[二]，放孔子至陳，乏食七日[三]，後反於魯[四]，然後正《禮》《樂》《詩》《書》[五]。《禮》《樂》《詩》《書》[六]，遭秦今無[七]。雅，正也。頌，頌有功者也[八]。

[一]『孔丘至衛』，原作『孔安丘至衛』，『安』字衍，今删。

[二]『豆』字下原衍『立』，今删。《史記・孔子世家》：『他日，靈公問兵陳。孔子曰：俎豆之事則嘗聞之，軍旅之事未之學也。』

[三]《史記・孔子世家》：『孔子遷於蔡三歲，吴伐陳。楚救陳，軍於城父。聞孔子在陳蔡之間，楚使人聘孔子。孔子將往拜禮，陳蔡大夫謀……於是乃相與發徒役圍孔子於野。不得行，絶糧。從者病，莫能興。』《莊子・山木》：『孔子圍於陳蔡之間，七日不火食。』

[四]『反』，原訛『陽』，今正之。

[五]『詩』，原訛『云』，今正之。案：正文『自衛反魯』以次三句，乃《論語・子罕》篇文。集解引鄭玄注云：『反魯，魯哀公十一年冬。是時道衰樂廢，孔子來還，乃正之。故《雅》《頌》各得其所。』

[六]『詩』，原訛『云』，今正之。

〔七〕『遭』，原訛『曹』，今正之。

〔八〕『頌』字原無，蓋傳鈔之際，將上文『頌』字下之疊字號脱落所致，今補之。

修《易》序《書》，制作《春秋》

序《尚書》〔一〕，發首言兩行序者是仲尼也〔二〕。脩《易》，為《彖》《象》《繫辭》也〔三〕。作《春秋》〔四〕，丘魯哀公十三年返魯而脩《春秋》〔五〕，至哀十四年四月癸亥。

〔一〕『序尚書』，原作『家序尚書』，『家』字衍，今删。

〔二〕《史記·孔子世家》：『序《書傳》，上紀唐虞之際，下至秦繆，編次其事。』《尚書序》孔穎達疏云：『安國以孔子之序分附篇端。』案：依正文次序，釋『序《尚書》』當在下文釋『脩《易》』之後。

〔三〕『辭』，原作『舜』，形近而訛。《史記·孔子世家》：『孔子晚而喜《易》，序《彖》《繫》《象》《説卦》《文言》。』張守節正義：『序，《易·序卦》也。』

〔四〕『作』字原無，據意補。

〔五〕『丘』，原作『在』，形近而訛。『魯哀公十三年』六字，原作『魯定公十』四字，與史實不合。案：《史記·孔子世家》：『孔子去魯凡十四歲而反乎魯。』索隱云：『前文孔子以定公十四年去魯，計至此十三年。』據索隱所推，丘返魯當在魯哀公十三年，據此，將注文『魯定公十』改作『魯哀公十三年』。

及夫子没而微言絶，七十子終而大義乖

『七十』，五臣本、明州本、奎章閣本作『七十二』。『終』，尤刻本、叢刊本作『卒』。

夫子卒，微妙之言遂絶，謂先生之道德尚史也。終，死[一]。大義，謂《春秋》《雅》《頌》等義。案《史記》，有七八人所可師法[二]，但有四科十哲[三]。

[一]《漢書·藝文志》：『昔仲尼没而微言絶，七十子喪而大義乖。』注：『李奇曰：「隱微不顯之言也。」師古曰：「精微要妙之言耳。」』李善注引《論語讖》曰：『子夏六十四人共撰《仲尼微言》。』

[二]《史記·仲尼弟子列傳》：『孔子曰：「受業身通者七十有七人」，皆異能之士也。』

[三]《論語·先進》：『子曰：「從我於陳蔡者，皆不及門也。德行：顏淵，閔子騫，冉伯牛，仲弓。言語：宰我，子貢。政事：冉有，季路。文學：子游，子夏。」』案：此注所謂『四科十哲』，當即本此也。

重遭戰國

當周時，有八千八百七十國，周末猶有百國，至秦而三分，有七國，不務道德，唯習干戈戰事，故云戰國。重，更也。

理軍旅之陣

三千五百為軍，五百為旅[一]。

[一]《論語·衛靈公》：『衛靈公問陳於孔子，孔子對曰：「俎豆之事則嘗聞之矣，軍旅之事未之學也。」』集解引孔安國注：『軍陳，行列之法。俎豆，禮器。』又引鄭玄注：『萬二千五百人為軍，五百人為旅。』此注『二』訛『三』，上奪『萬』也。

而孫吴之術興

孫武為兵法[一]，吴起衛人[二]。武教吴王兵法[三]，分宫人為二隊[四]，有不用命者斬之，吴王大驚，後法大行[五]。

[一]《漢書·藝文志》兵家類著録有《吴孫子兵法》八十二篇。

［二］吴起衛人，見《史記·孫子吴起列傳》，《漢書·藝文志》兵家類著録有《吴起》四十八篇。

［三］『王』字原脱，據下文補。

［四］『人』下原衍『武教吴兵法分宫人』八字，當是傳鈔之際將上文重複鈔寫所致，今删。

［五］孫子以兵法見於吴王闔廬，吴王命其小試勒兵於婦人，婦人不用命，遂斬隊長二人以徇，事見《史記·孫子吴起列傳》。

陵夷至于暴秦，焚經書，殺儒士，設挾書之法，行是古之罪

『焚』，《漢書》作『燔』。

陵，毁；夷，平也。暴秦，始皇。懷挾《詩》《書》，皆斬之[一]。始皇三十四年[二]，李斯教始皇：天下今有人挾藏《詩》《書》者[三]，見為城旦[四]。是古，言古《禮》《樂》《詩》《書》是者，今與罪[五]。

［一］『皆斬之』，原作『皆皆斬之』，『皆』字不當複，今删。

［二］『始皇三十四年』，原作『始皇廿二年』。案《史記》之《秦始皇本紀》及《李斯列傳》，載李斯上書在始皇三十四年，今據改。

［三］『詩』字原無，據上文補。『者』原訛『春』，且錯置於下文『見為城旦』之下。

［四］『旦』，原作別體『且』，與《魏任城文宣王太妃馮令華墓誌銘》同，今改為正字。

［五］『是古言古禮樂詩書是者今與罪』十三字，原錯置在下文『至惠帝時乃廢之』下，今乙之。案《史記·秦始皇本紀》載始皇三十四年李斯上書有云：『臣請史官非秦記皆燒之。非博士官所職，天下敢有藏《詩》《書》百家語者，悉詣守、尉雜燒之。有敢偶語《詩》《書》者棄市。以古非今者族。』（又略見《李斯列傳》）

漢興，去聖帝明王遐遠

聖帝明王，謂唐虞三代王［一］。

［一］『三代王』，原作『二代』，『二』當為『三』之殘誤，『代』字下脱『王』字，據上文補。

時獨有一叔孫通，略定禮儀

叔孫通，魯人［一］，為高祖制禮儀，始有君臣之別，高祖乃歎曰：『吾今乃知王者之重乎［二］。』封通為稷嗣［三］。

［一］《史記》《漢書》之《叔孫通傳》並云：『叔孫通者，薛人也。』索隱云：『薛，縣名，屬魯國。』

［二］『知』字原無，據意補。

[三] 祲，《周禮·春官·眡祲》：『眡祲掌十煇之法，以觀妖祥，辨吉凶。一曰祲，二曰象……十曰想。掌安宅叙降。』嗣，《左傳》襄公三年『晉侯問嗣焉，』杜預注：『續其職也。』《史記·劉敬叔孫通列傳》：漢五年，叔孫通上言曰：『五帝異樂，三王不同禮。禮者，因時世人情為之節文者也。故夏、殷、周之禮所因損益可知者，謂不相復也。臣願頗采古禮與秦儀雜就之。』高帝可之。漢七年，長樂宫成，諸侯群臣皆朝十月。竟朝置酒，無敢讙譁失禮者。於是高帝曰：『吾廼今日知為皇帝之貴也。』廼拜叔孫通為太常。《漢書·百官公卿表》：『奉常，秦官，掌宗廟禮儀，有丞。景帝中六年更名太常。』

天下惟有《易》卜，未有他書

『惟』，五臣本、明州本、奎章閣本作『唯』。『他』，《漢書》作『它』。

《易》卜[一]，秦始皇時但燒經史而不燔卜筮陰陽之書[二]。

[一]『《易》卜』二字，當是『惟有《易》卜』句的縮略語。

[二]『燔』，原訛『樊』，音近而訛，今正之。『筮』，原作『莁』，敦煌本注從竹從草之字常混用，今正之。《史記·秦始皇本紀》：始皇三十四年李斯上書有云：『所不去者，醫藥卜筮種樹之書。』《漢書·藝文志》：『及秦燔書，而《易》為筮卜之事，傳者不絶。』

至於孝惠之世，乃除挾書之律

《漢書》『至』下無『於』。

至惠帝時乃廢之[一]。

[一] 此條注，原錯置於上文『陵夷至于暴秦』條之注『見為城旦』之後，今移於此。案《漢書·惠帝紀》：『（四年）三月甲子……除挾書律。』應劭曰：『挾，藏也。』張晏曰：『秦律敢有挾書者族。』

然公卿大臣絳灌之屬，咸介胄武夫，莫以為意

絳侯[一]**，周勃。灌嬰、夫**[二]**。介，甲也**[三]**。胄，兜鍪**[四]。

[一] 『絳』，原訛『降』，今正之。

[二] 『夫』，原作『人』，當是『夫』之殘誤，指灌夫。今正之。

[三] 《毛詩·鄭風·清人》『駟介旁旁』，毛傳：『介，甲也。』

[四] 『兜鍪』，原作『光牟』，『光』與『兜』形近而訛，『牟』與『鍪』音近而訛。《廣雅·釋器》：『兜鍪謂之胄。』案：李善注引《楚漢春秋》，謂絳灌自一人，高步瀛先生已辨其非（說詳《古文辭類篹箋》卷二八書說類四）。今此注亦謂絳灌非一人，足證李善誤矣。

至孝文皇帝，始使掌故晁錯，從伏生受《尚書》

『晁』，《漢書》作『朝』。《史記》及《漢書》本傳作『鼂』。

掌故，六百石官也[一]。

[一]《漢書·鼂錯傳》注引應劭説云：『掌故，六百石吏，主故事。』《史記·儒林傳》：『孝文帝時，欲求能治《尚書》者，天下無有，乃聞伏生能治，欲召之。是時伏生年九十餘，老，不能行，於是乃詔太常使掌故鼂錯往受之。』

《尚書》初出於屋壁，朽折散絶，今其書見在，時師傳讀而已

『於』，《漢書》作『于』。

朽折[一]，即伏生藏之於屋壁[二]，渠得之者，未解其義，但傳教使讀[三]。

[一]『朽折』，原作『根柳』，《文選》正文無『根柳』，『根』當是『朽』之訛，『柳』當是『折』之訛，今正之。

[二]『壁』，原訛『譬』，今正之。

[三]『使』，原訛『技』，今正之。《史記·儒林傳》：『秦時焚書，伏生壁藏之，其後兵大起，流亡。漢定，伏生求其書，亡數十篇，獨得二十九篇，即以教于齊魯之間，學者由是頗能言《尚

書》，諸山東大師無不涉《尚書》以教矣。」

《詩》始萌芽

萌芽，言始初有也[一]。

[一]『芽』，原作『牙』，今正之。師古注：『言若草木之初生。』

天下衆書，往往頗出，皆諸子傳説，猶廣立於學官，為置博士

衆書，頗少見也，但傳説者未知，不立為學官為博士[一]。

[一]『不立為學官為博士』與正文不合，疑『不』字為『乃』字之誤。今姑仍之，俟考。

在朝之儒，唯賈生而已

『在朝』，《漢書》作『在漢朝』。

賈生，誼也[一]。

[一]師古注：『謂賈誼。』

當此之時，一人不能獨盡其經，或為《雅》，或為《頌》，相合而成

或誦深《雅》，或讀得《頌》者[一]，不盡得，相合始成一[二]。

[一]『頌』，原作『訟』，據正文改。

[二]李善注云：『成一經也。』

《泰誓》後得，博士集而讚之

『讚』，《漢書》作『讀』。

始武帝末年[一]，河内有女子壞屋[二]，得《太誓》[三]，獻之於帝也[四]。

[一]『末』，原作『未』，今正之。

[二]『河』，原作『何』，今正之。『壞』，原訛『懷』，今正之。

[三]『誓』，原作『哲』，據正文改。

[四]《論衡·正説》：『至孝宣皇帝之時，河内女子發老屋，得逸《易》《禮》《尚書》各一篇，奏之。』李善注引《七略》云：『孝武皇帝末，有人得《泰誓》書於壁中者，獻之與博士，使讚説之，因傳以教，今《泰誓》篇是也。』

及魯恭王壞孔子宅，欲以為宮，而得古文於壞壁之中，《逸禮》有三十九篇，《書》十六篇

五臣本、明州本、奎章閣本無「而」字。

孔安國《書》十六篇[一]，孔安國書序云廾五篇[二]，今言十六，蓋是以卷為篇[三]。魯恭王，景帝程姬之子，名餘[四]。恭，謚也[五]。

[一] 此條注（「孔安國」以次至「謚也」），原錯置於下條注文「天漢武帝年號」之後，今乙之。「十」，原作「千」，据下文改。案《尚書序》正義引《尚書緯》云：「孔子求書，得黃帝玄孫帝魁之書，迄於秦穆公，凡三千二百四十篇（《史記・伯夷列傳》索隱作三千三百三十篇），斷遠取近，定可以為世法者百二十篇。」

[二] 「國」字原脫，今補。「六廾」二字原誤連為一「弃」字，今將其復元。孔安國《尚書序》云：「以所聞伏生之《書》，考論文義，定其可知者，為隸古定，更以竹簡寫之，增多伏生二十五篇……并序。凡五十九篇，為四十六卷。」

[三] 「篇」下原衍「卷」，今刪。

[四] 「餘」，原作「余」，據《漢書・景帝紀》及《景十三王傳》改。

[五] 「謚」，原訛「溢」，今正之。案《論衡・正說》云：「至孝武帝時，魯共王壞孔子教授堂以

為殿，得百篇《尚書》於墻壁中。武帝使使者取視，莫能讀者，遂祕於中，外不得見。』《漢書·藝文志》：『武帝末，魯共王壞孔子宅，欲以廣其宮，而得《古文尚書》及《禮記》《論語》《孝經》凡數十篇，皆古字也。』又云：『孔安國者，孔子後也，悉得其書，以考二十九篇，得多十六篇。安國獻之。遭巫蠱事，未列於學官。』

天漢之後

天漢，武帝年號[一]。

[一] 天漢（前一〇〇年—前九七年），漢武帝年號。

遭巫蠱倉卒之難

巫蠱，謂武帝在甘泉宮，江充詐遣埋桐木人五枚太子宮廳[一]，而上武帝言太子宮有巫蠱氣，遂掘之，得桐木，太子怨之，遂將兵圍江充[二]。武帝謂太子反[三]，遣將劉屈氂來討之[四]，不勝而去也[五]。

[一]『江充詐遣埋桐木人五枚太子宮廳』十四字，原作『江充詐遣理桐木人五投聽太子宮』，『理』當為『埋』之訛，『投』當為『枚』之訛，『聽』當為『廳』之訛，而誤置於『太

子宮』之上，今正之。俟考。

〔二〕『江』，原作『以』，形近而訛。

〔三〕『反』，原作『返』，今正之。

〔四〕『麾』，原作『鼇』。案：『鼇』乃『氂』之別體，『麾』『氂』古今字，今據《漢書》改。

〔五〕《漢書·武五子（戾太子據）傳》：『武帝末，衛后寵衰，江充用事。充與太子及衛氏有隙，恐上晏駕後為太子所誅，會巫蠱事起，充因此為奸……充典治巫蠱，既知上意，白言宮中有蠱氣……充遂至太子宮掘蠱，得桐木人。時上（案：謂武帝）疾，辟暑甘泉宮，獨皇后、太子在……太子使舍人無且……具白皇后，發中廄車載射士，出武庫兵，發長樂宮衛，告令百官曰江充反，乃斬充以徇……遂部賓客為將率，與丞相劉屈麾等戰。長安中擾亂，言太子反，以故衆不肯附。』案：巫蠱事又略見《漢書·武帝紀》《公孫賀傳》《江充傳》。

及《春秋》左氏丘明所脩，皆古文舊書，多者二十餘通，藏於祕府，伏而未發

『脩』，《漢書》作『修』。『藏』，《漢書》作『臧』。

各寫廿通，藏之於秘閣。伏，隱藏〔一〕。

〔一〕伏，《廣雅·釋詁四》：『伏，藏也。』

孝成皇帝愍學殘文缺，稍離其真，乃陳發祕藏，校理舊文

『愍』，《漢書》作『閔』。『藏』，《漢書》作『臧』。

陳發前伏藏秘閣之書。

得此三事，以考學官所傳經，或脱簡，或脱編

『以考學官所傳經或脱簡或脱編』，五臣本、明州本、奎章閣本、《漢書》『簡』下有『傳』，下一『脱』字，五臣本、明州本、奎章閣本作『間』。

三事，謂《尚書》《逸禮》《左氏春秋》[一]。考校舊來學官相傳者[二]。

[一]『逸禮』，原作『亡逸』，今正之。五臣本注：『濟曰：三事，即《尚書》《左傳》《逸禮》也。』與此注同。

[二]『校』，原作『投』，形近而訛，今正之。『學』，原作『舊』，當涉上文而訛，今正之。『傳』，原作『儔』，形近而訛。

信口説而背傳記，是末師而非往古

信口説[一]，所得正傳記而不信之[二]。輕信末師而非往古[三]。

［一］『信口説』，原作『信兄』，『信』下當脱『口』，『兄』字當是『説』之殘誤，今據正文補正。

［二］『記』，原作『礼』，形近而訛，今據正文改。

［三］『輕信末師』，原作『輕末光師』，『輕』下當脱一『信』字，『光』字當是『先』字之訛，而『先』字當涉下文『師』字而衍，今據文意改。『往』，原訛『注』，據正文改。案高步瀛云：『沈欽韓（《漢書疏證》卷二七）曰：「《公》《穀》二傳，皆戰國時，為末師也。《公羊傳》至胡母生始著竹帛，以前口説也。」』（《古文辭類纂箋》卷二八書説類四）

猶欲保殘守缺，挾恐見破之私意，而亡從善服義之公心

『亡』，《漢書》作『無』。

保殘，謂諸不欲立《左傳》《逸禮》《尚書》等一事[一]，歆此譏之。恐見破，畏其傳習之義[二]，而無從善服行今所得正書之公義[三]。

［一］『左傳逸禮尚書』，原作『左無逸礼』，當是傳鈔之際脱誤所致，今據文意補正。

［二］五臣本注：『翰曰：殘，缺，非古文者；挾，謂帶私情也，恐立《左氏》破其先師文義也。』

［三］『服』，原訛『眼』，今正之。

或懷疾妬，不考情實

『疾妬』，《漢書》作『妬嫉』。

心或懷妬。考，驗也，言我舊來所得之，何處來也。

今聖上德通神明

今聖上，謂哀帝也。

猶依違謙讓，樂與士君子同之，故下明詔，試《左氏》可立不

依違謙讓[一]，不即立《左氏》等，猶遣我與諸學士議立之[二]。

[一]『謙』字原脱，據文意補。師古注：『依違，言不專決也。』

[二]『遣』，原訛『遺』，今正之。案：此寫卷『遣』『遺』互訛的例子較多，又見下條『冀得廢遺』句注。

遣近臣奉旨銜命，將以輔弱扶微，與二三君子比意同力，冀得廢遺

『旨』，《漢書》作『指』。

近臣，歆自謂[一]。微弱，《左氏》等[二]。比，相親比[三]。廢遺[四]，失路之書，既得之，喜[五]。

[一]『謂』字原脱，今據意補。五臣本注：『良曰：臣，歆自謂也。』與此注同。

[二]五臣本注：『良曰：微弱，謂諸經有闕失者。』與此注異。

[三]師古注：『比，合也。』

[四]『遺』，原訛『遣』，據正文改。

[五]師古注：『經藝有廢遺者，冀得興立之也。』

今則不然，深閉固距，而不肯試

今不然，謂不肯立之也，不肯校試《左氏》之義。

猥以不誦絶之，欲以杜塞餘道

不誦，不肯習誦。餘道，謂衆書也[一]。

[一]『書』，原訛『晝』，據文意改。師古注：『猥，苟也。苟不誦習之，而欲絶去此學。』五臣本注：『翰曰：猥，頓也。不誦絶之，謂諸博士皆云不經習誦，以杜塞論試也。』

此乃衆庶之所為耳，非所望於士君子也

《漢書》無『於』。

人之性，可事試即圖其利道[一]，共為之則不肯也。

[一]『圖』，原作『周』，據意改。

皆先帝所親論

先帝，謂武帝[一]。

[一]五臣本注：『銑曰：先帝，成帝也。』案：銑説是也。《漢書・藝文志》：『至成帝時，以書頗散亡，使謁者陳農求遺書於天下。詔光禄大夫劉向校經傳諸子詩賦，步兵校尉任宏校兵書，太史令尹咸校數術，侍醫李柱國校方技。……會向卒，哀帝復使向子侍中奉車都尉歆卒父業。』

夫禮失求之於野，古文不猶俞於野乎

『俞』，《漢書》作『愈』。

禮失者求之於鄙野之人[一]。古文猶勝於野，俞，勝也[二]，何以不用[三]。

[一]『禮失』，原作『有禮』，今據正文改。《漢書·藝文志》：『仲尼有言：「禮失而求諸野。」』

[二]師古注：『愈，勝也。』

[三]『何』，原訛『阿』，今正之。案：依敦煌本注體例，此條注文當作『俞，勝也。古文猶勝於野，何以不用』，今姑仍之。

往者博士《書》有歐陽，《春秋》公羊，《易》則施、孟

歐陽和伯，千乘人也，弟子兒寬[一]。施讎[二]，沛人[三]，字長卿。孟喜，魯國蘭陵人[四]。六國時公羊，齊人[五]。

[一]『弟子兒寬』，原誤倒作『兒寬弟子』。《漢書·儒林傳》：『伏生教濟南張生及歐陽生……歐陽生字和伯，千乘人也，事伏生，授倪寬。……寬授歐陽生子，世世相傳，至曾孫高子陽，為博士。』

[二]『施』，原訛『放』，據正文改。

[三]『沛』，原訛『涕』，據《漢書》改。《漢書·儒林傳》：『施讎字長卿，沛人也……從田王孫受《易》……田王孫為博士，復從卒業，與孟喜、梁丘賀並為門人。』

[四]《漢書·儒林傳》：『孟喜字長卿，東海蘭陵人也。父號孟卿，善為《禮》《春秋》……乃

使喜從田王孫受《易》。」

[五]「齊」，原訛「涕」，據《漢書》改。《漢書·藝文志》：「公羊子，齊人。」師古注：「名高」。

然孝宣帝猶復廣立穀梁《春秋》、梁丘《易》、大小夏侯《尚書》

「孝宣帝」，《漢書》作「孝宣皇帝」。

大夏侯，勝也[一]。梁丘，賀[二]。小夏侯，建，勝兄子[三]。

[一]「大夏侯勝也」，原作「大夏勝也」，「夏」下脱「侯」，今補。《漢書·儒林傳》：「夏侯勝，其先夏侯都尉，從濟南張生受《尚書》，以傳族子始昌。始昌傳勝……勝傳從兄子建，建又事歐陽高……由是《尚書》有大小夏侯之學。」

[二]《漢書·儒林傳》：「梁丘賀字長翁，琅邪諸人也……從太中大夫京房受《易》……房出為齊郡太守，賀更事田王孫。」

[三]《漢書·宣帝紀》：「（甘露三年）詔諸儒講《五經》同異，太子太傅蕭望之等平奏其議，上親稱制臨決焉。乃立梁丘《易》、大小夏侯《尚書》、穀梁《春秋》博士。」

賢者志其大者，不賢者志其小者

志，記也，識也[一]。

[一]《論語·子張》：『子貢曰：「文武之道，未墜於地，在人，賢者識其大者，不賢者識其小者。」』案：『志』『識』古今字，《論語》作『識』，劉歆引作『志』，敦煌本注以『識』訓『志』，是也。

孔德璋《北山移文》

北山移文

北山，蔣山也。當時丹陽為都，蔣山在丹陽[一]，故言北山。齊時都丹陽也。為汝南周顒字彦倫[二]，高才博士，文才擅於數州，而初隱居此蔣山[三]，即鍾山也。及後被齊武帝之召[四]，以為東海浙江之海鹽縣令[五]，周顒即作之，而出此山。故會稽孔稚珪字德璋為此《移》譏之[六]。

[一]『蔣』，原訛『薄』，今正之。《隋書·地理志》丹陽郡：『江寧：梁置丹陽郡及南丹陽郡，

陳省南丹陽郡。平陳，又廢丹陽郡，并以秣陵、建康、同夏三縣入焉。大業初置丹陽郡。有蔣山。」

〔二〕『為』字疑衍，今姑仍之。『彦』，原訛『⿱耂圭』，今正之。

〔三〕『而初隱居此蔣山』，原作『而初不隱居山此薄山』九字，『不』及『居』下之『山』字並為衍文，而『薄』為『蔣』字之訛，今正之。

〔四〕『召』字原脱，今補。

〔五〕『海』，原作『右』，今改。『縣』下原有『為』字，衍，今删。

〔六〕『孔稚珪字德璋』，原作『孔德璋字稚珪』，據《南齊書·孔稚珪傳》改。

五臣本注云：『向曰：鐘山在都北，其先周彦倫隱於此山，後應詔出為海鹽縣令，欲却過此山，孔生乃假山靈之意移之，使不許得至，故云《北山移文》。』案：檢《南齊書·周顒傳》，顒曾為剡令、山陰令，未嘗為海鹽令，且一生為宦，無有隱而復出之事，其在鍾山立隱舍，是供暇日休憩之用，故五臣本呂向注與史實不合。稚珪此文，不過是一篇游戲文字而已。

鍾山之英，草堂之靈，馳煙驛路，勒移山庭

言初求道〔一〕，乃至得召即應之，故假為鍾山及鍾山北阜草堂，此舊周顒隱處，故云今假山之神及草堂之神為移[二]，致之於山庭之道。周顒昔日何由來隱此，及被召即應，聞道今更欲來此邊，汝山庭及木樹莫容之，使煙及露為馳使驛馬，時移送也。英，亦神[三]。

［一］『求』字原無，據意補。

［二］『故云』，原作『故言云故』，今正之。

［三］李善注：『梁簡文帝《草堂傳》曰：「汝南周顒，昔經在蜀，以蜀草堂寺林壑可懷，乃於鍾嶺雷次宗學館立寺，因名草堂，亦號山茨。」』五臣本注：『濟曰：蔣子文自謂青骨死當為神，後吴王為立祠於鐘山下，因改山為蔣山也。昔蜀有法師居於草堂寺，及東歸至此，翫彼林泉之美，乃於此山南作草堂以擬焉。』

夫以耿介拔俗之標

『標』，五臣本、明州本作『摽』。

夫耿介者，言道有人如此者[一]。

［一］五臣本注：『良曰：耿介，謂執節之士也。』

若其亭亭物表

亭亭物表，永為仙人[一]

[一]『為』字原無，據意補。案：此條注原錯置於下條『芥千金而不盼，屣萬乘其如脱』之注文『芥視之如草芥……棄天下如脱屣』之後，今乙之。五臣本注：『銑曰：亭亭，高聳貌。表，外也。物表，霞外。言志高遠也。』

芥千金而不盼，屣萬乘其如脱

芥，視之如草芥，若田單不應齊賞[一]，魯連不受燕封[二]，子房相漢[三]。武帝云：『若使我得神仙，棄天下如脱屣。』[四]

[一]『齊』，寫卷作别體『斉』，與《齊雋敬碑》同，今改正字。『賞』，原訛『掌』，今正之。《史記·田單列傳》：田單者，齊諸田疏屬也。湣王時，不見知。燕使樂毅伐齊，湣王出奔，燕得齊七十餘城，湣王為淖齒所殺。田單出奇制勝，盡復齊地，迎襄王於莒，襄王封田單，號曰安平君。

[二]《史記·魯仲連鄒陽列傳》：魯仲連者，齊人也。齊田單攻聊城歲餘不下，魯連乃為書，約之矢以射城中，遺燕將。燕將得魯連書，乃自殺，聊城亂，田單遂屠聊城。歸而言魯連，欲爵

之，魯連逃隱於海上。

［三］『房』，原作『金』，今正之。《史記·留侯世家》：『漢六年正月，封功臣。良未嘗有戰鬥功，高帝曰：「運籌策帷帳中，決勝千里外，子房功也。自擇齊三萬户。」良曰：「始臣起下邳，與上會留，此天以臣授陛下。陛下用臣計，幸而時中，臣願封留足矣，不敢當三萬户。」乃封張良為留侯，與蕭何等俱封。』

［四］《史記·封禪書》：『於是天子（案：指武帝）曰：「嗟乎，吾誠得如黄帝，吾視去妻子如脱躧耳。」』

聞鳳吹於洛浦，值薪歌於延瀨

『薪』，五臣本作『新』。

鳳吹，周靈王太子晉［一］，好吹簫［二］，在洛州之浦，浮丘公得仙［三］。袁淑《真隱傳》云：『有蘇門先生遊於瀨之水，值一採薪人，蘇門先生曰：「爾日終有此事乎？甚可哀哉。」薪人笑曰：「吾聞聖人無心［四］，以道德為心，子何怪乎？吾以此採薪，猶為取道舍吾［五］，爾何知也。」遂長歌而去［六］，不領蘇門［七］。』

［一］『周靈王太子晉』，原作『周靈子晉』，『王太』二字據《列仙傳》補。

［二］『好』字原脱，據意補。『簫』，原作『蕭』，今正之。

［三］『浮丘公』三字，原訛作『浮兵言』三字。李善注引《列仙傳》云：『王子喬，周宣王太子晉也，好吹笙作鳳鳴，遊伊雒之間。』又《文選》郭璞《遊仙詩》『左挹浮丘袖』李善注引《列仙傳》曰：『浮丘公接王子喬以上嵩高山。』此處疑『浮丘公』上脱『遇』字，俟考。

［四］『吾』字下原衍『口』字，今删。

［五］『猶為取道舍吾』，原作『為取道舍猶吾』，文意欠通，今乙之。

［六］『歌』，原作『哥』，今正之。

［七］袁淑《真隱傳》二卷，兩《唐志》著録，今亡。此注所引，又見於《太平御覽》卷五一〇，文字小有不同：『袁淑《真隱傳》曰：蘇門先生嘗行，見採薪於阜者，先生嘆曰：「汝將以是終乎，哀哉。」薪者曰：「以是終者我也，不以是終者我也。且聖人無懷，何其為哀？聖人以道德為心，不以富貴為志。」因歌二章，莫知所終。』

豈期終始參差，蒼黄翻覆，淚翟子之悲，慟朱公之哭

『期』，五臣本、明州本、奎章閣本作『有』。『翻』，五臣本作『飜』。

終始參差者[一]，譏周本來為如此意[二]，今被他召即去，終始參差。楊朱見一道後分為多[三]，遂發本同末異之嘆[四]。蒼黄等者，墨子見素絲之在蒼則青，在黄則

赤[五]。

[一]『終始參差者』，原作『冬始差乎者』，『冬』當為『終』之訛，『始』下當脱一『參』，『差』下當衍一『乎』，今並正之。

[二]『譏』下原衍『終』，今删。

[三]『多』字下疑脱『歧』字。

[四]『遂發本同末異之嘆』，原作『遂法本同末異』。『法』當為『發』之訛，今正之。『之嘆』二字據意補。

[五]《淮南子·説林》：『楊子見逵路而哭之，為其可以南可以北。墨子見練絲而泣之，為其可以黄可以黑。』

乍迹迴以心染，或先貞而後黷

『迹迴』，《文選》各本、《梁書》《南史》並作『迴迹』，今據敦煌本注改。

迹回心染[一]，喻素絲[二]。先貞後黷[三]，謂被召入塵俗[四]。

[一]『回』，原作别體『曲』，今正之。

[二]『絲』，原訛『慈』，今正之。

[三]『貞』字原脱，據正文補。五臣注：『良曰：貞，正。黷，垢，謬誑也。』

［四］『俗』字下原衍『入塵俗』，當是傳鈔之際將『入塵俗』三字再度鈔寫所致，今删。

尚生不存，仲氏既往

尚長字子平，男女娶嫁既訖［一］，入山隱去，漢人［二］。仲氏，長統［三］，後漢人，常隱居不仕［四］，歎曰：『吾凡灌園之執，來往於閒逍遥場園自樂［五］，何能屈節於公卿之門哉！』統，山陽人［六］。

［一］『男女娶嫁既訖』，原作『娶男女娶妻論』，據《後漢書·逸民傳》改。案《後漢書·逸民傳》作『向平』，李賢注：『《高士傳》「向」作「尚」。』

［二］叢刊本注復引《與山巨源絶交書》『吾每讀尚子平、臺孝威傳，慨然慕之，想其為人』句李善注云：『《英雄記》曰：「尚子平有道術，為縣功曹，休歸，自入山擔薪，賣以供食飲。」』案：又見《太平御覽》卷二六四引。

［三］『仲氏長統』，原作『仲文長統』，『文』字當是『氏』字之訛，今正之。

［四］『常隱居不仕』，原作『常隱居不凡仕』，『凡』字衍，今删。

［五］『往』字原無，據意補。

［六］《後漢書·仲長統傳》云：仲長統字公理，山陽高平人。統性俶儻，每州郡命召，輒稱疾不就。常以為凡遊帝王者，欲以立身揚名耳，而名不常存，人生易滅，優遊偃仰，可以自娱，欲

卜居清曠，以樂其志。論之曰：『使居有良田廣宅，背山臨流，溝池環帀，竹木周布……則可以陵霄漢，出宇宙之外矣。豈羨夫入帝王之門哉。』

世有周子，雋俗之士

周子，即周顒也[一]。

[一] 李善注引蕭子顯《齊書（周顒傳）》云：『周顒字彥倫，汝南人也，釋褐海陵國侍郎。元徽中出為剡令。建元中為長沙王後軍參軍、山陰令，稍遷國子博士，卒於官。』

然而學遁東魯，習隱南郭

遁東魯，如魯人顏闔，隱者[一]**，魯侯使執節往見之**[二]**，闔不顧**[三]。**又有周魯人亦然**[四]。**隱南郭，南郭子綦隱机坐**[五]**，出《莊子》**[六]。

[一]『遁東魯人如顏闔隱者』，原作『遁東魯如人顏闔隱者』。『如』下當脫一『魯』字，今補。

[二]『使』，原作『住』，當涉下文『往』而訛，今正之。

[三]《莊子·讓王》：『魯君聞顏闔得道之人也，使人以幣先焉。顏闔守陋閭，苴布之衣，而自飯牛。魯君之使者至，顏闔自對之。使者曰：「此顏闔之家與？」顏闔對曰：「此闔之家也。」使者致幣，顏闔曰：「恐聽者謬，而遺使者罪，不若審之。」使者還反審之，復來求

之，則不得已。故若顔闔者，真惡富貴也。」

［四］『亦』，原作『二』，當是形近而訛。《史記·叔孫通列傳》：漢五年，『於是叔孫通使徵魯諸生三十餘人，魯有兩生不肯行，曰：「公所事者且十主，皆面諛以得親貴。今天下初定，死者未葬，傷者未起，又欲起禮樂。禮樂所由起，積德百年而後可興也。吾不忍為公所為。公所為不合古，吾不行。公往矣，無汙我！」』『周魯人』，或指此二人也。

［五］『隱南郭南郭子綦隱机坐』，原作『南郭子綦純南郭坐隱机』，文意欠通。案：『純南郭』當是『隱南郭』之訛，又與『南郭子綦』誤倒，『坐』與『隱机』誤倒，今並正之。

［六］《莊子·齊物論》：『南郭子綦隱机而坐，仰天而噓，嗒焉似喪其耦。』五臣本注：『銑曰：東魯，謂顔闔也；南郭，子綦也。言顒無本性，但習學此二人之隱遁也。』

偶吹草堂，濫巾北岳

『偶』，五臣本、明州本、叢刊本、奎章閣本作『竊』。

道周顒初未隱，濫著隱巾。北岳即鍾山［一］。

［一］『山』字原脱，據意補。

誘我松桂，欺我雲壑，雖假容於江皋，乃纓情於好爵

詎誘我松桂，道來隱。欺誑我雲壑，假為隱遁之容，心求好爵。

其始至也，將欲排巢父、拉許由

言周初來時，不巢、許[一]。

[一]《禮記·中庸》：『苟不全德。』孔穎達疏：『不，非也。』

或歎幽人長往，或怨王孫不遊

『歎』，明州本、奎章閣本作『歌』。叢刊本注：『五臣本作歌字。』

在幽隱之人[二]，即吉[三]。王孫，出淮南小山[三]。

[二]『在幽隱之人』，原作『在立幽立人』，文意不通。案：《易·履》『幽人貞吉』王弼注：『幽而貞宜其吉。』正義云：『幽人貞吉者，既無險難，故在幽隱之人，守正得吉。』則『在立幽立人』當是『在幽隱之人』之訛，今正之。

[三]『即吉』二字，原置於前條注文『心求好爵』之下，今移於此，俟考。

[三]《楚辭》淮南小山《招隱士》：『王孫遊兮不歸，春草生兮萋萋。』五臣本注：『良曰：幽人、王孫，隱者之稱，慕其長往故歌之，疾其不游故怨之。言顒初至如此。』

涓子不能儔

昔仙人涓子，服朮得仙[一]，三百年後釣于河，得一鯉魚，魚中得書[二]。

[一]『朮』，原作『木』，據《列仙傳》改。

[二]《列仙傳》卷上：『涓子者，齊人也，好餌朮，接食其精，至三百年乃見於齊。著《天人經》四十八篇。後釣於荷澤，得鯉魚，腹中有符。隱於宕山，能致風雨。受伯陽九仙法。淮南王安少得其文，不能解其旨也。其《琴心》三篇，有條理焉。』

及其鳴騶入谷，鶴書赴隴

騶，單馬，謂之廄馬[一]，今之侍馬，銜使所乘召人者。是言入谷來召之人[二]。鵠書，《字□》曰[三]：『招士為鶴首書[四]。』言作鵠頭之書以來士[五]，即與之反波之書却之[六]。《漢書·藝文志》載為鶴書鳥人等[七]。越至山隴而召之。

[一]『廄』，原作『郭』，《説文·馬部》：『騶，廄御也。』『郭』當是『廄』之訛，今正之。

[二]此句原作『是言入谷來召之人者是言入谷來召之』，『者』字當涉上文而衍，『者』以下之七字是誤將此句再度鈔寫所致，今刪。

[三]『字□曰』，原作『字曰』，『字』下當有脱字，今檢魏張揖《字詁》、晉呂忱《字林》、晉李

彤《字指》之輯佚本，無該條内容，無法確定為何書，今姑補『□』，俟考。

[四]『招』，原作『柖』，今正之。案：正文作『鶴書』，此注前文作『鵠書』，此引又作『鶴首書』，『鵠』『鶴』二字混用。《莊子·庚桑楚》『越鷄不能伏鵠卵』，《經典釋文》云：『鵠，本亦作鶴，同。』是古時『鵠』與『鶴』同也。

[五]『來』，原作『夾』，形近而訛，今正之。

[六]李善注引蕭子良《古今篆隸文體》云：『鶴頭書與偃波書，俱詔板所用，在漢則謂之尺一簡，髣髴鵠頭，故有其稱。』

[七]『藝文志』，原作『藝之志』，『文』訛『之』，今正之。《漢書·藝文志》云：『六體者，古文，奇字，篆書，隸書，繆篆，蟲書，皆所以通知古今文字，摹印章，書幡信也。』

刑馳魄散，志變神動

『刑』，《文選》各本並作『形』，今據注文改。

刑馳神動等[一]，道其聞即憙[二]，意欲得作官也。

[一]案：『刑』與『形』同，《荀子·彊國》『刑范正』楊倞注：『刑與形同。』據此可知，敦煌本據以作注之《文選》『形』作『刑』。『動』下原有『容』字，衍，今删。

[二]『其聞』，原作『甚文』。『甚』當為『其』之形訛，『文』當為『聞』之聲訛，今并正之。

抗塵容而走俗狀

抗，欲為塵俗車也[一]。

[一] 五臣本注：『濟曰：舉騁塵俗之容狀。抗，舉；走，騁也。』

風雲悽其帶憤，石泉咽而下愴

風雲石泉俱瞋怒之。

至其紐金章，綰墨綬

金章墨綬，謂為鹽官縣令[一]。

[一] 『鹽官縣令』，原訛『鹽有縣今』。『官』訛『有』，『令』訛『今』，今正之。

張英風於海甸，馳妙譽於浙右

近海之甸[一]**，鹽官近海。浙江之右**[二]。

[一] 『甸』，原訛『旬』，今正之。

[二] 『浙』，原訛『漸』，今正之。

琴歌既斷，酒賦無續。常綢繆於結課，每紛綸於折獄

琴歌［一］，操。揚雄作《酒賦》［二］。結課，求考課［三］。折獄［四］，斷獄。

［一］案：此條注『琴歌』以次至『斷獄』，原錯置於下條注文『魯恭為中牟令』之下，今據正文乙之。『歌』，原作『哥』，當是『歌』之殘誤，今正之。

［二］『酒賦』，原作『酒誰見』，今正之。案：揚雄《酒賦》今已亡佚，而《漢書·游俠（陳遵）傳》《北堂書鈔》卷一四八、《藝文類聚》卷七二、《初學記》卷二六、《太平御覽》卷七五八又七六一，並保存有該賦之片段。

［三］《廣雅·釋言》：『課，第也。』疏證：『謂品第之也。』

［四］『折』下原空一格，今補以『獄』字，俟考。

籠張趙於往圖，架卓魯於前籙

《益部耆舊記》云［一］：『趙瑶字元珪［二］，為緱氏令［三］，政績有異［四］，虎負子渡河［五］。』卓茂子康為令［六］，魯恭為中牟令［七］。

［一］案：此條注『益部耆舊』以次至『中牟令』，原錯置於下條注文『三輔稱能』之下，今據正文乙之。《益部耆舊記》，又作《益部耆舊傳》，十四卷，晉陳壽撰，《隋志》及兩《唐志》

並著録，亡。《北堂書鈔》卷七八『虎即出界』句下引《益部耆舊傳》云：『趙瑶為緱氏令，到任，虎負其子出界。』與此注所引略同。

〔一〕『瑶』，原作『援』，據《北堂書鈔》改。

〔三〕『緱』，原作『候』，據《北堂書鈔》改。『令』，原訛『今』，今正之。

〔四〕『績』，原訛『積』，今正之。

〔五〕『渡河』，原作『度何』，今正之。

〔六〕『子康』，原作『子仲康』，『仲』字衍，今删。『令』，原訛『今』，今正之。

〔七〕『令』，原訛『今』，今正之。

希蹤三輔豪，馳聲九州牧

《魏志》：『張既字德容[一]，為新豐令[二]，三輔稱能。』欲求三輔九州之聲譽[三]。

〔一〕『張既』，原訛『有毅』，據《魏志》改。

〔二〕『令』，原訛『今』，今正之。

〔三〕五臣本注：『翰曰：渭城以西為右扶風，長安以東為京兆，長陵以北為左馮翊，此謂三輔也。』

昔聞投簪逸海岸，今見解蘭縛塵纓

投簪[一]，魯連之徒不用官，投簪入海[二]。解蘭縛纓[三]，解結蘭珮[四]，纓縛塵僞之事[五]。

[一]『投』字前原有『望与他』三字，衍，今删。

[二]『投』，原訛『挍』，今正之。

[三]『解蘭縛纓』四字原無，依此注體例當有此四字，今補。

[四]『結』，原訛『吉』，今正之。

[五]『纓』，原訛『嬰』，今正之。

於是南岳獻嘲，北壟騰笑

『壟』，五臣本、明州本、叢刊本、奎章閣本作『隴』。

言因容此人轉來，即南北岳自相嘲笑[一]。

[一]『言因容此人轉來即』八字，原置於下句『南北岳自相嘲笑』之下，今乙之。『轉』，原本只書左旁之『車』，右旁缺，今據意補。『嘲』，原作『朝』，蓋傳鈔之際脱去口字旁，今補。

馳東皐之素謁

素謁，請謁。東皐[二]，西周處。

[一] 五臣本注：『翰曰：素，貧素之交；謁，告也，謂布告於人使知也。』

[二] 『皐』，原本只存上部之『自』，下部缺，今據正文補。

今又促裝下邑，浪拽上京

『拽』，奎章閣本作『枻』。

今聞促裝此間過[一]，欲抱攕擢向上京[二]。欲於此過，爾之山林等，莫容其將面目過也。

[一] 『促裝』，原作『役從』，今據正文改。敦煌本所據《文選》正文是否作『役從』，俟考。

[二] 『欲抱攕擢向上京』，原作『欲抱上攕擢向京』。『上』字錯置於『抱』字之下，今乙之。

或假步於山扃

或假步在我此處過[一]。

[一] 『過』，原訛『遇』，今正之。

宜扃岫幌

扃[一]，禁閉，莫容客過[二]。

[一]『扃』下原衍『扁』，今刪。

[二]『容客』，原作『客々』，蓋傳鈔之際將『容』誤作『客』，故於『客』字下加疊字號，今正之。

請迴俗士駕，為君謝逋客

逋客[一]，山中逋逃之客[二]，更須逐之[三]。謝，遣〔下殘〕[四]。

[一]『逋客』二字原無，據此注之體例補。

[二]『逋』，原訛『逍』，『客』，原訛『容』，今據正文改。

[三]『逐』，原訛『遂』，今正之。

[四]李善注：『晉灼《漢書注》曰：「以辭相告曰謝。」』五臣本注：『良曰：「謝，去也。」』

永青文庫藏敦煌本《文選注》疏證

岡村繁　箋訂
羅國威　譯並疏證

序

南朝梁代昭明太子蕭統（五〇一—五三一）編纂的《文選》三十卷，上自周漢，近迄齊梁，前後千餘年間的優秀作品，幾已網羅殆盡。這一集賦、詩、書、檄等三十七種文體為一編的詩文總集，是了解和研究中國古代中世紀文學，特別是漢魏六朝文學的重要基本文獻，更是毋庸辭費的事。《文選》一書，對以後唐、宋時代的詩文，起着强烈的、决定性的影響。對我國王朝以後的文學，亦有着重大影響，它已經成為文學史上的重要典籍。南宋陸游（一一二五—一二一〇）在其《老學庵筆記》卷八中，就引了宋初的諺語：『《文選》爛，秀才半。』（謂《文選》讀得爛熟之後，科舉考試就已合格了一半。）我國王朝時代清少納言的《枕草子》中有云：『書有《（白氏）文集》《文選》。』鎌倉末期的吉田兼好的《徒然草》亦云：『《文選》書一卷卷。』這些記載，都是《文選》在中國和我國大為流行的著名文字記載。

梁代《文選》三十卷編纂成書之後，隋、唐以還，以長江下游的揚州（江蘇省江都縣）、潤州（江蘇省鎮江市）為中心，陸續編纂出了大大小小的注釋《文選》的著述。其中有代表性的著作，其書名、卷次、作者等情況，《舊唐書·經籍志》《新唐書·藝文志》、我國藤原佐世（八四七—八九七）編修的《日本國見在書目録》等，都有著録。唐代編纂而當時尚存的《文選》注釋書，於此可見其一斑。至唐高宗顯慶三年（六五八），為《文選》所收作品雅麗深奥的字句指明出典的李善（？—六八九）的力作《李善注文選》六十卷殺青問世。唐玄宗開元六年（七一八），吕延濟、劉良、張銑、吕向、李周翰等五位學者共同執筆完成的、着眼於對《文選》所收作品作平易解釋的《五臣注文選》二十卷撰修成書。李善注、五臣注這兩部堪稱隋唐文選學雙璧的《文選》兩大注釋書突然一下子涌現在讀者面前，而從前那些大大小小的《文選》注釋著作，人們並非都要去研習，因之隨着時光的流逝，逐漸也就亡逸了。當時《文選》諸注釋書的散逸，使後世對文選學發展歷史的詳細情形無以得知，實為令人痛心而又惋惜的事。

近年來，出人意料地發現了先於李善注的唐初文選學新資料，這一新資料，即現在東京細川氏永青文庫珍藏的天壤孤本、敦煌出土的初唐鈔本《文選注》殘卷。此《文選注》之撰者未詳。此殘卷一直秘藏於該文庫篋底，内外學界，全無知曉。昭和四十年（一九六五）四月，該殘卷附上敦煌學、文獻學泰斗，故神田喜一郎博士的《解説》，影印刊行面世，迄今已近三十年，當時古鈔本的全貌一旦披露，内外的文選學者歡喜興奮的情形，人們至今還記憶猶新。當時，我很快得到了此敦煌本《文選注》影印本，朝夜構思，在此古鈔本影印刊行的六個月後的同年十月，就在東北大學《集刊東洋學》第十四號上發表了論文《關於細川家永青文庫藏〈敦煌本文選注〉》，對此新近才面世的敦煌本《文選注》内容上的特色和高度的學術價值，發表了自己的一得之見。

當時，我的作成上述論文，是在前階段研究的基礎上進行的。在讀解此敦煌本《文選注》時，不可避免地會遇上其次序的混亂，只須看看本箋訂稿篇首刊載的唐鈔本影印件照片就會明白這一點，此唐鈔本難解之處，在於從篇首開始即無間隔無科段地排列下去，極不易閱讀。

據推測，此敦煌本《文選注》，當與李善注一樣，將《文選》原三十卷析為六十卷。現存的部分，相當於《李善注文選》卷四四『檄』部分，即漢司馬相如《喻巴蜀檄》、魏陳琳《為袁紹檄豫州》《檄吴將校部曲文》、鍾會《檄蜀文》，以及司馬相如《難蜀父老》共五篇的注解，殘卷共存二三六行。

此敦煌本《文選注》殘卷，與其他敦煌出土的貴重古鈔本屢屢有類似情形，即傳抄時因抄寫人的不學無識和不留意，誤、奪、衍、倒，所空空格的位置並非注文的斷句，以及抄寫時的錯訛等等，在在皆是，致使此寫本無法卒讀。為使此敦煌本《文選注》能被研究者利用，我對其傳寫過程中所致之錯訛逐一檢討並反復吟味，為之訂補，以圖恢復其本來面目。我投入此項復原工作的時日，與我實際上研究成果發表的順序是相逆反的。至前述論文發表的四個月後的昭和四十一年（一九六六）二月，才在《東北大學教養部紀要》第四號上發表了題為《敦煌本〈文選注〉校釋》的拙稿，以這一並不十分完美的復原成果作為引玉之磚向學界拋出。

本稿是現今對前述拙稿《敦煌本〈文選注〉校釋》重新補訂的新成果。當然，謬誤與錯漏，在所難免。現在訂補工作已告一段落，補訂後文章題目也作了修改，以供内外學界的文選學者參考。歡迎讀者批評指正。

一九九二年五月一日岡村繁

凡例

一、本稿的底本，用細川氏永青文庫影印的敦煌本《文選注》殘卷（昭和四十年四月刊）。

二、此敦煌本《文選注》，從本箋訂稿篇首所附之原鈔本影印件可見，鈔本僅書注文，關鍵的正文却予省略。本箋訂為方便起見，將敦煌本《文選注》各條注文相應的正文一一於每條注文前標出，於次行揭載注文。

三、現行本《文選》正文與敦煌本《文選注》所據本之正文文字有異時，為與《文選注》注文相合，特依注以改正文。其理由詳該句正文下的注記。

『檄』的解題

檄

『檄』，皦也，明也[一]。將欲出師，比之於雷[二]，雷動則電出，故師先之以檄[三]，比電光出[四]。言[五]皎然以道理告喻之。六國時，（張儀）[六]遊於楚[七]，至楚相處，相失璧[八]而怨秦盜之[九]。故儀，秦照王時[一〇]，為秦相，為一尺二寸，檄[一一]楚相[一二]。言[一三]其皦可明。檄，自張儀始[一四]。

[一] 此『檄，皦也，明也』五字，敦煌本《文選注》（以下稱『底本』）原作『檄也，明也』四字。按理，第一字『檄』，當有解釋字義的部分。而底本『檄』字下的『也』，形成了訓詁形式的障礙。按通常解釋字義的格式，當作『檄，明也』，或作『檄者，明也』，被釋詞之後當添一『者』字。底本『□也□也』，於訓詁中連用兩個『也』字共同作為解釋的判斷，是一種反常現象。一個『也』字作為被釋詞的提示助詞，另一個『也』字作為解釋部分的判斷助詞，這種不自然的表述，在此以往是無有先例的。遵照底本『檄也，明也』這一體式來恢復其原貌，上舉敦煌注注文末之『其皦可明』一句，是解決問題的關鍵。案『檄

也，明也』四字，當作『皦，皦也，明也』五字。『皦』與『皦』形近，底本的傳寫者誤將『皦』下的『皦』字寫脱，這種可能性極大。這一添改，文意也就完全通暢。因之，今將『皦』字補入。『皦』，有皎皎明白的意思。南朝齊梁時代的劉勰（？—五二〇）的文學評論專著《文心雕龍·檄移篇》云：『檄者，皦也，宣布於外，皦然明白也。』底本關於『檄』的訓釋，及『其皦可明』一句，其解詁的依據，當基於此。

〔二〕底本『比』誤作『此』，『雷』誤作『雪』，蓋形近而訛，今改正。

〔三〕『檄』，底本誤作『璬』。『璬』，玉佩，或者白色的玉石，與底本此處注語不相符合，今改正。

〔四〕以上五句，以『雷』與『雷』譬『檄』與『師』（軍隊），這一比喻，是基於《文心雕龍·檄移篇》的『震雷始於曜電，出師先乎聲威，故觀電而懼雷壯，聽聲而懼兵威』而作出的。

〔五〕『言』，底本誤作『玄』，蓋『言』的草書體與『玄』形近，故訛。

〔六〕底本作為主語的『張儀』二字缺，大約因原作者自己心中明白，有意省略，今據文意補。

〔七〕『於楚』二字底本誤倒，作『楚於』。底本其他地方亦常有語序異常的例子。如底本第六行的『兵糧送運』，第八十六行的『獸之頭垂，鳥之翼搨』（《文選》正文『垂頭搨翼』的注語），第九十二行的『始出卵而有不羽翅，翅有曰雛』（《文選》正文『鷇卵始生翰毛』句的注語）等等，都與中國固有的文章表達語序不同。究其因，大約此注作者是個語言習慣近似於日本語、朝鮮語、滿州語、蒙古語等的西北少數民族的學者。這一推測當否，俟今後再考。為便於解讀，今按漢語習慣將其改正。

〔八〕『失璧』，底本誤作『夫璧』，作『大璧』文意不通，蓋形近而訛，今改正。

〔九〕『秦』，指由秦至楚出訪的張儀。當時，張儀浪迹於諸侯之間進行游説，其入相秦國實為後來之事（見《史記·張儀列傳》），此係作注者誤記所致。

〔一〇〕『照』乃『昭』之隸書手寫體，其他唐鈔本『列』作『烈』，『休』作『烋』，即與此同例。據《史記》之《秦本紀》及《張儀列傳》，張儀入秦為宰相，實為惠王時而非昭王時，此係作注者誤記所致。

〔一一〕『檄』，底本作『獤』，蓋形近而訛。『獤』指狼子（見《爾雅·釋獸》），狼子與該注文全無關涉。

〔一二〕以上有關張儀的事，見於《史記·張儀列傳》：『張儀者，魏人也。……張儀，已學而游説諸侯，嘗從楚相飲。已而楚相亡璧，門下意張儀，曰：「儀，貧無行，必此盜相君之璧。」共執張儀，掠笞數百，不服，醳之。……張儀既相秦，為文檄告楚相，曰：「始吾從若飲，我不盜而璧，若笞我。若善守汝國，我顧且盜而城。」』

此注謂張儀用檄為一尺二寸，《史記》本傳注各家説法不一，惟《文心雕龍·檄移篇》之『張儀檄楚，書以尺二』，才是此處引典之出處。

〔一三〕『言』，底本誤作『玄』，參見上文箋訂〔五〕的説明。

〔一四〕『檄』，底本作『曒』，蓋涉上文『其曒可明』之『曒』而訛。『始』，底本作『如』，當為『始』字之殘誤，今逕改。

此敦煌注，釋『檄』這一文體的起源，實際上是襲用《文心雕龍·檄移篇》『暨乎戰國，始稱為檄……張儀檄楚，書以尺二』的成説。《文選》李善注關於『檄』的解釋，全部僅一『檄』字。五臣注（李周翰）云：『周末時，穆王令祭公謀甫為威猛之辭，以責狄人之情，此檄之始也。』此注，與敦煌注關於『檄』的起源的説法迥異。

司馬長卿《喻巴蜀檄》

喻巴蜀檄

當漢武帝建元五年[一]，知通夜郎、滇池[二]，遣中郎唐蒙，賫帛遣詔[三]，徵巴蜀千人，兵糧送運[四]。蒙，在郡[五]發万人，後誅巴蜀之渠帥[六]，蜀人大驚，故帝遣司馬相如，相如[七]往檄，以曉喻之[八]。

［一］『建元五年』（公元前一三六年），當為『建元六年』（公元前一三五年），史實見《史記·西南夷列傳》。《西南夷列傳》作『五年』，當係敦煌注的作者誤記所致。

［二］『知』，欲也。《禮記·樂記》：『好惡無節於内，知誘於外。』鄭玄注：『知，猶欲也。』又，《廣韻》上平『支』韻：『知，欲也。』漢武帝通夜郎的原委，詳《史記·西南夷列傳》。

『夜郎』為地處今貴州省西北、雲南省東北、四川省南部一帶的西南夷國家。『滇池』指滇池縣，漢代屬益州郡，在今雲南省晉寧縣附近。『滇』，底本訛作『慎』，今正之。底本此句注文的依據，當是《史記・司馬相如列傳》（參見下箋訂［八］）。底本以『夜郎』與『滇池』並提，而實際上『夜郎』當與『西僰中』並舉。今本《漢書・司馬相如傳下》『西僰中』三字作『僰中』二字。『僰』，古代的僰國，漢代的犍為郡僰道縣，在今四川省宜賓市附近。底本作『滇池』，與此全然不同，當是注文作者誤記所致。

［三］『賷』，『齎』的異體字，見唐顏元孫《干禄字書》（平聲）。

［四］『送運』，底本作『送從』，與底本文意齟齬。『從』，疑當作『運』。抄寫時，紛亂中誤將『運』寫成『從』，極有此可能。今本《史記・西南夷列傳》云：『乃拜（唐）蒙為中郎將，將千人，食重（食糧輜重）萬餘人。』《司馬相如列傳》云：『（唐蒙）發巴蜀吏卒千人，郡又多為發轉漕萬餘人。』據此，將底本『從』字改作『運』。底本『從』字，可能由字形相近的『徙』字誤寫而成，然而，無論『送徙』這一熟語抑或『徙送』這一詞彙，均未見用例，今故不取。又，『兵糧送運』語序異常的原因，參見前條『檄』的箋訂［七］的説明。

［五］『在郡』，底本作『在欸』，蓋因原本字迹潦草不易辨認，傳抄者依樣畫塗所致。今按文意推測，與之形近者，作『在郡』的可能性最大，故改作『在郡』。『郡』字在古鈔本中，往往誤作『部』『邦』等字，其説參見楊明照《文心雕龍校注拾遺》（一九八二年，上海古籍出版

社出版）第一六八頁『勑戒州部』條注。

［六］『帥』，底本誤作『師』，今據《史記·司馬相如列傳》文『（唐蒙）用興法誅其渠帥』改。

［七］『相如相如』四字，底本作『相々如』三字。案：此原當作『相々如々』，傳寫過程中，誤將『如』字下的疊字記號『々』脱落，故訛，今據文意補。

［八］以上，叙司馬相如作此檄文的原委。《史記·司馬相如列傳》云：『相如為郎數歲，會唐蒙使略通夜郎、西僰中，發巴蜀吏卒千人，郡又多為發轉漕萬餘人，用興法誅其渠帥，巴蜀民大驚恐。上聞之，乃使相如責唐蒙，因喻告巴蜀民以非上意。』《漢書·司馬相如傳下》所載相同。此係敦煌注之作者作此注的主要依據。

交臂受事

『交臂』，拱手［一］。

［一］『拱手』，底本作『樊手』。案『樊手』的『樊』，有鳥籠、籬笆、邊緣、紛雜等意思，作『樊手』，語意不通。由上下二字的配合推測，似當作『攀手』，然而作『攀手』仍不妥帖。此『樊』字，當是『拱』字誤寫而成（實際上當誤寫成『栱』）。『拱手』，兩手在胸前交合，表示降伏、恭敬的一種禮節。《文選》五臣注（張銑）云：『交臂，拱手也。』今姑從五臣注改『樊』作『拱』，俟後再考。

稽顙來享

『享』，會也[一]。

[一]《文選》正文的『來享』，出自《毛詩·商頌·殷武》：『昔有成湯，自彼氐羌，莫敢不來享。』鄭箋：『享，獻也。』敦煌注以『會（會面）也』來訓釋『享』，這種解釋不見於他處，是一較特殊的解詁。

疏證 案《尚書·咸有一德》『克享天心』，偽孔傳：『享，當也。』《廣雅·釋詁》：『對，當也。』是『享』有『當』『對』義。《爾雅·釋詁》：『會，對也。』是『對』有『會』義。此當為敦煌本注以『會』釋『享』之依據。

移師東指，閩越相誅

於時，有閩越王領兵[一]侵南越王胡壇界。南秦[二]來，遣太子嬰齊入侍，欲誅去閩越。閩越弟[三]，聞漢助之，怖煞其兄，與自來降[四]。

[一]『領兵』，底本作『偵兵』。案『偵』字無論作姓還是作『偵』（胥吏）解，底本此處文意都無須添此一字。『偵』當為『領』（統率）字行書體的誤寫。《史記·南越列傳》：『此時，閩越王（騶）郢，興兵擊南越邊邑。』作注者所據之《史記》，此段文字中的『興』

字疑有殘誤，由『興』而訛『傎』。今改作形近的『領』。

〔二〕『南秦』當作『南越』，詳《史記·南越列傳》（參見下文箋訂〔四〕）。南秦為中國北朝時代的州名，其地在今甘肅省成縣。此係敦煌注的作者誤記所致。『來』，謂投奔漢朝而來。

〔三〕『弟』，底本作『苐』。案：『苐』乃『第』之俗體，而『苐』『第』又都同是『弟』的異體字。今改作『弟』。

〔四〕以上所述史實，據《史記·南越列傳》：『至建元四年（公元前一三七年），（南越王趙佗）卒，佗孫胡，為南越王。此時，閩越王（騶）郢，興兵擊南越邊邑。胡使人上書曰：「兩越俱為藩臣，毋得擅興兵相攻擊。今閩越興兵侵臣，臣不敢興兵，唯天子詔之。」於是天子多南越義，守職約，為興師，遣兩將軍往討閩越。兵未逾嶺，閩越王弟餘善殺郢以降。』此載，與《漢書·南粵傳》全同。此即敦煌注的作者作此注的依據。然《史記·南越列傳》及《漢書·南粵傳》所載，南越王趙胡遣太子嬰齊入侍漢朝，是在閩越王之弟騶餘善歸降漢朝以後的事，此係敦煌注的作者誤記所致。

不能自即

『即』，《文選》九條本、尤本、袁本、四部本俱作『致』。《史記》與《漢書》之本傳載司馬相如此檄文，亦作『致』。今據敦煌注改。

『即』，至也〔一〕。

〔一〕『即』訓為『至』，典籍中不乏其例。《黄帝内經素問・氣交變大論》：『其眚即也。』唐啓玄子王冰注云：『即，至也。』庾肩吾《亂後行經吴御亭》詩：『青袍異春草，白馬即吴門。』（《藝文類聚》卷三四、《文苑英華》卷三一五、《詩紀》卷八〇並引）此處之『即』，就有『至』的意思。

衛使者不然

『不然』者，畏有非常云[一]，故『衛』之[二]。

〔一〕『云』，句末助詞。

〔二〕『衛』，護衛，此處利用《文選》正文作注。

聞烽舉燧燔

『烽』，束薪於桔槔[一]，有急即舉。『燧』，積柴。望見急，焚之以驚[二]。

〔一〕底本『束』作『吏』，『槔』作『擇』，蓋形近而訛，今改正。『桔槔』，一種用杠杆從井中汲水的裝置。

〔二〕底本『焚』作『熒』，『以』作『竹』，蓋形近而訛。『驚』與『警』通，有因事態危急而戒備的意思。《文選》五臣注（吕延濟）云：『烽、燧者，舉火以驚候。』驚候與警候同，有警戒、偵察敵情的意思。《晉書・天文志上》：『軒轅（星名）西四星曰爟。爟者，烽火之爟也，邊亭之警候。』

疏證　案《後漢書・光武帝紀》『修烽燧』句注：『《前書音義》曰：「邊方備警急，作高土臺，臺上作桔皋，桔皋頭有兜零，以薪草置其中，常低之，有寇即燃火舉之，以相告，曰烽。又多積薪，寇至即燔之，望其烟，曰燧。晝則燔燧，夜乃舉烽。」』敦煌本此注當本之於此。

荷兵而走

『荷兵』，干戈[一]。

[一]『干戈』，是對『荷兵』（拿着武器）的『兵』字所作的注釋。此注文之四字，原來當是『荷兵々干戈』五字，傳寫之際，誤將疊字記號脱落。今未予添補，一仍其舊。參見下文『重煩百姓』句敦煌注。

疏證　案：此注當是以『干戈』釋『兵』，岡村繁説是也。《周禮・地官・鼓人》『鼓兵舞帗舞者』，鄭玄注：『兵，謂干戚也。』又《呂氏春秋・慎大》篇『釁旗鼓甲兵』，高誘注：『兵，戈戟箭矢也。』

處列東第

『東第』[一]，在天子下方也[二]。天子在西，諸侯在東[三]。又一解云：漢封侯王[四]，皆在關東。

[一]『第』，底本作『予』。蓋因『第』之草書體與『予』形近，故訛。

[二]此句六字，底本作『在天下方々』五字，『天』字下無『子』，底本文意，全然不通。由底本下文的『天子』二字推測，此『天』字下當有一『子』字，傳寫之際，誤將『子』字寫脱，遂至於此。《文選》李善注引三國時魏之張揖《漢書注》云：『列東第，在天子下方。』敦煌注當即襲張揖此注，今據張揖《漢書注》，將『子』字補入。句末的『也』字，底本原作疊字記號『々』，據文意，此處不必疊字，此疊字記號，可能由『也』字的草書體誤寫而成，今遂改作『也』字。

[三]『天子在西，諸侯在東』二句八字，底本原作『天子在諸煞一東』七字，文意全然不通。蓋傳寫者傳抄時，有誤字和脱字。案底本『在』字下，當有一與下文『東』字相對應的『西』字脱落。『諸煞』（『煞』乃『殺』之俗字）當是『諸侯』（『侯』字隸書體上部與『煞』近似）的誤寫。『一』字當是『在』字殘缺所致。《漢書・司馬相如傳下》顔師古注：『東第，甲宅也，居帝城之東，故曰東第也。』《文選》李善此句注，與《漢書》顔注

同。據此，將此二句復原。

另外，除上述復原方案外，還有幾種可能。一種是：底本的『在』字可能是『西』字的誤寫，『二』字可能涉下文『一解』之『二』而誤衍，則底本『天子在諸煞一東』當作『天子西，諸侯東』六字，這是一種復原方案。另一種是：當作『天子在西，諸侯東』七字。然而，這兩個方案都欠妥，今俱不采。

［四］『侯』，底本作『庄』，當是『侯』字的草書體形近而訛。無論隸書體（見前述）還是草書體，這種可能都存在。底本的抄寫者抄寫時，確實是將此字認讀作『侯』字的。今據文意改。

重煩百姓

『重煩』，『重』，難也［一］。

［一］這是敦煌注對《文選》正文中一個字作訓釋的一例。敦煌注中，有對正文中若干個字一一訓釋的，也有只對其中之一字作訓釋的，前文『荷兵而走』的注，就是將其周密文字次第省略而只釋一字的。

疏證　案《史記·司馬相如傳》『重煩百姓』句司馬貞索隱云：『重，猶難也。』《漢書·司馬相如傳》『重煩百姓』句顏師古注：『重，難也。』李善注：『重，難也。不欲召聚之。』是司馬貞、顏師古、李善之訓釋，並與敦煌本注同也。

亟下縣道

『亟』，急也。漢，管百姓曰『縣』[一]，管蠻夷曰『道』[二]。

[一]『管』，底本作『宜』，當是『管』字殘誤所致，今據下文『管蠻夷曰道』之『管』字改。『曰』，底本訛作『日』，下文『曰』字亦訛『日』，今據文意改。

[二]《漢書·百官公卿表上》：『縣，大率方百里。……（縣）有蠻夷曰道。』由此可見，漢制，漢民族居住的地域稱『縣』，少數民族聚居之處稱『道』。

疏證 案《毛詩·邶風·北風》『既亟只且』，毛傳：『亟，急也。』《廣雅·釋詁》：『亟，急也。』《漢書·司馬相如傳》『亟下縣道』句師古注：『亟，急也。縣有蠻夷曰道。』《後漢書·馬援傳》『援將四千餘人擊之，至氐道縣』，李賢注：『縣管蠻夷曰道。』李善注云：『《漢書》曰：「縣有蠻夷曰道。」』

陳孔璋《為袁紹檄豫州》

為袁紹檄豫州

袁紹，字本初，遣琳作檄，檄豫州刺史劉備，當與我同心，與伐曹操，故言『檄豫』[一]。

[一] 敦煌注之此解題，當據唐初通行的《魏志》撰就。《文選》李善注引《魏志》云：『（陳）琳避難冀州，袁本初使典文章，作此檄以告劉備，言「曹公失德，不堪依附，宜歸本初也」。』李善注，當引自《三國志·魏書》之《王粲傳》。但今本《魏志·王粲傳》無『作此檄』以下二十一字。底本的『檄豫』，乃『檄豫州』之省略，這種省略，在底本中隨處可見。

左將軍、領豫州刺史

漢封劉備為豫州、將軍[一]。

[一]《三國志·蜀書》之《先主（劉備）傳》云：『先主遂去（田）楷，歸（陶）謙。謙表

先主為豫州刺史。……先主敗走，歸曹公（曹操）。曹公厚遇之，以為豫州牧。……曹公還許，表先主為左將軍。」《文選》李善注引略同。

郡國相守

『郡』有『守』，『國』有『相』，並謂劉備處官等[一]。

[一]『等』，用於指人的名詞後，表複數，有『所有、一切』的意思。此處指『郡守』『相國』二官名而言，是當時的俗語。

蓋聞明主圖疑以免制

此處《文選》正文『圖疑以免制』五字，現行的《文選》各本皆作『圖危以制變』，與敦煌注所據之本大不相同。《後漢書・袁紹傳上》《魏志・袁紹傳》注引《魏氏春秋》等所載此檄文，此五字與現行《文選》各本相同。今據敦煌注所引改。

『圖疑免制』，謂文王囚於羑里[一]，使散、閎等[二]，求寶物以賂紂，免之[三]。

[一]『羑』，底本訛作『羗』，『羗』乃『羌』（西戎之名）的俗字，據今本《史記・周本紀》改（參見下箋訂[三]）。

[二]『閎』，底本作『閑』，蓋形近而訛。『散』，指散宜生；『閎』，指閎夭。『閎』字據今本《史

記·周本紀》改。

［三］『之』，底本作『時』，誤。底本中『之』『時』混用，在在皆是，蓋『之』『時』二字音近，故易訛。如《顔氏家訓·後娶》中的『曉夕移之』的『之』字，宋代劉清之的《戒子通録》卷二所引，『之』即作『時』。今改『時』作『之』。

文王囚繫於羑里的事，見《史記·周本紀（西伯）》：『帝紂乃囚西伯（後之文王）於羑里，閎夭之徒患之，乃求有莘氏美女、驪戎之文馬、有熊九駟、他奇怪物，因殷嬖臣費仲而獻之紂，紂大悦，曰：「此一物足以釋西伯，況其多乎！」乃赦西伯。』案『閎夭之徒』，指太顛、閎夭、散宜生、鬻子、辛甲大夫之徒。（同上）

忠臣立難以慮權

此處《文選》正文『立難以慮權』五字，現行《文選》各本皆作『慮難以立權』，與敦煌注所據之本大不相同。《後漢書·袁紹傳上》《魏志·袁紹傳》注引《魏氏春秋》等所載此檄文，此五字與現行各本《文選》相同。由此句及上句文字與今通行本《文選》不同這一情況看來，敦煌注所據的《文選》正文，當是與當時通行本《文選》不同源流的另一系統的版本。今據敦煌本注改正文。

『立難［一］慮權』，謂伊尹廢太甲［二］等。『權』反經以合道［三］。經，常也［四］，皆權時為事。

［一］底本『立難』與『慮權』之間空一格。由前條『圖疑免制』書寫格式可見，此空格無視於使用的恰當與否，即底本應留空格之處接着書寫不留空格，不當留空格之處却被認爲當空而留空格，抄寫方法很荒唐。

［二］『謂』，底本誤作『渭』，今據上文之『謂』字改。殷之賢臣伊尹廢黜帝太甲的事，載《史記·殷本紀（太甲）》：『帝太甲元年，伊尹作《伊訓》、作《肆命》、作《徂后》。帝太甲既立三年，不明暴虐，不遵湯法，亂德，於是伊尹放之於桐宫。……帝太甲居桐宫三年，悔過，自責反善，於是伊尹乃迎帝太甲，而授之政。』這一典故，又見於《孟子·萬章上》《尚書·太甲》序、《公羊傳》桓公十年『古人之有權者』句何休注。

［三］敦煌注此『權』字的訓釋，是依據《公羊傳》桓公十一年『權者何？權者，反於經，然後有善者也』而作出的。

［四］此句三個字的訓釋，與《文選》正文無關，是對與上文的『權』字相對的『反經以合道』的『經』所作的常見的、照顧周全的補充説明。《説文·木部》：『權……一曰反常。』

疏證　案《左傳》襄公二十一年『禮之經也』孔穎達疏：『經，訓常也，法也。』又《禮記·祭統》『禮有五經』孔穎達疏：『經者，常也。』

曩者，强秦弱主，趙高執柄，專制朝權，威福由己。時人迫脅，莫敢正言，終有望夷之敗

『曩』，向也。『趙高』[一]，胡亥郎中令，後為丞相[二]。初，始皇死於沙丘[三]，書與太子扶蘇。趙高得書，改云『始皇賜太子死』。扶蘇得，遂自殺[四]。高立胡亥為天子，而常語亥言：『陛下[五]深能[六]而亡。臣與陛下為驅使臣。』於是常閉二世，而高自為威權[七]，指鹿為馬，以蒲為脯[八]，不由二世，欲滅政[九]。胡亥夜夢白虎嚙其左驂[一〇]，以問卜師。卜師曰：『涇水為祟[一一]。』胡亥遂居於望夷之宮，齋以祈涇水。高於是令女婿閻樂殺之於望夷[一二]。此言比曹操執權，假衛天子，如趙高、禄、産等[一三]。

[一]『趙高』，底本作『起高』，形近而訛。

[二]此二句『胡亥郎中令，後為丞相』九字，底本作『胡亥即中後合為 承相』十字。此二句，依據是《史記·秦始皇本紀》：『二世皇帝（胡亥）元年，年二十一。趙高為郎中令，任用事……三年冬，趙高為丞相。』底本之『即』字顯係『郎』字形近而訛。郎中令是秦代所設官名，為宮廷中警衛門户的長官。底本的『後合』二字，原當作『令後』，於傳寫之際誤倒，而『令』又與『合』字形近，故訛。底本『為』字下原不當空一格，這是傳寫時

不留心所致，詳前條的箋訂［一］。底本的『承』字，因與『丞』形近而訛。

［三］『沙丘』，底本作『沙沂』，形近而訛。《史記・秦始皇本紀》：『（三十七年）七月丙寅，始皇崩於沙丘平臺。』沙丘，在今河北省平鄉縣東北，為殷紂王所築，是其造『酒池肉林』以歡聚作樂的場所。見《史記・殷本紀》。

［四］『殺』，底本寫作俗字『煞』，今改作正字。下文『殺』字仿此例。

［五］『陛』，底本誤作『階』，下文的『陛』亦誤，今改正。

［六］『深能』，有卓越才能的意思。『深』作『卓越、杰出』解，是唐代的俗語，此俗語在當時的用例，如比之時代稍稍晚些的敦煌曲『生成萬物力能深』句，即是一例（見任二北《敦煌曲校録》一四四頁）。

［七］『自』，底本作『眉』，蓋形近而訛。

［八］此二句，今本《史記・秦始皇本紀》只載有『指鹿為馬』的事，未言及『以蒲為脯』事。而《藝文類聚》卷八二（草部下・蒲）引《史記》云：『趙高將為亂，先設驗，獻蒲以為脯，惑二世，有言蒲者，誅之。』《文選》卷一〇潘岳《西征賦》李善注引《風俗通》云：『秦相趙高，指鹿為馬，束蒲為脯，二世不覺。』大約敦煌注的作者作此注所依據的，當是遲至唐初仍然還留存的古本《史記》。

［九］『滅』，底本作『減』，蓋形近而訛，今改正。

［一〇］『左』下底本有『其』，蓋涉上文『其』字而衍。此據《史記・秦始皇本紀》：『二世夢

白虎齧其左驂馬，殺之。」［一一］底本「涇」作「經」，「祟」作「崇」，蓋形近而訛。

［一二］以上關於趙高的事，見《史記・秦始皇本紀》。

［一三］「禄」，吕禄，「産」，吕産，乃漢代吕后一族。此二人，與上述趙高並無直接關係。然而，兩人的名字出現於下文《文選》正文中，敦煌注却先行注出，足見其作注時的粗心與雜亂。

疏證 案《國語・晉語》「曩而言戲乎」句及《國語・吴語》「曩君之言」句，韋昭並解云：「曩，向也。」《漢書・賈誼傳》「曩令樊酈絳灌」句師古注：「曩，亦謂昔時也。」「向」，即「昔時」之意也。又案：「丞」與「承」通。《史記・秦本紀》：「（武王）二年初，置丞相。」裴駰集解引應劭曰：「丞者，承也。」是「丞」「承」古通也。底本作「承相」，並非形近而訛也。

祖宗焚滅

「祖宗」，秦之照公、孝公等［一］。

［一］「照」乃「昭」之隸書手寫體（參見篇首「檄」的箋訂［一〇］）。案秦的祖宗之中，無有「昭公」這位君主存在，有孝公（公元前三六二年—前三三八年在位）存在。孝公是秦的祖宗。此敦煌注的作者，大約將滅周的秦昭襄王（公元前三〇六年—前二五一年在位）及孝文王（公元前二五〇年在位），誤記而錯寫成「昭公」「孝公」。

及臻吕后季年，産、禄專政，内兼二軍，外統梁、趙

高帝崩後，吕后殺趙隱王如意，遂立姪兒産及弟禄，産為趙王，禄為梁王[一]。『二軍』，漢將長安置南北軍[二]，故云『二軍』。周亞夫為北軍，劉屈氂為南軍[三]。

[一] 此二句，《史記・吕后本紀》、《漢書》之《吕后紀》及《外戚傳上》，所載皆與此敦煌注相反。吕産當為梁王，吕禄當為趙王。此係敦煌注作者誤記所致。

[二] 『將』，有前置詞『在』的意思（參見清孫經世《經傳釋詞補》）。『南』字下底本誤脱『北』，今據下文補。

[三] 此二句，作為《文選》正文『内兼二軍』的注解，完全不相吻合，其遺漏不可思議，不能不對其質疑問難。其原因是，《史記・吕后本紀》載：『（八年）七月中，高后病甚，乃令趙王吕禄為上將軍，軍北軍，吕（梁？）王産居南軍。』《漢書・外戚傳上》：『（太后）病困，以趙王禄為上將軍，居北軍，梁王産為相國，居南軍。』吕禄居北軍，吕産居南軍這一史實，適合於作《文選》正文『内兼二軍』的注。

敦煌注謂周亞夫（？—公元前一四三年）統『北軍』的史實，史書無載。底本『劉屈』下的字，傳寫之際，只剩左旁的『來』，右旁欠缺。遍檢《漢書》，搜求與之相當的字，除卷六六有『劉屈氂』外，無其他發現。姑以『劉屈氂』作為敦煌注所引者，然此劉屈氂

（？—公元前九〇年）既無統『南軍』的經歷，又非吕后時代之人。可見，敦煌注的作者，知識貧乏，功力不足，撰著時不用心，此二句注即其一例。

于是絳侯、朱虚，興兵奮怒，誅夷逆暴，尊立太宗

『絳侯』，周勃。『朱虚』侯[一]，劉章，高祖兒孝悼王[二]子。取吕氏女妻，知吕謀絶劉，故取。因勃興，能因酒令殺吕氏[三]，迎代王，立為文帝，並是章、勃之功[四]。『太宗』，文皇帝也。

[一]《文選》正文作『朱虚』二字，敦煌注標作『朱虚侯』，以與上『絳侯』相對。敦煌注添一『侯』字，蓋認定《文選》正文『朱虚』二字不作『朱虚侯』三字，其原因是《文選》正文『絳侯』與『朱虚』並舉，是受駢文整齊的四字句格式的限制。與此例注解相同者，底本四十五行《文選》正文『東夏』的注，即作『東夏侯，青、兖等』。

[二]底本『孝悼王』，應當作『齊悼惠王』。《史記·齊悼惠王世家》：『齊悼惠王劉肥者，高祖（劉邦）長庶男也。……城陽景王章（劉章），齊悼惠王子，以朱虚侯與大臣共誅諸吕。』《漢書·高五王傳（齊悼惠王肥、城陽景王章傳）》所載相同。此注的錯誤，係敦煌注作者自身誤記所致。

[三]『令』，底本誤作『今』。『令』與『今』形近，故時有互訛。此句注，直接依據後漢荀悦

《前漢紀・高后紀》的記載：『朱虚侯（劉）章怒呂氏專權，侍宴，高后令章為酒令，章自請曰：「臣，將種也，請以軍法行酒令。」后可之。酒酣，章進起舞……有頃，諸呂有一人亡酒，章追斬之。』酒令，酒席的監督。《史記・齊悼惠王世家》《漢書・高五王傳》載此事，上一『酒令』作『酒吏』，下一『酒令』作『酒』，與《漢紀》文字有異。

[四] 以上周勃、劉章誅滅呂氏一族的原委，《史記》之《呂后本紀》與《齊悼惠王世家》，《漢書》之《高后紀》與《高五王傳》以及荀悦《前漢紀・高后紀》等記載甚詳。而敦煌注作者，憑自己的興趣和臆測，恣意寫來，全然不顧史實真相。如此注認為劉章娶呂氏女為妻的理由為：『（劉章）取呂氏女妻，知呂謀絶劉，故取。』《史記・呂后本紀》記呂氏逆亂的史實如下：『當是時，諸呂用事擅權，欲為亂……朱虚侯（劉章）婦，呂禄女，陰知其謀，恐見誅，乃陰令人告其兄齊王，欲令發兵西，誅諸呂而立。』其他史籍所載，亦與此相同。劉章娶呂禄女的緣由，絶不是因為有先見之明，預知呂后一族的呂禄、呂產欲為逆亂而娶『呂氏女』為妻的。敦煌注述呂氏誅滅的原委為：『因（周）勃興，能因酒令殺呂氏。』實際上，劉章為酒席監督，以軍法行酒，呂氏有一人席間逃酒，劉章斬之，如前所述，這是呂后在位時的事。而周勃起兵誅滅諸呂，却是呂后駕崩後的事。劉章酒席間斬殺呂氏一人的事件，只是劉氏卷土重來的一個契機，敦煌此注卻將其説成是討滅呂氏的決定因素。

此則大臣立權之明表也

『大臣立權』，因劉等[一]。

[一]『劉等』，指上文的劉章、周勃。

與左悺、徐璜

『左悺』[一]『徐璜』，皆獻帝小黄門[二]。

[一]『悺』，底本誤作『神』，疑為『悺』之草書體殘缺致訛。

[二]『獻帝』（公元一九〇年—二二〇年在位），正確的應是桓帝（公元一四七年—一六七年在位）。《後漢書·宦者傳（單超傳）》：『桓帝初，（單）超、（徐）璜、（具）瑗為中常侍，（左）悺、（唐）衡為小黄門史。』敦煌注將帝號與官名俱弄錯，是作者誤記所致。

父嵩，乞匄携養

名嵩，夏侯氏子。曹騰，為大長秋[一]。騰，閹人無兒。故《曹瞞傳》[二]曰：『騰是得夏侯譚[三]子，即嵩[四]。』故云『乞匄』[五]。

[一]『大』，底本誤作『火』，蓋形近而訛。《魏志·武帝紀》：『桓帝世，曹騰為中常侍、大長秋，

封費亭侯。』大長秋，皇后近侍的官名。

[二]『瞞』，底本誤作『𠾃』，今改正。《魏志·武帝紀》注引《曹瞞傳》作：『吴人作《曹瞞傳》及郭頒《世語》，並云：「嵩，夏侯氏之子，夏侯惇之叔父，太祖（曹操）於惇為從父兄弟。」』可與此注互補。此注所引，乃《曹瞞傳》未見之佚文。

[三]『騰是得夏侯譚』六字下，底本原衍『足得夏侯譚』五字，今删。蓋其傳寫之際不留心，將同一部分重複書寫，又將『是』錯寫成『足』。是，有接續詞『於是』的意思。

[四]『即』，底本作『昂』，蓋由『即』之本字『卽』錯訛而成。

[五]『乞匄』，底本作『乞工』。『乞匄』，求乞的意思。乞工則是乞巧，為陰曆七月七日的七夕祭祀，兩者意思迥異。蓋底本『匄』缺誤為亡，『亡』又訛作『工』，今改正。

因贓買位，輿金輦璧，輸貨權門

『買』字，《文選》各本俱作『假』。《魏志·袁紹傳》注引《魏氏春秋》及《藝文類聚》卷五八所載此檄文亦作『假』。但《後漢書·袁紹傳上》載此檄文作『買』，與此敦煌注所謂『以贓買得官』相符，則敦煌注作者所據之《文選》正文，文字或當與《後漢書》所載相同。今據敦煌注改。

漢時，以贓買得官[一]，故云『輿金』[二]『輸貨』也。

[一]『贓』，底本作『賦』。案『賦』恐是『贓』的殘誤，今據正文改。關於曹嵩買官之事，

《後漢書·袁紹傳上》注引司馬彪《續漢書》（原誤作《續漢志》，今改）云：『嵩字巨高，靈帝時賣官，嵩以貨得拜大司農、大鴻臚，代崔烈為太尉。』

［二］『金』，底本作『至』，恐為『金』字草體之誤寫。底本所謂『輿金』『輸貨』，是《文選》正文『輿金輦璧』『輸貨權門』二句的省略表記。此敦煌注，這樣的省略表記常常可以見到。

操，贅閹遺醜

『贅』，贅肉［一］，言操本乞養［二］之子。後『閹』［三］即騰，是黄門兒。

［一］這三個字的訓詁，底本作『贅之肉』，不合文意。蓋『之』字乃疊字號『々』之誤寫，今改正。

［二］『乞養』，是《文選》上文的『乞匄攜養』之略，指曹騰求曹嵩作養子。

［三］『後閹』的『後』，相當於文語的『下』，是當時的俗語。與正文『贅』字下的『閹』意思相同。

疏證 案《莊子·大宗師》『彼以生為附贅縣疣』，郭象注：『若疣之自縣，贅之自附。』此乃敦煌本以『贅肉』訓『贅』之所本。五臣注（李周翰）云：『贅，餘肉著身也。』與敦煌本注同。

幕府，董統鷹揚

『幕府』，即袁紹也[一]。幕府，自衛青，衛青征凶奴，有獲有功，帝僖悦，遂就幕府封之，故云『幕府』[二]。『幕』，大也。『府』，聚也[三]。

［一］袁，底本誤作『表』。袁紹見上文。

［二］《漢書·李廣傳》『莫府省文書』句顔師古注引晉灼《漢書音義》云：『晉灼曰：將軍職在征行，無常處，所在為治，故言「莫府」也。「莫」，大也。或曰：衛青征匈奴，絶大莫、大克獲，帝就拜大將軍於幕中府，故曰「莫府」。「莫府」之名，始於此也。』此敦煌注關於『幕府』起源的説法，即采自晉灼注的或説。《文選》李善注引《漢書音義》的或説，其起源説與此相同。

［三］此『幕』『府』兩個字的訓詁，《小爾雅·廣詁》：『莫，大也。』《玉篇·广部》：『府，聚也。』

疏證 案《楚辭·招魂》『離榭修幕』，王逸注：『幕，大帳也。』又《漢書·李廣傳》『令長史封書與廣之莫府』，師古注：『莫府，衛青行軍府。』慧琳《一切經音義》卷四六引《風俗通》云：『府，聚也。』

續遇董卓侵官暴國

『續董卓』[一]者，袁紹當為虎賁中郎將，遭董卓起，乃是[二]向關東，襲陳馥軍[三]，取之，遂令聚關東起義兵[四]，欲誅卓。徐、兖、青、冀、予四州[五]，合謀推紹為盟主，辭合兖州，俾墜其師[六]。

[一]『續董卓』三字，是《文選》正文『續遇董卓侵官暴國』以下七句取開頭三字作代表的一種簡略化標示方式。此敦煌注，常常對正文作簡略化的標示。下文《文選》正文『故躬破於徐方』云云，敦煌注標作『躬破』（參見第四十八行）。敦煌注的『董』，底本誤作『盡』，今據《文選》正文改。

[二]『乃是』的『是』，是上一接續詞『乃』字下的添加字，無特殊意義。

[三]『襲』，底本作『習』。『襲』『習』同音通用，參見下文《文選》正文『地奪於呂布』句敦煌注『到來襲他呂布於下邳』（四十九行）。今為閱讀方便，特改作本字。

『陳馥』的『馥』，底本作『䪖』。清吳任臣《字彙補》頁部：『䪖，同馥。』今改作本字。然而，《後漢書》《三國志》均無有『陳馥』其人，底本『陳馥』當作『韓馥』。《魏志·武帝紀》：『（初平二年）秋七月，袁紹脅韓馥，取冀州。』《後漢書·袁紹傳上》《魏志·袁紹傳》對其間的原委有詳細記述。底本『韓馥』誤作『陳馥』，恐非底本傳寫者的錯誤，當是敦煌注作者自身誤記所致。

［四］此句「關」字下，底本脫「東」字，今據底本上文及《後漢書・袁紹傳》等補。

［五］此句，底本作「徐、兗、青、曾、孝四州」，「曾」當是「冀」字之誤寫，「孝」當是「予」（譯案：即「豫」字）字的誤寫。然而，州數應是鄰近的五州而非四州。史書所載與此有關者，如《後漢書・袁紹傳》云：「初平元年，紹遂以勃海起兵，以從弟後將軍（袁）術、冀州牧韓馥、豫州刺史孔伷、兗州刺史劉岱、陳留太守張邈、廣陵太守張超、河內太守王匡、山陽太守袁遺、東郡太守橋瑁、濟北相鮑信等，同時俱起，衆各數萬，以討卓為名。紹與王匡屯河內，伷屯潁川，馥屯鄴，餘軍咸屯酸棗，約盟，遥推紹為盟主。」袁紹被推舉為州郡長官的盟主，冀、予、兗、徐四州是其屬下，只有青州刺史、太守並未入盟。然而，據底本下文注「東夏侯，青、兗等」（四十五行）推測，此敦煌注作者認為，青州必當已加入此四州之中。這是敦煌注作者自身計算的錯誤。今姑從底本，俟後考。

前條敦煌注所謂「襲陳（韓）馥軍，取之」與本條敦煌注所謂「（袁紹）遂令聚關東起義兵」以下事件，其歷史順序是與《後漢書》《三國志》等的記叙前後顛倒了的，由此可見此敦煌注作者歷史認識的糊塗。如前所述，底本將「冀」誤為「曾」，將「予」誤為「孝」，從地名的誤寫可見，此底本的書寫者，關於中國地理的有關知識是很貧乏的。

［六］「俾墜其師」，《左傳》僖公二十八年、成公十二年文的盟辭用語有「崩壞其軍」，此注則直接以袁紹的漳河盟辭作釋（見《後漢書・袁紹傳》注引《獻帝春秋》）。

於是提劍揮鼓，發命東夏，收羅英雄，棄瑕取用。故遂與操同諮合謀，授以裨師「諮」亦謀也[一]。「裨師」[二]，謂偏將軍。「東夏」侯，青、兖等。「英雄」，即四州刺史同盟者[三]。

案：此條敦煌注，是對前條的概括情况加以説明，詳其對《文選》正文用語的訓詁所作的注解。

[一] 底本中，被釋詞主語「諮」字原缺，留一空格，此空格大約係原本區劃文字所留，底本的書寫者因之不得不留空格。今據文意，將「諮」補上。

[二] 「裨」，底本誤作「神」，蓋形近而訛，今改。

[三] 「四州刺史同盟者」，參見前條箋訂［五］。

此條注中，後半部分「東夏」以下注文，按《文選》正文，當在前半部分「諮」「裨師」注之前，順序前後顛倒。這是此敦煌注不依《文選》正文，憑主觀撰述的一例。

疏證　案《尚書·舜典》「咨十有二牧」，偽孔傳：「咨亦謀也。」《毛詩·小雅·皇皇者華》「周爰咨諏」句，陸德明釋文：「咨，本亦作諮。」是「諮」與「咨」通也。敦煌本此訓，當本之《尚書》偽孔傳。

冀獲秦師一剋之報

『秦師』，孟明、白乙、西乞述[一]。既敗，穆公用之，冀有三年將拜君命[二]之事。

[一]『孟明』指孟明視（名視，字孟明）。『白乙』指白乙丙（白乙是複姓，名丙）。西乞是複姓，名述。《新唐書·宰相世系表五下》：（白氏）秦百里奚生孟明視，孟明視二子：西乞述，白乙丙。此處，敦煌江所依據的是《左傳》僖公三十三年所載：『夏四月辛巳，（晉）敗秦師於殽，獲百里孟明視、西乞述、白乙丙以歸。』孟明視三人被晉師捕獲，後又獲釋歸國，孟明視為報答秦穆公的明察與寬容，三年後破晉國，穆公因之成為西北地方的霸者（《左傳》僖公三十三年、文公三年）。

底本『白』字下脱『乙』，作空格，今據《左傳》僖公三十三年所載補。

[二]『三年將拜君命』，《左傳》僖公三十三年，孟明視獲釋離開晉國時説：『若從君惠而免之，三年將拜君賜。』『三年』，指僖公三十三年（公元前六二七年）的三年以後的文公三年（公元前六二四年）。

割剥元元

『元元』[一]，良善之民。

［一］『元元』，底本作『元』，大約將『元』字下的疊字號『々』脱落所致，今據《文選》正文補。《戰國策·秦策一》：『制海内，子元元。』高誘注：『元元，善也。』鮑彪注：『元，善也，民之善類，故稱元。』

故九江太守邊讓，英才俊偉，天下知名，直言正色，論不阿諂，身首被梟懸之誅，妻孥受灰滅之咎

邊讓，詈［一］操之不忠［二］，於是殺之。

［一］『詈』，底本作『如言』二字，文意不通。蓋原作『詈』字，傳寫之際誤將上下二字分離，上部的『四』字與『如』字形近，故訛作『如』。

［二］『操』字下的『之』，底本原作疊字號『々』，文意不通，恐為『之』字誤寫，今改正。

故躬破於徐方，地奪於吕布

『躬破』［一］，徐州牧陶謙［二］，曾殺操父［三］，操志慾［四］討殺之，往征不得，遂被還［五］，到來［六］，襲他吕布於下邳［七］，為布所敗走［八］，盡［九］奪兖州之地，唯有范、東阿及鄄城在［一〇］。

［一］『躬破』，底本誤作『射欲』，蓋形近而訛。此『躬破』二字，與前之『續董卓』（四十一

行）相同，是將《文選》正文『故躬破於徐方，地奪於呂布』二句簡略化而取開頭二字作代表的一種標示方式。

［二］『牧』，底本誤作『收』，蓋形近而訛。『陶謙』，底本誤作『陶讓』，蓋涉底本上文『邊讓』而訛。

［三］有關陶謙殺曹操之父的事，《魏志·陶謙傳》注引韋昭《吳書》云：『曹公父，於泰山被殺，歸咎於（陶）謙。』

［四］『志慾』，是否是『志欲』的誤寫，俟考。

［五］以上所云的歷史史實，見《後漢書·陶謙傳》：『初，曹操父嵩避難琅邪，時（陶）謙別將守陰平，士卒利嵩財寶，遂襲殺之。初平四年（一九三），曹操擊謙，破彭城傅陽，謙退保郯，操攻之不能克，乃還。』

［六］『到來』與『倒來』（反過來）同。『來』，接尾詞，與『都來』的『來』等相同，是唐代的俗語。

［七］『襲』，底本作『習』，此二字同音通用，此又一例。《文選》正文『續遇董卓侵官暴國』句敦煌注『襲陳馥軍，取之』（四十二行），箋訂［三］已談及，今改作本字。『他呂布』的『他』，指下文『呂布』，是一種冠詞的用法，敦煌變文中常見。此敦煌注作者在注《文選》正文『呂布』時，一瞬間仿佛呂布活躍在他眼前，於是作出了這種表現方式。『下邳』（今江蘇省宿遷市），底本誤作『下鄧』，蓋形近而訛。

〔八〕『敗走』，底本作『敗之』，『之』字疑為『走』的缺誤，今姑改作『走』，俟考。

〔九〕『盡』，底本作『書』，恐因形近而訛，今改。

〔一〇〕底本『范』作『花』，『東阿』作『東河』，『及』作『反』，蓋形近而訛。《魏志·武帝紀》興平元年，『會張邈與陳宮叛，迎呂布，郡縣皆應。荀彧、程昱保鄄城，范、東阿二縣固守，太祖（曹操）乃引軍還。』今據《魏志》改。『范』，范縣（今山東省范縣）。『東阿』，東阿縣（今山東省阿城鎮）。『鄄城』，鄄城縣（今山東省濮縣）。

幕府，惟强幹弱枝之義

『强幹弱枝』〔一〕，謂更與操兵〔二〕，使討諸賊陶、呂等。『幹』，操也〔三〕。

〔一〕『枝』，底本誤作『枚』，蓋形近而訛，今改。

〔二〕『更與操兵』，給曹操增添新兵。參見下文『幹，（曹）操也』的注釋。

〔三〕此敦煌注以『幹』解釋曹操，與《文選》正文以『幹』解釋天子是不一致的。

且不登叛人之黨

『叛人』，呂、陶也。

故復援旍擐甲，席卷起征

『擐甲』，著甲也[一]。言利兵領之，為操討呂布退，而收奪得操奪地[二]。

[一] 底本『擐』作『攌』（「擐」的書寫體），下文『甲』作『申』，形近而訛。『也』作『亦』的草書體（見四十四行），蓋亦形近而訛。

[二] 『收』，底本作『枚』，形近而訛。『收奪得』的『得』，是表示完成的接尾詞，為當時的俗語。『操奪地』，指底本上文的『（曹操）襲他呂布於下邳，為布所敗走，盡奪兗州之地』（四十九—五十行），即曹操從呂布手中奪取的兗州之地。

『言』以下的注文，是對《文選》正文二句的意譯，即謂『帶領精鋭部隊，為曹操討伐呂布，退走，而奪得現在為曹操所奪取的地域』。

疏證 案《顏氏家訓·書證》篇：『擐是穿著之名。』慧琳《一切經音義》卷四八：『擐甲，《左傳》「擐甲執兵」杜預曰：「擐，貫也。」《國語》「服兵擐甲」賈逵曰：「擐，衣甲。」』此即敦煌本注之所本。

復其方伯之位

『方伯』，兗州刺史[一]。

[一]『方伯』，地方長官。《魏志・武帝紀》初平三年（公元一九二年）：『（鮑）信乃與州吏萬潛等至東郡，迎太祖（曹操）領兖州牧。』及興平二年（公元一九五年）：『冬十月，天子拜太祖兖州牧。』

則幕府無德於兖土，而有大造於操也

『兖土』之下，現行《文選》各本有『之民』二字。《魏志・袁紹傳》注引《魏氏春秋》載此檄文，有『之民』二字。《後漢書・袁紹傳上》載此檄文，無『之民』二字。此二字，無論有無，俱無損文意。由此敦煌注文（見下）推測，此注作者所用的《文選》正文，當與《後漢書》同，無『之民』二字，故今將『之民』二字删去。

言與兖土[一]，如惡刺史，而今因劣救得操，謂『大造』[二]。

[一]『與』，同前置詞『於』，有『對……』的意思。《詩・小雅・車舝》：『雖無德與女，式歌且舞。』（於汝雖然無德，仍載歌載舞。）

[二]『言』以下的意思是：『幕府（曹操）對於兖州如同惡長官，我（袁紹）而今挽救了曹操的劣勢，可以説是成就了大功。』《文選》李善注引謝承《後漢書》云：『（曹）操圍呂布於濮陽，為布所破，投（袁）紹，紹哀之，乃給兵五千人，還取兖州。』『大造』的『造』，有成功、功績的意思。

後會鑾駕反旆

『鑾駕反旆』[一]，謂董卓遷獻帝，都於長安[二]。後卓死後[三]，帝迎還都許。『鑾』，以鑾鈴[四]駕之於四馬車[五]，以鳴節其行步[六]。

[一]『鸞』，底本作『奪』，恐是『鸞』的草體誤寫而訛，今據《文選》正文及底本下文的『鸞』字改。

[二]『都』，底本作『布』，文意全然不通，恐為『都』的草體誤寫。

[三]此句，『後』字疊出，文言文中絕無此種幼稚拙劣的表現手法。敦煌此注，要將任何一個『後』字斷定為衍文都不妥當，這是因為此敦煌注其他地方亦有類似的稚拙表現，如『後至王莽死後』云云（九一三行），即其一例。今一仍其舊。

[四]『鸞鈴』的『鈴』，底本誤作『銓』，漢字中無此字，蓋書寫者因無知輕率而誤寫。

[五]『駕』，與『加』通。《詩·商頌·烈祖》：『約軝錯衡，八鸞鶬鶬。』鄭箋云：『鸞在鑣，四馬則八鸞。……駕四馬，其鸞鶬鶬然聲和。』鸞是安裝在馬鑣上的鈴，馬口兩側各安一個，四馬則八個鈴。『八鸞』指天子的車駕。底本所謂『四馬車』，恐敦煌注作者自己將『四馬』誤解為『四馬車』。『四馬車』即駟馬車，指四匹馬駕的車，是貴族高官們乘坐的小馬車，非天子所乘的馬車。天子所乘者為六馬。後漢蔡邕（一三二—一九二）《獨斷》

卷下：『法駕（天子的車駕），上所乘曰金根車，駕六馬。』『四馬』，指左右的四馬。

［六］《周禮・夏官・大馭》：『凡馭路儀，以鸞和為節。』劉宋時顏延之（三八四—四五六）《赭白馬賦》：『聲八鸞以節步。』（《文選》卷一三）

時冀州方有北鄙之難

『難』，《文選》各本、《後漢書・袁紹傳》《魏志・袁紹傳》注引《魏氏春秋》俱作『警』。『警』有警急、危急的意思。今據敦煌注（見下）改。

紹領北鄙之難[一]，謂公孫瓚於并作難[二]，紹討之。

［一］此句，意為『袁紹統治的北鄙（冀州）有兵難』。『北鄙之難』，是敦煌注作者利用《文選》正文作注。此上的『紹領』二字，是注者對《文選》正文中的『北鄙』二字所加的注解。『北鄙』，北方的邊鄙之地，此處指冀州（今河北省南部）。《魏志》本傳載：『（冀州牧韓馥）乃讓紹，紹遂領冀州牧。』袁紹當時為冀州的長官。

［二］公孫瓚（？—一九九），遼西令支（今河北省遷安縣）人，當時烏桓（東胡）令人震恐的勇將。『并』指并州（今山西省、陝西省北部一帶）。然而，當時公孫瓚並無入侵并州的事。

匪遑離局

『局』，所守[一]。

[一]『局』，部曲。《左傳》成公十六年：『離局，姦也。』杜注：『遠其部曲為離局。』敦煌注乃杜氏此注的意譯。

故使從事中郎徐勳，就發遣操，使繕修郊廟，翊衛幼主

『徐勳』的『勳』，現存《文選》各本俱作『勛』。《魏志・袁紹傳》注引《魏氏春秋》同。《後漢書・袁紹傳》作『勳』。『勛』乃『勳』之古字。今從敦煌注改。

袁紹遣勳向操處[一]**，操往輔獻帝**[二]**，治修郊廟，我定瓚託去也**[三]**。操遂殺勳而自翼帝，不受紹言。**

[一]『勳』，底本誤作『動』，今據《文選》正文等改。下文的『動』亦同。『向』，底本作『而』，文意欠通，恐『向』『而』形近而訛，今改作『向』。

[二]『往』，底本誤作『注』。

[三]此句意為：『我（袁紹）欲平定公孫瓚，（因軍務繁忙）遂委託曹操去。』『託去』的『去』，是表示意志方向的助動詞。

操便放志，專行脅遷，當御省禁，卑侮王室，敗法亂紀

『專行』『卑侮』等[一]，道操執天子之權[二]。

[一]『專行』『卑侮』，謂『專行』以下二句及『卑侮』以下二句，是對正文的省略標示。此敦煌注，這種省略標示常常可以見到。『等』，用於單數詞後表複數的接尾詞。

[二]『道』，同『説』，説明事態。『天』字下，底本無『子』字，今據文意補。

坐領三臺

『三臺』，尚書、御史、秘書等[一]

[一]《後漢書·袁紹傳上》李賢注引《晉書》云：『漢官，尚書為中臺，御史為憲臺，謁者為外臺，是謂「三臺」。』與此敦煌注説法不同。『尚書』臺為中央行政的最高官府，『御史』臺為官吏的檢察機關，『謁者』臺為宫廷的涉外儀典機關。但『謁者』臺至唐代便廢止，此職屬通事舍人。唐初龍朔二年（六六二）改秘書省稱『蘭臺』，天授元年（六九〇）改秘書省稱『麟臺』。秘書省是宫廷掌管圖書的官府。此敦煌注作者，解釋《文選》正文的『三臺』不以兩漢時代的官制解説，而妄自以唐初的官制予以解説，這是一種無視官制歷史推移的簡易注解。『等』，如前所述，是表複數的接尾詞，是俗語的用法。

道路以目

『以目』，相視。

疏證　案《國語・周語上》：『厲王虐，國人謗王，王怒，得衛巫，使監謗者。以告，則殺之，國人莫敢言，道路以目。』韋昭注：『不敢發言，以目相眄而已。』又《廣雅・釋詁》：『目，視也。』

故太尉楊彪，典歷三司，享國極位

『三司』，現存《文選》各本、《後漢書・袁紹傳上》作『二司』。《魏志・袁紹傳》注引《魏氏春秋》作『三司』。此敦煌注文（見下）從後者。

楊彪，字文先，典歷[一]**司空、司徒、太尉三公**[二]**，言『典三司』也。**

[一]『典歷』，底本作『濃』，文全然不通。據字形推測，蓋傳寫之際，誤將『典歷』二字合為一體，誤訛而成一『濃』字。今據《文選》正文改。

[二]『三公』，底本原作『公』，疑涉下文之『三司』而將『三』字誤脫，今據下條注文『楊公，國之三公』將『三』字補上。

操因緣睚眦，被以非罪，榜楚參并，五毒備至

『睚眦』，現存《文選》各本俱作『眦睚』。《後漢書·袁紹傳上》《魏志·袁紹傳》注引《魏氏春秋》作『睚眦』。此敦煌注文（見下）從後者。

『睚眦』[一]，當時，彪與天子[二]怪操有執權之心[三]，彪喚操，操上殿[四]，畏彪與天子謀殺己，遂託病[五]歸營，怨彪。又以彪妻袁氏之女，故託以他事[六]，遂繫彪於獄[七]，考掠榜箠。孔融聞彪被榜楚，來謂操曰：『楊公，國之三公，故世冠冕，今為如此榜楚，恐傷物望。』操謂融曰：『國事如此。』[八]融曰：『子為威，何國之有？孔融，魯國男子[九]，拂衣而去，明旦不復朝矣[一〇]。』操不得已而放之[一一]。

[一]『睚眦』，是代表《文選》正文『因緣睚眦』以下四句的省略標示。此敦煌注是對以下四句正文的歷史加以解説。

[二]『與』，底本作『去』，蓋形近而訛。今據下文『彪與天子』改。

[三]『怪』，底本作『在』，恐係『怪』之俗字『恠』的殘誤。『權』，底本作『擢』，蓋形近而訛。

[四]『彪喚操，操上殿』二句六字，底本作『彪喚操上殿』。主語為（楊）彪，述語為『喚（曹）操』，此句至此便終止。『上殿』以下至『考掠榜箠』止八句約四十字一段文字，主語是『曹操』。因之，『曹操』這主語對『上殿』以下一段文字是必不可缺的。恐底本的

〔五〕『彪喚操上殿』原作『彪喚操々上殿』，於傳寫之際將『操』字下的疊字號脱落，今補上。

『託病』的『病』字，底本作『宿』，恐是『病』的草體誤寫，今改正。

〔六〕『託』，底本誤作『記』，形近而訛。

〔七〕『繫』，底本誤作『擊』，蓋形近而訛。

〔八〕『操謂融曰，國事如此』二句，底本作『謂操曰國事如此融曰國事如此』十三字。按此敦煌注的文意推測，『謂操』當為『操謂』的誤倒，其下的『曰國事如此』五字，當是涉下文『曰國事如此』而誤衍，今改正。

〔九〕『魯』，底本誤作『曾』，蓋形近而訛。

〔一〇〕『矣』，底本誤作『其』，文意不通。因『矣』『其』二字的草體酷似，故形近而訛。

〔一一〕以上兩條注中有關楊彪的事，見《後漢書·楊震傳》附《楊彪傳》：『建安元年（一九六），從東都許。時天子新遷，大會公卿。兗州刺史曹操上殿，見（楊）彪色不悦，恐於此圖之，未得讌設，託疾如厠，因出還營，彪以疾罷。時袁術僭亂，操託彪與術婚姻，誣以欲圖廢置，奏收下獄，劾以大逆。將作大匠孔融聞之，不及朝服，往見操曰：「楊公四世清德，海内所瞻，《周書》父子兄弟，罪不相及，况以袁氏歸罪楊公。《易》稱『積善餘慶』，徒欺人耳。」操曰：「此國家之意。」融曰：「假使成王殺邵公，周公可得言不知邪？今天下纓緌搢紳，所以瞻仰明公者，以公聰明仁智，輔相漢朝，舉直厝枉，致之雍熙也。今横殺無辜，則海内觀聽，誰不解體？孔融魯國男子，明日便當拂衣而去，不復朝矣。」操不得已，遂理出彪。」《魏志·崔琰傳》注引司馬彪《續漢書》載此事甚略，今不録。

又梁孝王，先帝母昆

「梁孝」[一]，景帝弟，今言昆弟大家[二]。

[一]「梁孝」二字，是《文選》正文「梁孝王」云云的簡略化標示方式。

[二]「昆弟大家」四字，底本作「日比戉文家」五字，意思不通。蓋底本「日比」二字，為「昆」字上下二字分寫而誤。底本的「戉」字，與「弟」的草寫體形近而訛。「文」與「大」形近而訛。今改正。「昆弟大家」，猶言皇弟殿下，是當時的俗稱。

墳陵尊顯，松柏桑梓，猶宜肅恭。而操帥將吏士，親臨發掘，破棺裸尸，掠取金玉

「松柏桑梓」，《後漢書·袁紹傳上》《魏志·袁紹傳》注引《魏氏春秋》所載同。而現存各本《文選》却作「桑梓松柏」。從敦煌注文中的「唯墓邊松柏等在」可見，此敦煌注所據之《文選》正文當與《後漢書》《魏氏春秋》相同，作「松柏桑梓」，今據改。

「金玉」的「玉」，現存《文選》各本、《後漢書·袁紹傳上》《魏志·袁紹傳》注引《魏氏春秋》，俱作「寶」。《文選》五臣注（劉良）注云：「言帝弟塋樹，猶合恭敬，況使吏士

發掘墳墓，而取金玉乎！』由此可見唐代劉良所據的《文選》正文，與敦煌注所據之本相同，作『金玉』。今據敦煌注改。

『發』『取』[一]，操遣發其墓，取金玉[二]，充軍費也[三]。言唯墓邊松柏等在[四]，猶宜恭敬，況掘其墓乎[五]。

[一]『發』，底本作『設』，恐是『發』字上部缺落，下部又殘缺，誤寫所致。此『發』『取』二字，是《文選》正文『發掘』『掠取』的省略標示，此注下文『發其墓，取金玉』即其證。

[二]『取金玉』的『取』，底本誤作『耳』，蓋因『取』字右旁脱落所致。此下的『玉』，底本誤作『王』，蓋將『玉』字的『、』書落而訛。

[三]『費也』二字，底本作『遺』一字，文意全然不通。恐傳寫之際不注意，將上面的『費』字與下面的『也』字誤合為一字而訛成一『遺』字，今改正。

[四]底本『邊』字上無『墓』字。若只有一『邊』，語意不完整，『墓』字蓋涉底本上文『發其墓』的『墓』字而誤脱，今補上。

[五]『況』，底本誤作『兄』，蓋因偏旁書落所致。此敦煌注『言』字以下的解説，與本條《文選》正文箋訂所介紹的五臣注（劉良）文相似。

操又特置發丘中郎將、摸金校尉

發冢也[一]。『摸』，以手摸之[二]。言遣人冢，手摸之[三]。

[一] 此條注，是對《文選》正文「發丘中郎將」的「發丘」所作的解釋。

[二] 此注五字，底本作「摸々年擴之」，文意全然不通。底本疊字號「々」，恐為「以」的殘誤，「年」與「手」形近而訛。「擴」為「摸」的誤寫。「擴」音 **guang**，《集韻・宕韻》：「擴，充也。」「摸」音 **mo**，以手取物，摸索。

[三] 底本「手」作「年」，「摸」誤作「擴」。

至令聖朝流涕

「聖朝」，獻帝，獻帝聞之大哭[一]。

[一] 按《文選》正文順序，此條注當在前二條注文之前。這是此敦煌注作者憑主觀撰述的又一例。「之」，底本作疊字號「々」，蓋形近而訛。

幕府，方詁外奸

「奸」，各本作「姦」。「奸」為「姦」的別體，今從敦煌注改。

「方詁外奸」[一]，謂征公孫瓚。

[一] 「詁」，底本作「法」，蓋由「詁」的書寫體形近而訛。

冀可彌縫

『彌縫』，言其改悔[一]。

[一]『其』，指曹操。

乃欲摧撓棟梁

『棟梁』，三公，屬袁紹[一]。

[一]『紹』字，底本誤作『沼』，今改正。

除滅忠正

『忠』[一]，彪、趙彥[二]等。

[一]『忠』，《文選》正文『忠正』的省略標示。

[二]『彪』，指前面的楊彪（一四二—二二五）。『趙彥』，《文選》正文上文言及太尉楊彪後又云：『又議郎趙彥，忠諫直言，義有可納。是以聖朝含聽，改容加飾。操欲迷奪時明，杜絶言路，擅收立殺，不俟報聞。』這就是忠直王臣的不幸結局。

往者伐鼓，北征公孫瓚，强寇桀逆，拒圍一年。操因其未破，陰交書命

往者[一]，紹討公孫瓚，公孫瓚拒紹一年[二]，〔操〕交書命於瓚[三]。

[一]『往』，底本作『住』，『住』為『往』的草書書寫體。

[二]『拒』，底本作『非』，文意不通，恐係『拒』『非』二字書寫的字形相似而訛，今據《文選》正文改。

[三]此句之主語明顯指曹操，敦煌注作者却將主語『操』字書落，今補之。『交』，底本誤作『文』，蓋因下一字是『書』字，不注意將『交』誤寫成『文』。今據《文選》正文改。

會其行人發露……厥圖不果

『行人』，操行人[一]。『其圖不果[二]』，操也[三]。

[一]『操』，曹操。『行人』，使者。《管子·侈靡》『行人可不有私』句，唐尹知章注：『行人，使人也。』

[二]『其』字，《文選》正文原無，此敦煌注作者所據的《文選》正文原來亦作『厥』而不作『其』，作注時，著者將正文的『厥』换成了普遍使用的『其』。因為是正文的標示，故今仍其舊。『果』，底本作『異』，形近而訛，今據《文選》正文改。

［三］此句注，謂上文的代名詞『其』指曹操。這是標示正文的一部分的注例，此敦煌注中此種例子隨處可見。

外助王師……爾乃大將軍，過蕩西山

『大將軍』三字，現存《文選》各本作『大軍』，無『將』字。今據敦煌注補。

『王師』［一］『大將軍』，謂紹［二］，討并州，緘藏瓚訖［三］，遣過蕩并州［四］南地，名『西山』。

［一］正文『外助王師』的『王師』作為正文標示，當然應是指前條的正文。然而，此敦煌注作者將此作為對正文『大將軍，過蕩西山』所加的注解。在他看來，上文『王師』既出，正好就與下文『大將軍』相吻合，因而將『王師』與『大將軍』合在一起作注，這與前所述正文『至令聖朝流涕』句注一樣，是此敦煌注粗心雜亂的一例。

［二］《後漢書·獻帝紀》：『（建安二年）三月，袁紹自為大將軍。』

［三］『緘』，底本誤作『減』，今據文意改。『緘藏』，封的意思。魏文帝《代劉勳出妻王氏》詩：『緘藏篋笥裏，當復何時披。』（《藝文類聚》卷二九。此詩題《玉臺新詠》卷二作《劉勳妻王宋〈雜詩〉二首（其一）》）句末的『訖』，是表示完了的助詞。如《魏志·王粲傳》（邯鄲淳）注引《魏略》：『誦俳優小說數千言訖。』

［四］此句『并州』下，底本衍『減藏瓚訖遣過蕩并州』九字，蓋傳寫之際，將同樣的字句再度

書寫所致，今刪去。此句中的『過蕩』，是利用《文選》正文中的『過蕩』二字作注，有通過、掃蕩的意思。

屠各、左校

『屠各』等[一]，**兼並**[二] **夷狄部落**[三]。

［一］『屠』，底本作『屈』，蓋形近而訛。

［二］『兼並』，底本作『無並』，文意全然不通。『無』字疑為『兼』的誤寫，然而『兼並』在當時尚未見有用例，今姑存以待考。

［三］『落』，底本誤作『浴』，恐是『落』字的殘誤，今據文意改。

於是操師震慴，晨夜逋遁，屯據敖倉，阻河為固

操既聞瓚破，遂走固河[一]。

［一］底本『固』作『因』字的俗字『囙』，『河』作『何』，皆形近而訛，今據《文選》正文改。

欲以蛣蜋之斧，御隆車之隧

楚莊王昔乘車見蛣蜋承車輪[一]。『隆車隧』，[二]自謂，亦[三]謂豫州刺史劉備[四]。

[一] 這段文字所言，《淮南子・人間》《韓詩外傳》卷八所載，皆非『楚莊王』而是『齊莊公』。這是敦煌注作者自身古典知識不踏實而造成的謬誤。

[二] 『隧』，底本作『墜』。『隧』是道路（《後漢書・袁紹傳上》注），『墜』指墜落。作『隧』為宜。今據現存《文選》各本、《後漢書・袁紹傳上》《魏志・袁紹傳》注引《魏氏春秋》改。

[三] 『亦』，底本作『作』，疑為『亦』的誤寫，今據文意改。

[四] 當時，劉備在袁紹的指揮之下。

并州越太行，青州涉濟漯，大軍汎黄河而掎其前，荆州下宛葉而掎其後

言我外生高幹[一]，從并州越大行山[二]，命我譚，從青州兵馬，涉濟、漯之水[三]。我大軍渡河[四]而討操。『掎』『掎』[五]，如逐鹿而捕之[六]。『掎』[七]者，如取鹿捐其角[八]。『掎』[九]，擊其脚也[一〇]。荆州遣備，從宛、葉二縣間來討操。

[一] 『掎』，五臣注本同，李善注本作『角』，今從敦煌注本。

［一］『生』，底本誤作『吉』，形近而訛。『生』與『甥』同，外甥也。《吴志·陸遜傳》『遜外生顧譚、顧承、姚信』等。

［二］『大』，同『太』。

［三］『漯』，底本作『緼』。『緼』非水名，與此字相似的『温』亦非水名，恐為誤寫，今據《文選》正文改。

［四］『河』，底本誤作『何』，抑或此底本的書寫者僅僅能認讀原本而已耶？

［五］『掎』『掎』二字，底本只有『掎』一字，無『掎』。《左傳》襄公十四年：『譬如捕鹿，晉人角之，諸戎掎之。』此敦煌注，先對『掎』『掎』二字作總的解釋，然後接着對『掎』和『掎』分别解説。今據文意將『掎』字補上。

［六］『鹿』，底本誤作『庶』，蓋形近而訛。下文之『鹿』亦同。『捕』，底本誤作『補』，形近而訛。

［七］『掎』，底本作『角』，恐涉下文之『角』誤脱左旁而訛，今據上文改。角，頭角。掎，刺取的意思。

［八］『取』，底本作『一牧』二字，蓋傳寫之際，誤將『取』字上下分離為二字錯訛而成。『指』，底本誤作『絹』，形近而訛。

［九］『掎』，底本只存左旁的『扌』，右旁殘缺。蓋傳寫之際，原本的字迹模糊所致，今據《文選》正文將其補足。

［一〇］五臣注（李周翰）云：『掎，擊也。』

並集魯庭

『魯』，現存《文選》各本、《後漢書·袁紹傳上》《魏志·袁紹傳》注引《魏氏春秋》俱作『虜』。『魯』與『虜』通。今從敦煌注。

『魯庭』，謂操處也。

揚素揮以啓降路

『素揮』，幡［一］。

［一］這是此敦煌注對『揮』的解釋。『幡』，底本誤作『蟠』。『蟠』，蟲名。『幡』，即旛，旗幟。今據文意改。

疏證 案《東京賦》『戎士介而揚揮』，薛綜注：『揮為肩上絳幟，如燕尾者也。』李善注：『徽與揮古字通。』又案《廣雅·釋器》：『徽，幡也。』

聖朝無一介之輔

『朝無一介之輔』［二］，《尚書》穆公云：『如有一介之臣，斷斷然也。』［三］

〔一〕底本此正文標示，『朝』字上無『聖』字，不知其為省略的正文標示，抑或傳寫之際將『聖』字脱落，今姑依底本，未予補上。

〔二〕此段《尚書》引文，見《秦誓》，此序為秦穆公所作。原文為：『如有一介臣，斷斷猗，無他伎，其心休休焉，其如有容。』『一介』，指忠直的效忠君王者。『斷斷』，專一的意思。『猗』，語助詞，相當於『兮』。『斷斷然』三字，底本原作『然斷』二字，文意全然不通。此處原來當作『斷々然』，傳寫之際，書寫者將疊字號『々』誤認作倒字符號『√』，故使『斷』與『然』二字前後顛倒，今改正。

方畿之內，簡練之臣，皆垂頭搨翼，莫所憑恃

『方畿』〔一〕，天子邊。『簡練』，忠臣有謀者。皆如〔二〕獸之垂頭，鳥之搨翼〔三〕然。

〔一〕『方畿』的『畿』，底本誤作『幾』。

〔二〕『如』字下，底本有『、』，恐誤衍，今刪。

〔三〕『獸之垂頭，鳥之搨翼』八字，底本作『獸之頭乘，鳥之翼翰』。『乘』為『垂』之誤寫。『翰』與『搨』字形相似，涉上之『翼』而誤。今據《文選》正文改。

此敦煌注之『獸之頭垂，鳥之翼搨』這種表現方式，從《文選》正文看，按漢語語序，是一種奇特的現象。此二句，超出了中國文章固有的限度。當然，《文選》正文『獸之垂頭，鳥之搨翼』是完全合乎文法的。這種語序顛倒的表現，在此敦煌注中常常可以見到（前

面已有論及）。這種表現手法的特異，不能不令人懷疑此敦煌注作者、傳寫者，果真為漢族人耶？抑或是滿蒙系的異族人？這一自身民族種類的問題，是一個重要的問題。今為閱讀方便起見，將此二句改為漢語的正常形態。

疏證 案《周禮·夏官·職方氏》：「方千里曰王畿。」《說文·田部》：「畿，天子千里地。」此即敦煌本注以「天子邊」釋「方畿」之所本。《後漢書·劉愷傳》載陳忠上疏薦愷有云：「誠宜簡練卓異，以厭衆望。」此「簡練」意為「選擇」，而《文選》正文及敦煌本注之「簡練」，是「卓異」之義而非謂「選擇」，即是以「簡練」代「卓異」，這種取代並非没有先例，《尚書·君陳》篇「友于兄弟」，後世遂以「友于」代「兄弟」。《三國志·蜀書·廖立傳》載諸葛亮《彈廖立表》云：「人有言國家兵衆簡練，部伍分明者。」此處之「簡練」，即含「卓異」義也。又，《詩·豳風·伐柯》：「伐柯如何，匪斧不克。取妻如何，匪媒不得。」後世遂以「伐柯」代「作媒」。宋吴自牧《夢粱録·嫁娶》：「或伐柯人兩家通報，擇日過帖。」又《玉臺新咏》卷一《古詩無名人為焦仲卿妻作》：「兩家求合葬，合葬華山傍。東西植松柏。」庾信《送靈正法師葬》「塵尾更成松柏」，倪璠注：「松伯，墓上樹也。」後世遂以松柏代指墳墓。丘遲《與陳伯之書》：「將軍松柏不翦，親戚安居。」松柏不翦，祖墳未夷也。

焉能展其節

不敢，言懼操[二]。

［一］『懽』，底本誤作『懽』，形近而訛。此底本『懼』誤為『懽』的例子，見下文一九三行『我等何懽耳』（正確的當為『我等何懼耶』）。此條敦煌注的解説，與五臣注（張銑）的『言忠義之士，懼操，不敢展其誠節』的解釋相似。

此乃忠臣肝腦塗地，列士立功之會

『列』，足利本、袁本、四部叢刊本等校云：李善本作『列』，五臣本作『烈』。案：『列』與『烈』通。如《史記・屈原賈生列傳》載賈誼《鵩鳥賦》的『貪夫徇財兮，烈士徇名』，《漢書・賈誼傳》『烈士』作『列士』。列士，壯志高節之士。今從敦煌注。

『忠臣』『列士』，紹謂備等。

書到荊州，便勒見兵，與建中將軍，協同聲勢

『建中將軍』［一］，劉表，為荊州刺史，皆漢家之子［二］。

［一］底本『建中將軍』，敦煌注作者誤以為是正文的『荊州』。以『建中將軍』取代『荊州』，注文並非無可非議，而且也與事實不相符合。當時的『建中將軍』是張繡。《魏志・張繡傳》：『繡，隨（族父）濟，以軍功稍遷至建忠將軍，封宣威侯。……繡領其衆，屯宛，與劉

表合。』蓋底本傳寫之際，將原『建中將軍』下的注文『張繡』二字或『張繡也』三字誤脱。當然，這也只能作為一個疑問，這一推測也未必妥當，底本的脱誤過程相當複雜煩瑣，因之注文的順序與正文的順序不相吻合。

〔二〕『漢家之子』四字，底本作『漢家孚』三字，文意不通。恐傳寫之際，將『之子』二字誤看成一字，將此二字合寫而訛成了『孚』。今改正。

『漢家』指劉姓，《後漢書・劉表傳》：『劉表字景升，山陽高平人，魯恭王（劉餘）之後也。』李賢注云：『恭王，景帝子。』

即日，幽并青冀四州並進

『幽州』，紹中子尚〔一〕。

〔一〕底本此注，按《文選》正文順序，當與前條注文逆倒。這種混亂情形，在此敦煌注中是常見的，此又一例。

底本謂袁紹的中子袁尚為幽州長官，而當時的幽州長官是中子袁熙而非袁尚，袁尚不是中子而是少子。《後漢書・袁紹傳上》：『紹有三子，譚字顯思，熙字顯雍，尚字顯甫。譚長而惠，尚少而美……於是以中子熙為幽州刺史。』《魏志・袁紹傳》云：『紹愛少子尚，貌美，欲以為後而未顯。』此敦煌注歷史知識的不踏實，此其例。

陳孔璋《檄吴將校部曲文》

檄吴將校部曲文

『吴檄』[一]，是建安十七年作[二]。

[一]『吴檄』二字，是題目《檄吴將校部曲文》之省略標示。此敦煌本注文中，這種省略表記屢見不鮮。『吴檄』二字，非『檄吴』之誤倒，因為此敦煌本注作者使用的語言，與漢語固有之語序不同。詳『檄』的解題『檄』注[七]，並參見下文『譬猶鷇卵始生翰毛』注[一][三]。

[二]『作』，底本作『依』，形近而訛，今改正。此注所云之《檄吴將校部曲文》寫作的時間，就檄文内容而言，與荀彧的生平及史實不相符合。一般認為此檄乃荀彧死後，建安二十一年曹操征吴之際為荀彧從子荀攸而作，或齊梁時代文士的偽作，詳清人朱珔《文選集釋》卷二一、梁章鉅《文選旁證》卷三六、近人盧弼《三國志集解》卷一《武帝紀》建安十七年。然而，此敦煌本注逕直將《檄吴將校部曲文》的創作時間定為『建安十七年』（二一二），其理由除《三國志・魏書・武帝紀》『（建安）十七年……公（曹操）征孫權』，及同書《荀彧傳》『（建安）十七年……

會（曹操）征孫權……彧疾，留壽春，以憂薨，時年五十』之外，並無其他歷史依據。

尚書令彧

荀彧[一]，字文若，潁川人[二]，淑之孫，緄之子[三]。漢尚書令，最有高名。

[一]『彧』，底本誤作『或』，今改正。

[二]『潁』，底本誤作『頴』，『頴』乃『潁』字行書之別體。

[三]『緄之子』三字，底本作『琨理之字』四字。『琨』為『緄』之誤。《三國志·魏書·荀彧傳》：『荀彧字文若，潁川潁陰人也。祖父淑，字季和，朗陵令。當漢順桓之間，知名當世，有子八人，號曰八龍。彧父緄，濟南相。叔父爽，司空。』底本『琨』字下之『理』，當涉上文『琨』字而衍，或如下文『舉鋒東面』之『舉』字旁批之『舉、私』二字（參見書影），此『琨』字亦當為旁批之字，傳寫中將旁批字誤混入正文。底本『子』字誤作『字』，當涉上文『字文若』而訛。

困而能通

『困……通』者[一]，《易》曰：『困而有亨，君子之道。』[二]

[一]此句，底本作『困通者』三字。『困通』，乃敦煌本注常用之正文省略標示。

〔二〕所引《易》文，見《困》卦之彖傳：『困而不失其所亨，其唯君子乎？』敦煌本此注引，乃原典之意譯。底本『亨』誤作『享』，今改正。

是以大雅君子，於安思危

『大雅君〔子〕』[一]謂正。《易》云：『據其位而思其危。』[二]

〔一〕此四字，底本作『大雅君』三字，恐有脱文，今據正文補入『子』字。

〔二〕注引《易》，底本『而』作『西』，『危』作『免』，蓋形近而訛，今改之。注所引《易》文，今本《周易》無之。《易·繫傳（下）》云：『子曰：危者安其位者也，亡者保其存者也，亂者有其治者也。是故君子安而不忘危，存而不忘亡，治而不忘亂，是以身安而國家可保也。』敦煌本注所引之《易》，蓋摘録此文而成也。『據』，安也。又：正文『於安思危』之出典，敦煌本注引《易》，不妥。清人孫志祖《文選李注補正》卷三指出，《左傳》襄公十一年：『《書》曰：居安思危。』又《逸周書·程典解》：『於安思危。』並更貼切。

要領不足以膏齊斧

『齊斧』利，斬要斬頸，故言『〔要〕領』[一]。應云：『齊，利也。』[二]

［一］此句，底本作『故言領』三字，『領』上無『要』。『要』，腰也，『領』，頸也。若無『要』，文意不完整，蓋傳寫之際將『要』字脱落，今據正文及注文補入『要』字。

［二］『應』，後漢應劭也。《漢書·王莽傳下》地皇三年，『此經所謂「喪其齊斧」者也』，應劭注：『齊，利也，亡其利斧，言無以復斷斬也。』《文選》李善注（卷四四）此檄文亦引應劭此注：『齊，利也。』

底本此注引應劭説，『齊』下有『斧』，誤，蓋涉正文及注文而衍，今删。

譬猶鷇卵始生翰毛

始出卵而不有羽翅［一］，有翅曰鷁［二］。

［一］此乃正文『鷇卵』之注。底本『不有』作『白不』，據下文『有翅』推測，『白』字恐係『有』字之闕誤。底本『白不羽翅』乃『有不羽翅』之誤，這種文章形態，不合漢文文法。如前所述，這種語序顛倒的情形，在敦煌本注中屢屢出現，解讀時，必須改作正常的漢文語序。

［二］『有翅』，底本作『翅有』，與上文『有不』的情形相同，是與漢文語序不合之又一例，今改正。

疏證　案《爾雅·釋鳥》：『生哺，鷇』，郭璞注：『鳥子須母食之。』又『生噣，雛』，郭璞注：『能自食。』敦煌本注以『有翅』釋『雛』，即謂其『能自覓食』也。『雛』與『鷁』同。

子陽無荆門之敗

公孫述，字〔子〕陽[一]，王莽時，作道江卒政，治臨邛[二]。後至于王莽死後[三]，天下大亂[四]，遂自號為蜀王，稱天號[五]，以抗於漢[六]。遣將軍任滿，斬木偃水[七]，守荆門。荆門在蜀，山極險[八]，有路讒通。令塞之[九]，遣兵馬。滿臨山以守〔荆〕門[一〇]。漢光武建〔武〕中[一一]，遣將軍岑彭，往伐之急。滿下小將王正[一二]，遂斬滿首而降岑[一三]，岑遂〔入〕蜀[一四]。

〔一〕『公孫述』之『孫』，底本作『子』，『子』乃『孫』之殘誤，今改正。『子陽』之『子』字，底本脱落，今據《文選》正文及《後漢書》本傳補。

〔二〕此三句，《後漢書》本傳作『王莽天鳳中，（公孫述）為導江卒正，居臨邛』。李賢注：『王莽改蜀郡曰導江，太守曰卒正。臨邛，今邛州縣（現四川省邛崍縣）也。』『作』乃『為』之俗語。『道』與『導』同。『政』與『正』通。

底本『卒』誤作『乎』，『邛』誤作『即』，今並據《後漢書》本傳改。

〔三〕『後至于王莽死後』，一句之中『後』字二度重複，此種稚拙之表述，已有先例：底本第五十五行陳琳《為袁紹檄豫州》之『後會鸞駕反旆』句注：『後（董）卓死後。』蓋此敦煌本《文選注》，原非完整之注釋專著，當是講義之草稿鈔撰而成，遂致於此。

此句底本作『後至王莽死後于』，句末之『于』字，若視作衍文，處置便頗為簡單，然而，對此敦煌本注，却不可妄斷。底本第二行『檄』之解題部分，有『六國時，遊楚於』之語，此『於』字之用法，如前所述，當是敦煌本注不同於正常漢文語序的一種表述方式，為適合漢語固有之語序，今將『于』字移至『至』字之下。

［四］『大』字底本作『不』，文意全然不順，蓋『大』『不』形近，故訛，今改正。

［五］『天號』，天子之稱號。後漢班固《白虎通·號》篇：『帝者天號，王者五行之稱也。』後漢張衡《西京賦》：『方今聖上，同天號於帝皇。』西晉陸機《辯亡論》：『遂躋天號，鼎峙而立。』

［六］『抗』，底本只有左傍之『扌』，右傍空闕。蓋原本模糊，右傍遂闕而不書，今據文意補。

［七］『偃』與『堰』（止）通，《左傳》襄公二十五年『規偃豬』，孔穎達疏云：『豬者，停水之名。偃豬，謂偃水為豬。』孔穎達此解，與敦煌本注之『偃水』意義相同。

［八］『險』，底本誤作『陰』，今改正。

［九］『令』，底本作『今』，蓋形近而訛，今改正。

［一〇］『守』字下，底本空一格，今據上文之『守荆門』，補入『荆』字。

［一一］『建』字下，底本無『武』字，當涉上文『漢光武』而脱，今據《後漢書·光武紀下》『建武十一年』條及同書《公孫述傳》補。

［一二］『王正』，人名，底本作『干正』，蓋『干』與『王』形近，故訛。『正』與『政』同。今據

《後漢書・公孫述傳》改『干』為『王』。

〔一三〕底本『斬』作『新』、『降』作『隆』，形近而訛，今據《後漢書・公孫述傳》改。

〔一四〕底本無『入』字，然而，『蜀』字之上必須有一動詞，文意方順，恐傳寫之際將此字脱落。今將筆畫最少、最易脱落之『入』字補入。

案：敦煌本注此條注文，其依據是《後漢書・公孫述傳》，今將與注文有關的部分摘抄如下：『公孫述，字子陽，扶風茂陵人也。……王莽天鳳中，為導江卒正，居臨邛。……（更始二年）功曹李熊説述曰：「方今四海波蕩，匹夫横議，將軍（公孫述）割據千里，地什湯、武，若奮威德，以投天隙，霸王之業成矣，宜改名號，以鎮百姓。」述曰：「吾亦慮之，公言起我意。」於是自立為蜀王，都成都。……建武元年四月，遂自立為天子，號成家，色尚白，建元曰龍興元年。……（建武九年）又遣田戎及大司徒任滿、南郡太守程汎，將兵下江關，破威虜將軍馮駿等，拔巫及夷陵、夷道，因據荆門。（建武）十一年，征南大將軍岑彭攻之，滿等大敗，述將王政斬滿首降於彭。』

疏證 『子陽無荆門之敗』句，敦煌本注有云：『荆門在蜀，山極險，有路讒通。』案：『讒』當為『纔』之訛，『讒』指『讒言』，『纔』與『才』同，有『僅僅』的意思。

朝鮮之壘不刊

『朝鮮』，海東國名〔一〕。

〔一〕『東』字底本作『系』，當是『東』字草書之誤寫。『國』字底本作『因』，疑乃『國』字俗體『国』字之誤。此二字今並據文意改。

南越之旍不拔

漢武帝遣樓船將軍楊僕〔一〕往討得之。而越南、越東，漢時相殺，來降高祖〔二〕。

〔一〕『樓』，底本誤作『接』，今據《史記》之《南越傳》《東越傳》及《漢書》之《兩粵傳》改。

〔二〕『高祖』，指前漢高祖劉邦。注文此處作高祖劉邦，顯然與《史記》之《南越傳》《東越傳》等所載史實不合，蓋注者輕率誤記所致。若作『武帝』或『漢朝』，並可。

昔夫差……及其抗衡上國，與晉争長，都城屠於勾踐，武卒散於黄池，終於覆滅，身罄越軍

夫差與平公争長於黄池〔一〕，應在鄭州縣界〔二〕，不覺越勾踐討破之。

〔一〕《左傳》哀公十三年：『夏，公會單平公、晉定公、吴夫差於黄池。』杜預注：『平公，周卿士也，不書，尊之不與會也。』《左傳》同年下文又云：『秋七月辛丑，盟，吴、晉争先。』《史記·吴世家》云：『七月辛丑，吴王（夫差）與晉定公争長。』案此時『争長』者，實

乃吴王夫差與晉定公也，作為周室卿士單邑的平公，是不可能亦没有權力加入『争長』的，敦煌本注所云之『平公』，當是注者誤記所致也。

〔二〕此句，底本作『應鄭在外縣界』六字，是對『黄池』的説明，此六字文意全然不通，當有訛誤。《左傳》哀公十三年經文：『公會晉侯及吴子於黄池。』杜注對『黄池』作如是解説：『陳留封丘縣南有黄亭，近濟水。』杜預（二二二—二八四），出生於西晉時陳留郡封丘縣，在唐為汴州（鄭州之東鄰）之封丘縣，即現在之河南省開封市北二十五公里封丘縣西南。今試參考敦煌本注所作的唐代行政區劃，對此六字注文逐一考訂。『應』為推定副詞，有『大概』的意思。『鄭在』二字以文義推測，當是『在鄭』的誤倒。『鄭外』疑為『鄭州』的誤寫，因『外』與『州』字之草書體頗近似。通過考訂，可將此文意模糊的六字注文復原，此六字原來當作『應在鄭州界』。然而此注仍不確切，究其因，蓋作注者自身是北方人，對自己所具有的地理知識過於自信，因之致誤。

太尉帥師，甫下滎陽

『太尉』周亞夫，征濞於滎陽〔一〕，東破之。

〔一〕『濞』，前漢之吴王劉濞。吴王濞乃吴楚七國之亂（景帝時，公元前一五四年）的盟主。詳《史記·吴王濞列傳》及《漢書·吴王傳》。

「滎」，底本誤作「熒」，今改正。

則七國之軍

「七國」即吳楚反者[一]

[一]「吳楚反者」，指吳王濞、楚王戊、趙王遂、膠西王卬、濟南王辟光、菑川王賢、膠東王雄渠，即七王。

而丹徒之刃，以陷其胸

「丹徒」，濞自[一]被殺處，今潤州[二]。

[一]「自」，却也，表語氣轉折的副詞，乃當時的俗語。詳王鍈《詩詞曲語辭例釋》（增訂本）三三七—三三八頁。

[二]「潤」，底本作「閏」，當是「潤」之闕誤，傳寫之際，將左旁「氵」脱落。此情形，又見下文「逆賊宋建，僭號河首」之注（第一〇五行），將「夏侯淵」之「淵」誤作「関」（「淵」字右旁的誤字）。「潤州」，今江蘇省鎮江市。

强如二袁

『二袁』，術、紹[一]。

[一]『術』，袁術（?—一九九），『紹』，袁紹（?—二〇二）。『術』字底本誤作『述』，『術』與『述』同音，疑傳寫之際，涉底本上文之『公孫述』（第九十二行）而誤，今改正。

近者關中諸將，復相合聚，續為叛亂

關中馬超、韓約[二]等，為亂也[三]。太祖征破之，走。

[二]『韓約』，底本作『叔約』，誤。今據《文選》正文下文『以韓約、馬超』改。『韓約』，乃韓遂字文約的略稱（《文選》李善注引《典略》）。

[三]『也』字下，底本空三格。此三格不當空，蓋傳寫之際誤留。

舉鋒東向，氣高志遠，似若無敵

『舉』字《文選》各本並作『齊』，今據底本改。

『舉鋒東』，謂與太祖對[一]。

[一]『舉鋒東』三字，是敦煌本注慣用的對正文以下三句所作的省略標示。

底本此條注文之右旁空隙，以此注本與他本對校後旁批：『舉秉鋒東，謂與太祖□。』『秉』字乃上文『舉』字之手寫體（蔣禮鴻《敦煌變文字義通釋》增訂本第五十二頁），當是旁批時，將『舉』字書畢又改書『秉』所造成的衍文。

『與太祖對』的『對』字，底本作『等』，而右旁之校記又模糊不明，疑此『等』字為『對』（对）字之誤，『等』『對』兩字之草體酷似，底本旁批作『對』的俗字『对』的可能性大。『對』，對峙也。作『對』，方與上面之『與』字文意相應，今改正。

丞相秉鉞鷹揚

『丞相』，魏太祖[一]。

[一]『太』字，底本誤作『不』。此處旁批作『太』，不誤。『不』字，蓋傳寫之際與『太』字形近而訛。《文選集注》卷八八引《文選鈔》云：『丞相，即太祖也。』

流血漂櫓

『櫓』，楯也。

疏證 案《史記·秦始皇本紀》『流血漂鹵』，集解引徐廣説云：『鹵，楯也。』《廣雅·釋器》：『樐，盾也。』『鹵』與『樐』、『盾』與『楯』並同也。

逆賊宋建，僭號河首

宋[一]，為隴西、漢寧郡太守[二]。漢中，〔漢〕末[三]，遂據漢抱罕，自稱為河首王。太祖遣夏侯淵[四]，往滅之也[五]。

［一］『宋』，宋建之省略標示。

［二］《後漢書·董卓傳》（建安十九年）：『初，隴西人宗建（宋建）在枹罕，自稱河首平漢王。』《三國志·魏書·武帝紀》（建安十九年）：『初，隴西宋建，自稱河首平漢王。』愚管見所及，無有如敦煌本注所言宋建官隴西郡、漢寧郡太守者。《三國志·魏書·張魯傳》記張魯（見次條注）之官職有云：『漢末，力不能征，遂就寵（張）魯為鎮民中郎將，領漢寧太守，通貢獻而已。』《後漢書·劉焉傳》所載同。疑注者將張魯之職官與宋建之履歷相混而致誤。

［三］『漢中，漢末』四字，底本作『漢中末』三字。此三字，文意全然不通。底本如此的文字配列不可理解。要解決此疑問，當對底本『漢中』二字進行推察。《三國志·魏書·武帝紀》（建安二十年）：『公（曹操）軍入南鄭，盡得（張）魯府庫珍寶。巴、漢皆降，復漢寧郡為漢中，分漢中之安陽、西城為西城郡，置太守。』據此，知迄建安二十年止，『漢寧郡』（今陝西省南部）即相當於以後的『漢中』。底本『漢中』二字，當是為備忘而書於

注文上句『漢寧郡太守』下者，注者或傳寫者又將其誤認作補注而書入注文，此可能性極大。再説『末』字，《三國志·魏書·武帝紀》（建安十九年）：『初，隴西宋建，自稱河首平漢王，聚衆枹罕，改元，置百官，三十餘年。（曹操）遣夏侯淵，自興國討之。冬十月，屠枹罕，斬建，涼州平。』此恐敦煌本注『遂據』以下文字之所本。底本之『末』字，當作『漢末』，傳寫之際，『漢』字涉上文『漢中』之『漢』而脱落，今姑作此推定。

[四]『夏侯淵』的『淵』，底本作『関』，蓋避唐諱，傳寫之際將『淵』字之俗字『渕』左旁『氵』脱落，而又誤寫所致，今改正。

[五]『往』，底本誤作『住』。

又鎮南將軍張魯，負固不恭……故且觀兵旋旆，復整六師，長驅西征，致天下誅。……張魯逋竄，走入巴中，懷恩悔過，委質還降

『張魯』，漢之將軍。□陽平[一]。魯，本沛郡人，張陵之孫[二]。其人有道術，據巴都蜀[三]。曹公往伐之。魯遣弟莫來，逆戰不下。後太祖軍退，待其懈慢，遂掩襲之，魯走巴中[四]。當時，欲共其妻子賜，後遂來降。太祖，封為當陽侯[五]，封其五子，皆為左□、陽平縣[六]。公子則公述[七]。

[一]『陽平』，陽平關（今陝西省漢中地區褒城縣附近）。『陽平』二字，底本作『腹平』，『腹』

與『陽』形近而訛，今改正。

［二］『陽平』上缺一動詞，疑上句『漢之將軍』之『軍』字下有重疊號『々』，傳寫之際脱落。此處之『軍』，指駐屯。

［三］此句四字，底本作『張後之陵孫』五字，意思全然不可理解。《三國志·魏書·張魯傳》：『張魯字公祺，沛國豐人也。祖父陵，客蜀，學道鵠鳴山中，造作道書，以惑百姓，從受道者，出五斗米，故世號「米賊」。陵死，子衡行其道。衡死，魯復行之。』《後漢書·劉焉傳》所載同。此即敦煌本此句注文之所本。今對該注文的演變作一推測。此句最初正確的注文當是『張陵之孫』四字，傳寫過程中，將『陵』字誤寫成形似之『後』，嗣後，發覺『後』字誤寫的人，又在『後』字側加書一正字『陵』。以後的人未理解此校批的『陵』字的意義，遂將旁批之『陵』字混書入注文本體之中，因之致誤，今復其原形。

［四］此句，底本作『據已郑蜀』。『已』乃『巴』字之訛。『郑』乃『都』字行書體之訛。

［五］『魯』，底本誤作『曾』。

［六］『當陽侯』，恐注者記憶有誤。《三國志·魏書·張魯傳》及《後漢書·劉焉傳》並云：『封閬中侯，邑萬户。』《劉焉傳》李賢注：『閬中，屬巴郡，今隆州縣。』即今四川省閬中縣附近一帶。而當陽縣則在方位迥異之湖北省宜昌市東郊，張魯與之無涉。

［七］《三國志·魏書·張魯傳》：『封魯五子及閻圃等，皆為列侯。』《後漢書·劉焉傳》所載同。此注所謂『封其五子，皆為左口、陽平縣』，何所為據，未詳。《太平御覽》卷五一八

（宗親部八，子）引《魏志》云：『張廣，字嗣宗，（張）魯第二子也。魯雅為魏武（曹操）所寵，諸子未勝纓，並遣中使拜授官爵。南鄭城碑曰：「位尊上將，體極人臣，五子十室，榮並爵均。童年嬰稚，抱拜王人，命婚帝族，或尚或嬪。」』此段長文，今本《魏志》無之。據此推測，敦煌本此注文，所依據者當是《魏志》的佚文。

[七] 此句五字，非《文選》正文之注。當是後人對底本第九十二行『公子述』所加的批語『公子述，則公孫述』。其如何脱落分離而置於此，不得而知。『則』，『即』之俗語。

巴夷王朴胡、賓邑侯杜鑊

『鑊』，《文選》各本並作『濩』，今據底本改。

巴王朴音（浮）降魏[一]，魏封巴（東）郡太守，杜鑊封巴西（太）守[二]。胡、鑊，皆（巴）中七姓之族[三]。賓邑[四]，亦巴中之縣[五]。

[一]『朴』之下，底本有小字音注。此底本只存右側小字『音』，左側重要的注音文字却已脱落，今據《三國志·魏書·武帝紀》（建安二十年九月）裴松之注及《文選》李善注並引之『孫盛曰：朴音浮』，將『浮』字補入。

[二] 此二句，底本作『魏封巴郡太々守杜鑊封巴西守』十三字，文意欠通。《三國志·魏書·武帝紀》（建安二十年）：『九月，巴七姓夷王朴胡，賓邑侯杜濩，舉巴夷、賓民來附。於是

分巴郡，以胡為巴東太守，濩為巴西太守，皆封列侯。」據此，可知底本原來此處當作與『巴西太守』相對應的『巴東太守』。作『巴郡太々守』者，當是傳寫之際，將『巴』字下與下文『巴西』對應之『東』字脫落，又於『太』字下衍疊字號『々』而致誤也。此底本，將『東』『西』兩字之一方脫落的情形，他處亦有。底本第十三行『天子在諸煞一東』七字，原當作『天子在西，諸侯在東』八字（詳前述）。底本『巴西守』三字，以上文『巴東太守』推測，『守』字上原來當有一『太』字。『守』字固然有地方長官的意思，但就底本注文行文的均衡而言，推定『守』字前脫一『太』，並無不妥。

［三］『中』字上底本無『巴』，當涉上三個『巴』字而脫，今補入。『七姓之族』四字，底本原作『女姓々之族』五字。『女』字據前舉之《魏志·武帝紀》（建安二十年）文改為『七』。疊字號當涉與下文『之』字形近而誤衍，今刪。

［四］『賨』音**cong**。底本誤作『寶』。

［五］『巴』，底本作『电』，漢字無此字，當是無知的鈔寫者將『巴』字的俗體『巳』誤寫所致。

焚首金城

『金城』，北地郡名［一］。

［一］《續漢書·郡國志五》涼州：『金城郡，昭帝置。洛陽西二千八百里。十城，户三千八百

五十八，口萬八千九百四十七。』即今甘肅省皐蘭縣。

今者枳棘剪刊

『刊』，九條本、南宋紹興刊五臣注本、袁本並同；《文選集注》本、南宋淳熙刊李善注本、胡刻本、四部叢刊本並作『扞』。集注本校云：『今案，音決、五家、陸善經本扞作刊。』今從底本。

『枳棘剪刊』[一]，謂馬超、〔宋〕建之等賊也[二]。

[一]『枳』，底本作『投』，蓋形近而訛。

[二]『建』字上，底本無『宋』字。案以此注文行文之態勢推斷，此處當有『宋』字，今補入。『之等』，表助詞『等』複數的俗語，此種用法，又見底本第二三〇行（司馬相如《難蜀父老》『言道猨郎之等』）。

戎夏以清

『戎』，胡、鑊等。

六師無事

「六……無事」[一]，國無事。

[一] 此正文標記，底本作「交事」二字，文意不通，誤。底本「交」，當是「六」「乂」二字誤合為一。「六」乃正文「六師」之「六」。「乂」與「五」之古體相同，當時作「無」字之簡寫體。如敦煌變文中，「菩薩」簡寫為「艹艹」、「菩提」簡寫作「艹提」（見向達《敦煌變文集引言》）。今據文意改。

丞相銜奉國威，為民除害。

「丞相」[一]，太祖[二]。

[一] 「丞相」二字，底本誤作「承古」。「承」與「丞」形近而訛，「古」乃「相」字草體之訛。

[二] 「太」，底本誤作「大」。太祖，魏之曹操。

疏證　「承」與「丞」古通，說詳前陳琳《檄吳將校部曲文》「曩者强秦弱主」句疏證。

昔袁術僭逆

袁術[一]，字公路，僭逆[二]於壽[三]，自號天子。『僭』，濫也[四]。『逆』，〔逆〕獻帝也[五]。

[一]『袁』，底本誤作『表』。

[二]『僭』，底本誤作『潛』，下文之『僭』字亦同，今並據正文改。

[三]『壽』，壽州（今安徽省壽縣）之省稱，後漢稱壽春，屬揚州九江郡。唐代並稱壽州、壽春，屬淮南道壽州。《三國志·魏書·武帝紀》（建安二年）：『袁術欲稱帝於淮南。』同書（建安十五年）裴注引《魏武故事》云：『袁術僭號於九江。』北宋司馬光（一〇一九—一〇八六）《資治通鑑》卷六二（漢紀，獻帝建安二年）：『袁術稱帝於壽春。』

[四]『濫』，底本誤作『監』，蓋將左旁之『氵』脱落。《左傳》哀公五年：『不僭不濫。』

[五]此句，底本作『逆獻帝之』四字。此句，當與上文之『僭，濫也』同，是對正文『僭逆』的『逆』作解釋。底本『逆』字下，當有疊字號『々』，傳寫之際脱落，今補入。『也』，底本誤作『之』。『之』『也』互訛的例子，在此底本和其他舊鈔本中不勝枚舉。

疏證 案《史記·樂書》『流辟邪散狄成滌濫之音作』，集解引王肅説云：『濫，僭差也。』《廣雅·釋詁》：『差，僭也。』此乃敦煌本注之所本。《國語·晉語》『君問而陳辭，未退而逆之』，韋昭注：『逆，反也。』

呂布作亂，師臨下邳，張遼、侯成，率衆出降

時[一]〔呂〕布[二]據下〔邳〕[三]，曹討之。其將[四]張遼、侯成，皆率衆來降。

[一]『時』，底本作『將』。『時』『將』兩字之草體形近，恐涉下文之『其將』而誤，今據文意改。

[二]『布』字上，底本空一格，當是原本文字模糊所致，今據正文補。

[三]『下』字下，底本空一格，當是原本文字模糊所致，今據正文補。

[四]『其』，底本誤作『共』。

還討眭固，薛洪、樛尚開城就化

『眭固』，黑山（今河南省安陽地區浚縣西北）之賊，當時屬袁紹。『眭』，《文選》各本並作『眭』，《後漢書・朱雋傳》作『眭』。恐當時之《文選》有一本作『眭』者也。今從底本。

『眭固』，袁紹將[一]。『薛洪』『樛尚』是固長史[二]，皆先降，太祖皆官之。[三]

[一]『袁』，底本誤作『表』，形近而訛也。

[二]薛洪、樛尚的職務，《三國志・魏書・武帝紀》（建安四年）云：『（眭）固使（張）楊

故長史薛洪、河內太守繆尚留守。』同書《董昭傳》云：『楊長史薛洪、河內太守繆尚，城守待（袁）紹救。』並未見有二人是眭固長史的記載，蓋注者歷史知識模糊所致。

[三] 上文云『皆先降』，此句云『皆官之』，『皆』字兩度使用，此種稚拙的表現，該敦煌本注中隨處可見，這是注文之敘述尚未成熟的一種現象。

官度之役，則張郃、高喚，舉事立功

『官度』之『度』，集注本、四部叢刊本並同；南宋淳熙刊李善注本、南宋紹興刊五臣注本、袁本、胡刻本並作『渡』。袁本校云：『渡，善本作度。』四部叢刊本校云：『度，五臣本有（作）渡。』今從底本。『高喚』之『喚』，現存《文選》各本並作『奐』。然而，底本作『喚』，集注本引《文選鈔》作『煥』，《魏志・武帝紀》（建安五年）作『覽』。李善云：『《魏志》云高覽，此（《文選》）云奐，蓋有二名。』蓋當時流傳的《文選》中，有少數本子，或作『奐』，或作『煥』，或作『喚』，故尚存於不同系統的《文選》鈔本中。今從底本。

官度，與紹相持[一]。張郃[二]、高喚，皆紹之將軍[三]，來奔。

[一]《三國志・魏書・武帝紀》（建安五年八月）：『孫策聞公（曹操）與紹相持，乃謀襲許。』或為此注所本。

[二]『郃』，《文選》各本、《三國志・魏書》之《武帝紀》及《張郃傳》《後漢書・袁紹傳上》注引《魏志》並同。底本作『舒』，疑為『舒』字草書之或體『舒』字與『郃』形

近而訛，今據正文改。

〔三〕『紹』，底本誤作『綏』，形近而訛，今改正。底本所謂『張郃、高喚，皆紹之將軍』的注釋，又見於《文選集注》引《鈔》云：『且張郃、高煥，皆紹之謀臣，往奔曹公。』

後討袁尚，則都督將軍馬延、故豫州刺史陰夔、射聲校尉郭昭，臨陣來降

『後討尚……』〔一〕，謂紹死後，其次子尚〔二〕立，後在鄴，馬、陰、郭等〔三〕，皆來降魏。

〔一〕此句，底本作『後討尚』三字，是此敦煌本注常見的對正文若干句所作的省略標示。

〔二〕此注云『其（袁紹）次子尚』，實則尚為袁紹之少子，紹之次子為熙。《後漢書·袁紹傳上》云：『紹有三子，譚字顯思，熙字顯雍，尚字顯甫。譚長而惠，尚少而美。紹後妻劉有寵，而偏愛尚，數稱於紹，紹亦奇其姿容，欲使傳嗣……』此乃尚是紹少子之明證。然此敦煌本注，在上文第七十七行中云『紹中子尚』（陳琳《為袁紹檄豫州》注）及此下第一二〇行『袁熙，紹小子』（陳琳《檄吴將校部曲文》注），始終將熙與尚兄弟的順序弄錯。

〔三〕『馬』，底本作『州』，疑『馬』字上半部殘損所致。『郭』，底本誤作『即』，蓋形近而訛。今二字並據正文改。

圍守鄴城

『鄴城』，袁尚〔一〕所守處。

〔一〕『袁』，底本誤作『表』。

審配兄子，開門入兵

『審配〔一〕兄子〔二〕』，名榮〔三〕，開鄴門，納大將，遂得鄴城。

〔一〕『審』，底本作『劉』。『審』『劉』二字，楷體、行體都不易錯訛，而草體頗相似，恐傳寫之際，將『審』的草體誤認作常見的『劉』字所致，今據正文改。

〔二〕『兄』，底本作『兄弟』二字。案『兄弟』書面語謂『兄』與『弟』，俗語則只有『弟弟』的意思。作『兄弟』與正文、《三國志·魏書·武帝紀》（建安九年）、《後漢書·袁紹傳下》並不合。『弟』字恐涉『兄』字而衍，今删。

〔三〕『榮』，底本誤作『熒』。今據《三國志·魏書》之《武帝紀》及《袁紹傳》《後漢書·袁紹傳下》改。

既誅袁譚，則幽州大將焦觸，攻逐袁熙，舉事來服

『袁譚[一]』，幽州[二]。『焦觸』，譚將[三]。『袁（熙）』[四]，紹小子。

[一]『袁』，底本誤作『素』。此底本『袁』字誤『表』誤『素』，無有定準，當是書寫者歷史知識欠乏之所致。

[二]當此時，官幽州刺史者乃袁紹之中子熙，而非長子譚。《三國志·魏書·袁紹傳》云：『（建安四年）出長子譚為青州……又以中子熙為幽州，甥高幹為并州。』此為明證。敦煌本注者記憶有誤。

[三]『觸』，底本誤作『解』，形近而訛，今改正。《三國志·魏書·武帝紀》（建安十年正月）：『是月，袁熙大將焦觸、張南等，叛攻熙、尚。』據此，知當時焦觸為幽州刺史袁熙之大將，而非袁譚之將。

[四]『袁』，底本誤作『表』，今改正。『袁』字下，底本作『□阜』。上一空格，當是書寫者誤留。下面的左旁『阜』，當是原本字迹不清，書寫者又有所增減所致。案『阜』恐係『熙』字之殘闕，今將其改補。但袁熙乃袁紹之中子，而非小子（少子），此乃注者記憶有誤而又輕率作注所致，説詳上『後討袁尚』注[一二]。

悉與丞相

『丞相』[一]，操。

[一]『丞』，底本誤作『承』，蓋『丞』字草體之訛。

疏證 『丞』『承』古通，底本作『承』不誤，説詳陳孔璋《為袁紹檄豫州》『曩者强秦弱主云云』條疏證（一一九頁）。

折衝討難

『衝』，以車駕、梯衝[一]而擊城者。言能破折之也[二]。

[一]『車駕』，馬駕之戰車。『梯衝』，雲梯與衝車，古代用以攻擊城郭之兵器。《後漢書·公孫瓚傳》：『袁氏之攻，狀若鬼神，梯衝舞吾樓上，鼓角鳴於地中。』

[二]此句乃正文『折衝』之注釋。

疏證 案：《淮南子·説山》篇『國有賢君，折衝萬里』，高誘注：『衝，兵車也，所以衝突敵城也。』此乃敦煌本注『以車駕、梯衝而擊城者』釋『衝』之所本。《史記·淮陰侯列傳》『折北不救』，集解引張晏説云：『折，衄敗也。』此即以『破折之』訓『折衝』的依據。

芟敵搴旗

『搴』，取。

疏證　案《史記·叔孫通傳》『故先言斬將搴旗之士』句，集解引許慎説云：『搴，取也。』又《漢書·溝洫志》載漢武帝《瓠子歌》『搴長茭兮湛美玉』句，注引如淳説云：『搴，取也。』

享不訾之禄

『訾』[一]，量也[二]，言不可量。

[一]『訾』，底本誤分作『此言』二字。

[二]『也』字下，底本空二格，非。凡底本之空格，並非得當，大體可以忽略。

疏證　案：《國語·齊語》『桓公召而與之語，訾相其質』，韋昭注：『訾，量也。』又《漢書·枚乘傳》『夫舉吴兵以訾於漢』，注引李奇説云：『訾，量也。』

若夫悦誘甘言，懷寶小惠

『悦』，《文選》各本並作『説』。今從底本。

『悦誘甘言……』[一]，謂被撥誘[二]而懷小惠，後將被大誅也。

[一] 此正文標示，底本作『悦誘甘言』四字，從注本下文之解釋看，其為正文二句之省略標示甚明。如前所述，現存《文選》各本，正文第一句作『説誘甘言』，集注本引《音決》云：『説音悦。』因之，推定往昔有將『説誘』作『悦有』之俗本，决非虚妄。

[二]『撥誘』為動詞，為罕用語，與近世俗語『挑撥』『撥置』相同，有當時俗語『挑唆』的意思。

昔歲，軍在漢中

『昔歲在漢中』[一]，謂征張魯[二]也。

[一] 此正文標示，底本脱『軍』字，與其他情形相同，當是正文的省略標示。

[二]『魯』，底本誤作『曾』。

合肥遺守，不滿五千，權親以數萬之衆，破敗奔走

合肥太守[一]，劉馥。太祖遣與五千兵守之。孫權[二]領十萬衆伐馥，不拔，退也[三]。

[一]『肥』，底本誤作『配』，此乃書寫者無識之明證。

〔二〕『權』，底本只有左旁，作『扌』，當是原本不清晰所致，今據《文選》正文將右旁補足。

〔三〕『拔』，底本作『被』，文意欠通，恐為『拔』字之訛。《三國志・魏書・張遼傳》記當時合肥之戰有云：『（孫）權守合肥十餘日，城不可拔，乃引退。』《魏志》此文，當即敦煌本注之所本，今據之將『被』字改『拔』。

今乃欲當禦雷霆

疾雷為『霆』〔一〕。

〔一〕『疾』字底本下部殘損，今據《爾雅・釋天》『疾雷為霆霓』（阮元校勘記：『霆下本無霓字』），將『疾』字補全。

夫天道助順，人道助信

『天道……助信』〔一〕者，《易》云：『天助者順，人助者信也。能順處信，何往不履。故曰，自天祐之，吉無不利也〔二〕。』

〔一〕此正文標示，底本作『天道助信』四字，乃是取正文此二句首句之開始二字及下句之末尾二字所作的省略標記，與《十三經注疏》之『疏』所標示的經傳『　至　』相似。

〔二〕所引《易》，乃《繫辭傳（上）》文之意譯。《易・繫辭傳（上）》云：『《易》（《大有》卦之上九爻辭）曰：「自天祐之，吉無不利。」子曰：「祐者助也。天之所助者順也，人之所助者信也。履信思乎順，又以尚賢也。是以『自天祐之，吉無不利』也。」底本引文中，『天助者順』之『助』，底本作『道』，疑涉上文『天道』而誤，今改正。『能順處信』之『能』，為動詞，有實行、會的意思。『何往不履』之『履』，底本誤作『復』，今據《易·繫辭傳》改。

事上之謂義，親親之謂仁

『事上之謂義』，出《易》[一]。『親親之謂仁』，出《禮》[二]。

[一]『出』，底本誤作『士』，恐為『出』之殘誤，今據下文『出《禮》』改。此注云『事上之謂義』典出《易》，然今本《易》無此文，疑所本乃《序卦傳》之文：『有君臣，然後有上下；有上下，然後禮義有所錯。』『錯』乃『措』之假借，謂施行。

[二]『之謂』二字，底本作『謂之』，誤倒。今據正文及底本上文改。此注云『親親之謂仁』典出《禮》，今本三《禮》無此文。所謂《禮》者，恐本之《禮記·中庸》篇：『仁者人也，親親為大。』

盛孝章，君也，而權誅之

盛孝章為郡守，而權殺之[一]，是無義。

[一] 吴郡太守盛憲，字孝章，其為孫權誅殺的情形，詳《三國志·吴書·宗室傳（孫韶）》裴注引《會稽典録》。

孫輔，兄也，而權殺之

孫輔[一]，權從兄，權有欲有天下之志[二]，〔輔〕託權恐不成[三]，遂遣人將書往魏，送書與于曹公[四]，『可夾江東，俱并此地』[五]。使人乃將書見權。〔權〕[六]與張昭[七]來，語輔曰：『兄厭樂也，而欲向魏。』輔曰：『無之。』權於〔懷〕出書[八]，視之[九]，輔默無言。遂使徙富陽[一〇]，殺之。此所謂『不親親』[一一]也。吴[一二]，豈可謂信仁[一三]也。

[一]『孫』，底本誤作『敬』，兩字之草體形近，故訛，今據正文改。

[二]『權有』二字，底本誤倒作『有權』，今據文意改。

[三] 此句過於簡略，文意難解，大約是『（孫輔）託身於權，而恐權志不成』的意思。《三國志·吴書·宗室傳（孫輔）》裴注引《典略》較簡明：『輔恐權不能保守江東。』李善

注亦引《典略》，與裴注全同。

［四］『與于』二字，底本作『擧』字，文意不通。疑底本之『擧』乃傳寫之際，誤將原本『與于』二字合書為一字而致訛。此句前後，『將書』『送書』，同一字二度使用，『送』『與』二字為同義詞，於同一句中重複，文章駁雜，不洗練。

［五］此二句，乃當時孫輔致曹操書中之語。

［六］上句末『權』字下，原來當有疊字號『々』，今據文意補。

［七］『昭』，底本作『照』。案：『照』乃『昭』之隸體。

［八］『於』字下，底本只書左旁『忄』，右旁空缺。今據文意將其補足成『懷』字。前置詞『於』在此注文中的這種用法，在六朝以來的通俗散文中是常見的，如《世說新語·文學》篇『鍾會撰《四本論》』條：『於户外遥擲，便面急走。』

『出』，底本作『中』，與上文之『懷』相配合作『懷中』之『中』，然若作如是推測，則與下文之『書』字這一被動詞不合。疑底本的『中』字，乃『出』字之殘誤，今改正。

［九］『視』，底本誤作『祖』，蓋鈔寫者粗心所致。

［一〇］『從』，底本誤作『從』，文意不通，今據《三國志·吴書·宗室傳（孫輔）》裴注引《典略》『徙輔置東』改。『富陽』，三國時之富春縣，唐代的富陽縣，今浙江省富陽市。當時孫輔流配之地，《吴志·宗室傳》裴注引《典略》如前所述作『東』，而今本《文選》李善

注引《典略》，及《文選集注》李善注引《典略》，則作「東吴」「東治」（「治」乃「冶」之誤），此敦煌本作「富陽」，未詳所本。

［二］《左傳》隱公十一年：「不度德，不量力，不親親，不徵辭，不察有罪，犯五不韙而以伐人，其喪師也，不亦宜乎？」

［三］「吴」，底本誤作「号」，蓋形近而訛。

［三］「信仁」，即承《文選》上文之「人道助信」「親親之謂仁」而言。

乃神靈之逋罪

「逋」，逃也[一]。

［一］《易》之《訟》卦九二象傳：「不克訟，歸逋竄也。」唐李鼎祚集解引後漢荀爽注：「逋，逃也。謂逃失邑中之陽人。」

是故伊摯去夏，不為傷德

「伊摯」，伊尹也。湯得伊尹[一]，近之於桀，至知桀[二]不能用己，而還逃來向湯邊，凡五也[三]。而不可謂棄桀為傷義[四]，知其不用賢也。

［一］「湯」，殷之名君湯王也，底本誤作「陽」，下文之「湯」亦同。底本「湯」字全訛「陽」。

〔二〕『知桀』，底本作『桀知』，誤倒。

〔三〕『五』，底本作『三』。《孟子·告子下》篇：『五就湯，五就桀者，伊尹也。』底本『三』字恐為『五』字之闕誤。《鬼谷子·忤合》篇：『故伊尹，五就湯，五就桀，然後合於湯。吕尚三就文王，三入殷，而不能有所明。』抑或注者記憶有誤，將伊尹事誤為吕尚耶？不得而知也。今據史傳改。

〔四〕『傷義』之傷，底本作『復』，形近而訛，今據正文改。

飛廉死紂，不可謂賢

『飛廉』，紂之惡臣〔一〕，不知紂之無道而事之，守死於紂〔二〕，不可謂為仁也。不知去紂而歸周。

〔一〕『惡臣』之下，底本有『不知紂之惡臣』六字，誤。恐傳寫之際，涉上句之『紂之惡臣』及下句之『不知紂之』而衍，今删。

〔二〕『守死』，謂堅持信念至死不變。《論語·泰伯》篇：『子曰：篤信好學，守死善道。』『紂』，底本誤作『付』。此底本之鈔寫者，對原本不能讀解，上句『不知紂之無道』之『紂』，左旁是『亻』是『糹』辨認不清，便依樣畫葫蘆，因之致誤。

丞相深惟江東舊德名臣

『深惟』，慎也〔一〕。魏、虞，皆江〔東〕名族〔二〕，並為權所殺也。

〔一〕『惟』，底本誤作『誰』，形近而訛。

漢揚雄《方言》卷一：『鬱、悠、懷、惄、惟、慮、願、念、靖、慎，思也。……惟，凡思也。慮，謀思也。願，欲思也。念，常思也。東齊海岱之間曰靖。秦、晉或曰慎。凡思之貌亦曰慎，或曰惄。』《方言》此文，對推定敦煌本注著者的出身地區，有一定的幫助。

〔二〕『江』字下，底本無『東』。以正文推測，此『東』字當有，蓋傳寫之際脱落。此底本將『東』字書落的情形，又見上文『巴夷王朴胡』條注〔二〕。

虞文繡砥礪清節，耽學好古

『虞文繡』，翻父〔一〕。

〔一〕『父』，底本誤作『文』，形近而訛。

『虞文繡』，《北堂書鈔》卷一〇二（碑）引《會稽典録》云：『虞歆，字文肅，歷郡守，節操高厲。魏曹植為東阿王，東阿先有三十碑銘，多非實，植皆毀除之。以歆碑不虚，獨全焉。』（又見近人盧弼《三國志集解》卷五七）。『繡』『肅』形音相似，恐為同人。

其子乃虞翻,《吴志》本傳云:『虞翻字仲翔,會稽餘姚人也。』(又見《文選》卷四四李善注引)

聞魏周榮、虞仲翔

『**魏周榮』,即『叔英』之子**[一]。

[一] 此注按《文選》正文順序,當與次條『埋没林藪』交换位置,注者為説明之方便,未依順序注釋,此乃敦煌本注為了方便而臆注之一例。

『魏叔英』,見《文選》上文『近魏叔英,秀出高峙,著名海内』。其傳記見《後漢書·黨錮傳(魏朗)》:『魏朗字少英,會稽上虞人也。……朗性矜嚴,閉門整法度,家人不見墮容。後竇武等誅,朗以黨被急徵,行至牛渚,自殺。著書數篇,號《魏子》云。』(又見清何焯《義門讀書記》卷四九)『叔』『少』字義相近,恐為同一人。

其子『魏周榮』,傳記未詳。

埋没林藪

『埋』,底本誤作『理』,形近而訛。但現存之《文選》各本,並作『湮』,底本之『理』字是否為『湮』字之誤,不得而知,為尊重底本起見,將其改作與『理』酷似之『埋』字。恐往時俗間有作『埋』字之異本。『藪』,現存《文選》各本並作『莽』,與底本異,然《文選集注》校語云：『今案《鈔》莽為藪。』與此注本合。

『埋没林藪』，言皆没草莽也〔一〕。

〔一〕下一『没』字，底本作『牧』，蓋形近而訛，今據正文改。

『草莽』，謂民間。《孟子·萬章下》篇云：『在國曰市井之臣，在野曰草莽之臣，皆謂庶人。』

各紹堂構

『堂構』〔一〕**，即《尚書》云『厥父堂，其子尚不為，其〔矧〕肯構』**〔二〕**也。**

〔一〕『堂』，用土築就的、高而大的、造房屋的四角形土臺。『構』，即在『堂』上用木材建造之房屋。此所謂『堂構』，喻繼承父祖之遺業。參見下注〔二〕。

〔二〕《尚書·大誥》：『若考作室，既底法，厥子乃弗肯堂，矧肯構？』孔傳云：『以作室喻治政也。父已致法，子乃不肯為堂基，况肯構立屋乎？』敦煌本注引《尚書》正文指明『堂構』之出典，然其所引者，乃粗略而不正確之意譯。

『云』，底本作『之』，恐形近而訛。『厥』，底本作『厰』，乃厥字之俗體。『父』，底本誤作『文』，形近而訛。下一『其』字，疑涉上文『其子』而衍，然『其』字用於此，乃連接詞，為尊重底本，今仍存之。底本『矧』字處空一格，恐原本模糊所致，今據《尚書·大誥》

文補。

克負析薪

『克』，九條本、南宋紹興刊五臣注本、袁本並同。集注本、南宋淳熙刊李善注本、胡刻本、四部叢刊本並作『能』。袁本校云：『善本作能字。』四部叢刊本校云：『五臣作克。』今從底本。

《春秋》曰：『其父析薪，其子不克負荷。』[一]『克』，能。言父析其薪[二]，其子不肯負荷而歸。

[一]《春秋》此文，乃《左傳》昭公七年引子產語：『古人有言，曰：其父析薪，其子弗克負荷。』

底本『析』作『折』，舊鈔本左旁『木』『扌』常混用，不得謂其為錯字。

[二]『析』，底本誤作『抑』，蓋兩字之草體頗相似，形近而訛。

疏證　案《尚書·堯典》：『克明俊德，以親九族。』僞孔傳：『能明俊德之士任用之，以睦高祖玄孫之親。』以『能』訓『克』。《爾雅·釋言》：『克，能也。』

相隋顛没，不亦劇乎

『劇』，集注本、九條本並同。南宋淳熙刊李善注本、南宋紹興刊五臣注本、袁本、胡刻本、四部叢刊本並作「哀」。今從底本。

「劇」，苦也[一]。

[一]「劇」作「苦」解，見《論衡・語增》篇：「案高祖伐秦，還破項羽，戰場流血，暴尸萬數，失軍亡衆，幾死一再，然後得天下。用兵苦，誅亂劇。」集注本引五臣劉良釋此正文二句云：「言隨（孫）權敗亡，是苦甚也。」《廣韻・陌韻》：「劇，增也。一曰，艱也。」

鷚鳩之鳥，巢於葦苕，苕折子破，下愚之惑也

「鷚鳩」[一]，巧婦鳥也[二]。宋王説楚王，「是國若此鳥」[三]。「巢葦苕，苕折子……」[四]，謂江東諸侯附權[五]，如附葦苕。若折，即亦亡國也[六]。

[一]「鳩」，底本誤「鳭」（鵃之俗字）。「鵃」，即「鶻鵃」，與「鳩」音義迥異，蓋形近而訛，今據正文改。

[二]「巧」，底本誤作「河」，「巧」「河」兩字之草體酷似，故致誤。「鷚鳩」指何鳥，古來説法不一，或云即「鴟鴞」，或云即「鷦鷯」，兩説相對。與此敦煌本注切合之古説，有《毛詩・豳風・鴟鴞》正義引三國吴人陸璣之《毛詩草木鳥獸蟲魚疏》：「鴟鴞似黄雀而小，其喙尖如錐，取茅莠為窠，以麻紩之，如刺襪然。縣着樹枝，或一

房，或二房，幽州人謂之鸋鴂，或曰巧婦，或曰女匠。關東謂之工雀，或謂之過蠃。關西謂之桑飛，或謂之韈雀，或曰巧女。」（《爾雅·釋鳥》「鴟鴞」邢疏引並同。《藝文類聚》卷九二《鳥部下》「鷦鷯」、《太平御覽》卷九二三《羽族部十》「鴞」並引，略同）。陸璣此説，與敦煌本注一致。據陸璣所舉各地之異稱推測，此敦煌本注之撰者，屬幽州（華北）方言圈内人的可能性極大。

[三] 以上二句，典據未詳。或疑「宋王」為「宋玉」之誤，然即使作「宋玉」，典據依然未詳，俟考。

[四] 此句六字，乃正文「巢於葦苕，苕折子破」的省略標示。「葦」，底本誤作「莘」。「葦」指蘆葦，莘指細莘（藥草）。「莘」與「葦」形近，故訛。下一「葦」字同。

[五] 「權」，吴之孫權，此字底本作「獲」，形近而訛。

[六] 此二句七字，底本作「若折，即尔之國也」，很費解，恐下句之五字有脱誤。底本「若」字，非上「苕」字，乃表假定之連接詞。舊鈔本慣例，此處如作「苕」，必於上「苕」字下用疊字號「々」，此疊字號不可能誤為「若」。底本「尔」字，疑為「亦」字之誤，「之」字疑為「亡」字之誤，今按文意改。俟考。

聖朝開弘曠蕩，重惜民命

「聖朝」，謂魏也。「弘曠……民命」[一]，不即征之也。

〔一〕此句，底本作『弘曠民命』四字，乃正文『開弘曠蕩，重惜民命』二句引首尾之省略標示。但以『弘曠』作標示，就現行《文選》各本而言，此引都很奇特，或注者所據之正文，與今本異，『開弘曠蕩』作『弘曠　』。

故設非常之賞

『非常之〔賞〕』[一]，謂來降者賞之。

〔一〕此正文標示，底本作『非賞之』三字。『常』『賞』二字形音相近，蓋傳寫之際，『常』字涉下文之『賞』而誤，又將下文之『賞』字脱落，今據正文改補。

算量大小，以存易亡

算量我魏之大小[一]，可來歸我，故言『存易亡』。

〔一〕此處之『大小』，指大，即大小之程度，乃當時之俗語。敦煌變文《四獸因緣》（法國國家圖書館藏伯二一八七號，王重民等《敦煌變文集》卷七收）：『其象、鳥等，以何因由，識得大小？』『因此樹故，如上四獸（鳥、兔、獮猴、白象），識得大小。』現存唐代文獻中，此為最早的用例。又《景德傳燈録》卷八（汀州水塘和尚）：『師云：大少年紀？歸宗云：二十二。』『大少』有異本作『多少』。然此未必確為唐代俗語。五臣注（呂延濟）

釋『大小』云：『大小，謂漢大吴小』，與敦煌本注頗異。

夫蹊蹄在足，則猛虎絶其蹯

『蹊』，《文選》各本並作『傒』，今據敦煌本注改。

『蹊』，道上。『蹄』，從等[一]以捕虎物。以張之，虎觸著，即繼其脚足[二]，虎存身[三]，故嚙其足而走[四]。『蹯』，足也。

[一]『從等』，有任意等待的意思（相當於任待），是唐代的俗語。

[二]『繼』與『繫』通，《爾雅·釋詁上》：『係，繼也。』清郝懿行義疏云：『係、繫之音，與繼同，亦通作「繼」。』唐代民間『繫』意用作『繼』的例子，詳蔣禮鴻《敦煌變文字義通釋》（第四次增訂本）二七三—二七四頁。

[三]『存身』，為生存而蟄伏。《易·繫辭傳下》云：『尺蠖之屈，以求信也。龍蛇之蟄，以存身也。』

[四]『嚙』，正文『絶』的另一種説法，切斷的意思。

疏證 案《廣雅·釋宫》：『蹊，道也。』《左傳》宣公十一年：『牽牛以蹊人之田。』杜預注：『蹊，徑也。』《廣雅·釋獸》：『蹯，足也。』

蝮蛇在手，則壯士斷其節

『蝮蛇[一]』，毒蛇。螫著人手[二]，即須斷去之，不然，即毒引[三]也。

[一]『蛇』，底本誤作『地』，蓋與『蛇』之俗字『虵』形近而訛。

[二]『螫』指毒蟲刺，又指毒蛇咬。《史記·田儋列傳》：『蝮螫手則斬手，螫足則斬足，何者？為害於身也。』

[三]『引』，蔓引之引，蔓延。

何則，以其所全者重，以其所棄者輕

言汝江東諸將，何以不絶蹯斷〔節〕[一]，以[二]全大命[三]，而與俱守，無為喪身之事也[四]。

[一]『節』字底本脱落，今據《文選》上文『猛虎絶其蹯』『壯士斷其節』補。

[二]『以』，底本磨損，只留右下一點，今按文意將其復原。

[三]『全』，底本作『今』，恐為誤寫，今據正文改。

[四]此句，是釋對江東諸將所下命令之語。『喪身』，指失去生命。

若乃樂禍懷寧，迷而忘復

於禍中，自懷寧安也。『復』，反也。

闇大雅之所保，背先賢之去就

《大雅》詩：『既明且哲，以保其身。』[一]『先賢去就』，伊尹去紂歸湯[二]，陳平背項降漢[三]等。

[一]《大雅》詩，見《烝民》。李善注引同。

[二]伊尹去就之事，見《孟子》之《萬章上》及《告子下》篇。《史記·殷本紀》云：『伊尹，處士，湯使人聘迎之，五反然後肯往從湯，言素王及九主之事。湯舉，任以國政。伊尹去湯適夏，既醜有夏，復歸於亳。』伊尹去夏桀而歸殷湯，非敦煌本注之去殷之紂王而歸殷之湯王也，此乃注者不留意而致誤。《孟子·告子下》篇：『五就湯，五就桀者，伊尹也。』『湯』，底本誤作『陽』，蓋傳寫者無學，形近而致誤。

[三]陳平去就之事，見《史記·陳丞相世家》及《漢書·陳平傳》。『項』指楚之項羽。『漢』指漢高祖劉邦。

忽朝陽之安

『忽』，輕也。『朝陽』，《詩》云：『鳳皇鳴矣，于彼高崗。梧桐生矣，于彼朝陽。』[一]『朝陽』，鳳皇所栖之處[二]。言爾諸君[三]何不作鳳而栖朝陽[四]？

［一］所引《詩》，見《大雅·卷阿》。底本『彼』字誤作『被』，『桐』字誤作『梧』。前者形近而訛，後者涉上之『梧』字而誤。

［二］『之』，底本誤作『云』（或『去』），形近而訛，今據文意改。

［三］『諸』字下，底本衍『一』。或傳寫之際，原本有少許墨痕，誤認作文字而衍。或將此下之『君』字草體的第一畫誤認作『一』而致誤。今删。

［四］『栖』，底本誤作『西』。蓋傳寫之際將左旁脱落，今據文意將其補足。

疏證　『忽朝陽之安』句，敦煌本注：『忽，輕也。』案《廣雅·釋詁》：『忽，輕也。』此乃敦煌本注之所本。

甘折苕之末

謂〔不〕降魏[一]，而為吴所折葦苕也[二]。

［一］底本無『不』，恐傳寫之際脱落，今據文意補。

[二]『所』，底本作『作』。『所』與『作』草體相似，疑其形近而訛。『葦苕』，見上文。

大兵一放

『大兵』，魏兵也。

鍾士季《檄蜀文》

檄蜀文

『檄蜀』[一]。魏陳留王景初四年[二]伐蜀[三]。

[一] 此題名二字，與上文之『檄豫』（《為袁紹檄豫州》）、『吴檄』（《檄吴將校部曲文》）同，是此底本慣用的題名省略標示。

[二]『景初』（二三七—二三九），魏明帝年號。然《三國志·魏書·三少帝紀（陳留王奂）》及《鍾會傳》載，魏伐蜀，在魏元帝（陳留王）景元四年（二六三），此注『景元』誤作『景初』，乃注者誤記所致，今仍其舊，不改。

『四年』二字，底本誤作『罣』字，蓋傳寫之際，將『四年』或『四季』誤合為一字，今復其原。

［三］『伐』，底本誤作『代』，形近而訛。

鍾士季

鍾會，繇之次子。主簿蔣濟[一]，能相人。見之[二]，『汝之眸子[三]，極精，非常也』[四]。魏遣會為鎮西將軍，督率前將軍李輔[五]、護軍將軍胡烈、征西將軍鄧艾[六]等，攻劍閣，五道並入。來時，先為此檄檄之，然始[七]伐之。

［一］『主簿』二字，底本作『十時薄』三字。底本『十時』二字，蓋傳寫之際，將原本的『主』字分書作『十㞢』二字，『㞢』（之）又誤書成『旹』（時），『之』與『時』在《廣韻》中同屬上平聲七之，發音相近，此底本常混用，參見下文注［三］。『簿』與『薄』，舊鈔本中字形全同。蔣濟（？—二四九）與山濤（二〇五—二八三）為魏晉之交鑑識人物之兩伯樂。然蔣濟官主簿在曹操任丞相之時，是鍾會（二二五—二六四）出生前的事，恐注者誤記所致。

［二］『見之』之下，此注省略了『曰』『云』『謂』等動詞，逕引對話。此種例子，又見上《檄吴將校部曲文》『鷠鳩之鳥』條注：『宋王説楚王，「是國若此鳥」。』此敦煌本注，這種省略很常見。為此，『見之』的『之』，就不必認為是『云』的誤字。

〔三〕『之』，底本作『時』，音近而誤。此底本『之』『時』二字常常混用，參見注〔一〕。

〔四〕以上是蔣濟對鍾會的品評。《三國志・魏書・鍾會傳》云：『鍾會字士季，潁川長社人，太傅（鍾）繇小子也。少敏惠夙成。中護軍蔣濟，著論謂「觀其眸子，足以知人」。會年五歲，繇遣見濟，濟甚異之，曰：「非常人也。」』此注，為粗略的節引。

〔五〕『前』，底本作『秊』（年）。『年』與『前』，同屬下平聲一先（《廣韻》卷二），與上述『之』『時』相似，因同韻而誤寫。今據《魏志・鍾會傳》改。

〔六〕『西』，底本誤作『面』，形近而訛，今據《魏志・三少帝紀（陳留王奐）》及《鄧艾傳》改。

〔七〕『然始』，有『……之後』的意思，唐代的俗語，即謂『然』『乃然』『然乃』，是與筆語之『然後』，及現代漢語之『方才』同義的副詞。如《大目乾連冥間救母變文》：『一切罪人，皆從王（閻王）邊斷決，然始下來。』『將見王面斷決，然始託生，隨緣受報。』當時的用例，參見入矢義高《敦煌變文集口語語彙索引》（一九六一年，油印本）。

率土分崩

『分崩』，離析〔一〕。

〔一〕《文選集注》卷八八引《鈔》云：『《論語》曰：「邦分崩離析。」』案此乃《論語・季氏》篇文。

我太祖武皇帝

『太祖』，曹操廟號。太祖謚[一]曰『武帝』。

[一]『謚』，底本作『溢』。此底本左旁之『言』與『氵』書寫時多無區別。

神武聖哲

神妙無方，武定禍亂[一]。

[一]此二句，乃正文『神武』之注。《書·大禹謨》：『益曰：都！帝德廣運，乃聖乃神，乃武乃文。』孔傳云：『益因舜言又美堯也。廣，謂所覆者大；運，謂所及者遠。聖無所不通，神妙無方，文經天地，武定禍亂。』敦煌本此二句注，全據孔傳。

應天順民

《易》云：『湯〔武〕革命，應於天，順於民。』[一]

[一]《易》之《革》卦彖傳云：『湯武革命，順乎天而應乎人。』底本無『武』字，恐涉上文之『謚曰武帝』『武定禍亂』而脱，今據《易》彖傳補。

注文『應於天，順於民』六字，《易》彖傳作『順乎天，應乎人』。『應』與『順』的位置互換。然李善注引《易》此文，與今本《易》文字同，陸德明《經典釋文》卷二（《周易》音義）、阮元《周易注疏校勘記》卷五，對此異同，全未言及。敦煌本注所引《易》，疑注者為合《文選》正文而有所增删改動。

敦煌本此條注，與今本《文選》順序不同，今本《文選》此條當次於以下三條之後。

撥亂反正

『撥』，整理[一]。

[一]《春秋公羊傳》哀公十四年：『撥亂世，反諸正。』何休注：『撥，猶治也。』《詩・商頌・長發》毛傳、《説文・手部》《廣雅・釋詁三》《廣韻》末韻所訓並同。五臣注（呂向）云：『撥，除也。』與衆異。

拯其將墜，造我區夏

『拯』，拔也[一]。伊尹語湯云：『爰造我正。』[二]

[一]《易》之《渙》卦初六爻辭『用拯』釋文云：『王肅云：（拯），拔也。』《廣雅・釋詁三》：『抍，拔也。』『抍』乃拯之本字。五臣注（呂延濟）云『拯，濟』，與衆異。

〔二〕伊尹此語，疑為《書·咸有一德》『以有九有之師，爰革夏正』的誤引。然《書》中此語，乃伊尹戒殷之太甲語，非語湯王者也。此注所引『造我區夏』之出典，遠不及李善注引《書·康誥》『惟乃丕顯考文王……用肇造我區夏』恰切。

『湯』，底本誤作『陽』。底本『湯』誤作『陽』的例子，參見上文《檄吴將校部曲文》正文『是故伊摯去夏，不為傷德』條注〔一〕。

高祖文皇帝，列祖明皇帝

『文帝〔一〕』名丕〔二〕，廟號『高祖』。『明帝』〔三〕名叡。

〔一〕『文』，底本誤作『又』。

〔二〕『丕』，底本誤作『不』。

〔三〕『明帝』，底本誤作『明祖』，蓋涉上文『高祖』而誤，今改正。

奕世重光，恢拓洪業

『重光』，大明。『恢』，廣也。『洪』，大也。

疏證　案《廣雅·釋言》：『重，再也。』《説文·火部》：『光，明也。』又《廣雅·釋詁》：『光，明。』《爾雅·釋天》：『太歲在辛曰重光。』五臣注（李周翰）云：『文帝既明，而烈祖又明，故曰重光。」與敦煌本注略同。《説文·心部》：「恢，大也。」又《廣雅·釋詁》：「恢，大也。」《尚書·堯典》「湯湯洪水方割」，僞孔傳：「洪，大也。」《爾雅·釋詁》：「洪，大也。」敦煌本注以「廣」訓「恢」，爲免與下文以「大」訓「洪」相重複也。

率土齊民，未蒙王化

『齊民』[一]，善民。『未蒙王化』，謂蜀土之民。

[一]『齊』，底本作『濟』，與文意相悖，今據底本第二一四行『齊民，國之善民』及正文改。

此三祖所以顧懷遺志也

『顧〔懷〕』[一]，眷顧而懷[二]也。

[一]『顧』，底本誤作『領』，下一『顧』字同誤，當與『顧』之俗體『顾』形近而訛。『顧』之下底本無『懷』，據下句注文推測，此處當有此字，恐傳寫之際，涉下文之『懷』而脱，今據正文補。

[二]『而』，底本作『之』，文意不通，疑爲『而』字草體之訛，今據文意改。《文選集注》引《鈔》釋正文『顧懷遺志』云：『言眷顧懷思此吴蜀未平，尚有遺餘之志。』

疏證 案《廣雅·釋詁》：『眷、顧，嚮也。』又《文選·東京賦》『神歆馨而顧德』，薛綜注：

『顧，眷也。』是『眷』與『顧』可互訓也。

今主上

『今主上』，是常道鄉公，降為陳留王，名景明者[一]。

［一］《三國志·魏書·三少帝紀（陳留王奐）》：『陳留王，諱奐，字景明，武帝孫，燕王宇子也。甘露三年（二五八），封安次縣常道鄉公。』此敦煌本注將『字景明』誤作『名景明』。魏滅亡後，晉武帝封奐為陳留王。《少帝紀》裴注引《魏世譜》云：『封帝為陳留王，年五十八，太安元年（三〇二）崩，謚曰元皇帝。』《晉書·武帝紀》：『泰始元年（二六五）冬十二月……丁卯，遣太僕劉原告於太廟，封魏帝為陳留王，邑萬户，居於鄴宫。魏氏諸王，皆為縣侯。』此即敦煌本注『降為陳留王』之所本。

布政垂惠

『惠』，愛也[一]。

［一］此注按正文順序，當在次條『宰輔忠肅明允』之注後。正文與注文顛倒的例子，在此敦煌本注中時時可見，如上文陳琳《為袁紹檄豫州》正文『於是提劍揮鼓云云』條注［三］，同篇『即日，幽并青冀四州並進』條注［一］。

疏證 案《尚書·臯陶謨》『安民則惠』，偽孔傳：『惠，愛也。』《毛詩·邶風·北風》『惠而好我，携手同行』，毛傳：『惠，愛也。』《爾雅·釋詁》：『惠，愛也。』

宰輔忠肅明允

『宰輔』，**太尉司馬文王**[一]。

[一] 此句六字，底本作『太意屬（？）馬文王』六字，意思不明。疑傳寫之際，筆者最初將『太尉』誤書作『太意』，此誤字未塗改，於其下又書『尉』字。以後的傳寫者更將『尉』『司』二字不注意而書作一『屬』（？）字，今據注解之文意及誤字之字形改。『司馬文王』，晉太祖司馬昭（二一一—二六五），然司馬昭為大將軍、相國，而非太尉（三公之一），恐注者誤記所致。又，底本第一九四行『不在意司馬文王』（太尉司馬文王）的錯訛與此相似，唯底本第一八二行『宰輔，謂司馬文王』不誤。

獨為匪民

『匪民』，**言獨不得為中國之好民**[一]。

[一] 底本『好』字下直接『征民西，即會』，此『征民』恐為『民征』之誤倒（參見次條注[一]）。據正文，此『民』字當在『好』字之下，『好民』，善民也，恐為當時俗語。

『民』，底本作『巳』，避太宗諱也。

征西、雍州、鎮西諸軍

『征西』[一]，即會。『雍州』，刺史王經。『鎮西』[二]，即李輔[三]等。

[一]『征西』二字，底本作『征民西』三字。『征民』乃『民征』之誤倒，『民』字當屬上句（參見上文『獨為匪民』注［一］）。

[二]『鎮』，底本誤作『鑕』，蓋形近而訛，今改正。

[三]《三國志·魏書·三少帝紀（陳留王）》（景元四年）『夏五月，詔曰：「……今使征西將軍鄧艾督帥諸軍，趣甘松、沓中，以羅取（姜）維，雍州刺史諸葛緒督諸軍，趣武都、高樓，首尾蹵討。若擒維，便當東西並進，掃滅巴蜀也。」又命鎮西將軍鍾會，由駱谷伐蜀。』據《魏志》，當時『征西將軍』為鄧艾，『雍州刺史』為諸葛緒，『鎮西將軍』為鍾會，與敦煌本注全異，蓋注者誤記所致。王經為高貴鄉公時的雍州刺史，甘露五年（二六〇），坐高貴鄉公事誅。李輔當時為前將軍。

王者之師，有征無戰

『有征……』[一]，云[二]不欲與之戰，欲説使知道義而伏之。

[一] 此句底本作『有征』二字，是正文『有征無戰』一句四字之省略標示。

[二]『云』，底本作『之』，恐形近而訛，今改正。

故虞舜舞干羽而服有苗

『干羽』，現存《文選》各本並作『干戚』，今據敦煌本注改。《書・大禹謨》『帝乃誕敷文德，舞干羽於兩階，七旬，有苗格。』此注本與之正合。

『干』，楯，武舞。『羽』，即文舞。舞者所執，鳥羽、旄牛尾[一]為之。

[一]『旄』，底本作『既』(?)，文意不通，恐形近而訛。《周禮・春官序》『旄人』鄭注云：『旄，旄牛尾，舞者所持以指麾。』今據此鄭注改。『旄牛』，長毛之牛。

疏證 案《尚書・大禹謨》：『舞干羽于兩階』，僞孔傳：『干，楯；羽，翳也。皆舞者所執。』《周禮・春官・樂師》：『凡舞，有帗舞，有羽舞，有皇舞，有旄舞，有干舞，有人舞。』鄭玄注引鄭司農説云：『帗舞者全羽，羽舞者析羽，皇舞者以羽冒覆頭上，衣飾翡翠之羽。旄舞者，氂牛之尾。干舞者，兵舞。』敦煌本此注，當本之此。

以濟元元之命

『元元』，善民也[一]。

[一]『民』，底本避唐諱作『𫝀』。

益州先主，以命世英才，興兵朔野，困躓冀徐之郊，制命紹布之手。太祖拯而濟之，興隆大好，中更背違，棄同即異

『益州先主[一]』，劉備，起自幽州，後寄於袁紹[二]，在冀州，不能安。又投吕布，困躓不能强。遂來詣高祖[三]，高祖[四]常謂之曰：『天下英雄，與孤與子，袁本初之輩，不可足言。』[五]備懼，遂奔荆州。

[一]『先主』，底本誤作『先生』，形近而訛。

[二]『袁』，底本誤作『表』，形近而訛。

[三]『高祖』，當作『太祖』，此乃注者輕率而致誤。下一『高祖』同。『太祖』，武帝曹操。『高祖』，文帝曹丕。

[四]上句之『高祖』與此處之『高祖』，按舊鈔本慣例當作『高々祖々』，然底本唯『高々祖』

三字，『祖』字下之疊字記號，蓋傳寫之際脱落，今補上。

［五］曹操對劉備此評，《三國志·蜀書·先主傳》云：『曹公從容謂先主曰：「今天下英雄，唯使君與操耳，本初之徒，不足數也。」』此恐為敦煌本注所本。

底本曹操的評語中，『與孤與子』一句四字，按正常行文當如上述之《蜀志》，『與』字不當重，作『孤與子』三字，這種通俗的表現方式，在往昔的言語中，偶爾會遇見。『孤』，諸侯君王的自稱。『子』，對男子的尊稱。

姜伯約，屢出隴右

『出隴右』，侵魏也。

未遑修九伐之征也

『遑』，暇也。『九伐』，《周禮》［一］《大戴禮》［二］。大司馬，以九伐政邦家［三］。『馮弱犯寡者眚灾之』［四］；『賊賢害民則伐之』［五］，謂廢其君，更立賢也［六］；『暴内陵外者墠之』［七］，如除盡之為墠然［八］；『政荒民散者削之』，謂黜其國［九］；『負〔固〕不伏者侵之』［一〇］，謂以兵密侵取之；『賊殺其親者正之』〔一一〕，謂正其善惡；『放殺其君者殘害之』〔一二〕；『犯令陵政者杜塞』〔一三〕；『内外有鳥獸之行者滅之』也。

〔一〕『周禮』二字，底本作『周□孔』三字，『周』下空一格，誤。『孔』為『礼』之訛。《周禮·夏官·大司馬》云：『大司馬之職……以九伐之法正邦國。馮弱犯寡則眚之，賊賢害民則伐之，暴内陵外則壇之，野荒民散則削之，負固不服則侵之，賊殺其親則正之，放弒其君則殘之，犯令陵政則杜之，外内亂鳥獸行則滅之。』《周禮》此文，乃敦煌本注解之所本。

〔二〕『戴』，底本作『紉』（幼之俗字）。若以『紉』為『約』之誤，『約』與上之『大』結合而成『大約』（大略），則此下之『禮』字便無可附着。底本『紉』字，疑為『戴』之闕誤。《大戴禮·朝事第七十七》：『諸侯之得失治亂定，然後明九命之賞以勸之，明九伐之法以震威之。』故以『戴』字換之。上述此底本『九伐周□孔大紉禮』八字，當為『九伐周禮大戴禮』七字之誤寫，此七字，又可視作『「九伐」，見《周禮》《大戴禮》』八字之省略標示。

〔三〕『伐』，底本誤作『代』。『政』與『正』音義並同。『邦家』與『邦國』義同。

〔四〕『眚』，底本誤作『青』，今據《周禮·夏官·大司馬》改。此句，《周禮》作『馮弱犯寡則眚之』，賈公彦疏云：『如此者，眚瘦其地，使不得强大也。』『眚』指削減領地之意。然而，此注本將《周禮》的「眚」當作「眚災」，《書·舜典》有「眚災肆赦」，此「眚災」，指無意識的過失造成對人的災害，是一與「九伐」所處置者毫無關係的詞彙。疑注者將「眚災」誤解為削減土地的意思而致誤。

[五]「伐」，底本誤作「代」。

[六]「廢」，底本作「𠋫」；「立」，底本作「之」，蓋形近而訛。《周禮·大司馬》「暴內陵外則壇之」鄭注云：「以出其君，更立其次賢者。」此即敦煌本注之所本。

[七]「墠」與「壇」通，指清整土地，又指清整郊外之地。此字底本誤作「惮」，今據下文「如除盡之為墠然」改。

[八]此句注解，「如……然」，乃比喻形式。「之」，底本誤作「知」，「之」「知」二字，敦煌寫本常混用（參見蔣禮鴻《敦煌變文字義通釋》第四次增訂本五二七頁「知、之」項）。「墠」，底本誤作「燀」。《周禮·大司馬》注：「壇，讀如同墠之墠。」正義：「除地曰墠。」與敦煌本注正好相合。

[九]「黜」，底本誤作「點」。「削黜」（削減封地，貶降官爵）為一熟語，敦煌本此注，以「黜」字與《周禮·大司馬》之「削」字互訓。

[一〇]此《周禮·大司馬》篇文，底本無「固」字，恐脱落，今據《周禮》補。「伏」，底本誤作「杖」，形近而訛。又，此字《周禮·大司馬》作「服」，「伏」與「服」

通。

〔一一〕「之」，底本在上文「賊殺」之下，恐傳寫之際，錯亂誤置，今改正。

〔一二〕「殘害之」，底本作「殘之害」，作「之害」恐誤倒。

〔一三〕「陵」，底本誤作「逺」。

疏證　敦煌本注：「遑，暇也。」案《毛詩·召南·殷其靁》「何斯違斯，莫敢或遑」，毛傳：「遑，暇也。」釋文：「本或作偟，音黄，暇也。」《爾雅·釋言》：「偟，暇也。」

今邊境乂清

「乂」，安也〔一〕。「邊境」，謂魏之邊境。

〔一〕「乂」，底本誤作「又」。此訓釋，與五臣注（劉良）同。

疏證　案《左傳》哀公十六年：「若見君面，是得艾也。」杜預注：「艾，安也。」《禮記·表記》「則民有所懲」，鄭玄注：「懲，謂創艾。」釋文：「乂，本又作艾。」是「艾」與「乂」通也。

蓄力待時

「蓄」，積也〔一〕。

〔一〕此訓，與五臣注（劉良）同。

疏證 案：《説文·草部》：『蓄，積也。』又慧琳《一切經音義》卷八三：『孔注《尚書》：「蓄，積也」』。

段谷、侯和沮傷之氣

『段谷』『侯和』兩州之兵〔一〕，數被我魏所摧衂〔二〕。

〔一〕『之』，底本誤作『云』，形近而訛，今據文意改。

〔二〕『摧』，底本誤作『權』。『衂』，『衄』之俗字，慚愧的意思。此字，疑為『衂』之誤，『衂』，『衄』之俗字，傷敗的意思。『摧衂』（摧衄）為魏晉以後的常用語，挫折敗北之意。然而，今仍從底本作『衂』。

就此條注而言，於隔越數條後又復出注這一事例，證實了此敦煌本注的原本是撰就後未經整理的注釋稿本。

難以當子來之民

《詩》云：『庶民子來〔一〕。』如子來，言如子歸父也〔二〕。

〔一〕《詩·大雅·靈臺》：『經始勿亟，庶民子來。』底本此『民』字未避唐諱。

〔二〕『父』，底本誤作『又』（或『乂』）。附帶說明，此注先將正文之出典《詩》的『子來』直譯為『如子來』，進而又更詳細地解釋，說明『言如子歸父也』。這種階段性的解釋手法，表明此注本並非學問高深的注釋專著，而是私塾教育所用的講義筆記。

蜀王見殺於秦

《文選》各本『王』作『侯』，『殺』作『禽』，今據此注本改。

『蜀王殺』〔一〕，**秦穆禽蜀王五万士**〔二〕。

〔一〕此三字，按例為正文一句六字之省略標示。南宋紹興刊本以下，現行之五臣注（呂向）作『秦惠王伐蜀而殺蜀侯』，敦煌本注的正文標示與此毫無關係。而此呂向注九字，《文選集注》引呂向說無之。

〔二〕『万』，底本作『丁力』二字。疑傳寫之際，誤將『万』字上下分離，今據文意改。然秦穆公（繆公）並無討蜀之史實。

智者規福於未萌

『規』，啚也〔一〕。

〔一〕『啚』，『圖』之俗字。此訓與五臣注（劉良）同。

疏證 案《文選·東京賦》「規摹踰溢」，薛綜注：「規，圖也。」

今國朝隆天覆之恩

「天覆」，《礼》云[一]：「天無私覆。」[二]

[一]「礼云」二字，底本作「礼々云」三字，此疊字號恐為衍文。又底本「礼々」二字，或認為原來作「孔子」，傳寫之際，將「孔」誤「礼」，「子」誤作疊字號「々」，這種懷疑並非没有道理，因其推測過程過於複雜，今不取。

[二]此引《禮》之文，見《禮記·孔子閑居》：「孔子曰：天無私覆，地無私載。」李善注同。

姜伯約屢出隴右，勞動我邊境，侵擾我氐羌

姜維將兵，來破隴右、氐羌[一]。

[一]此注，是上文「姜伯約屢出隴右」之注的追補。「姜維」，字伯約，天水郡冀縣（今甘肅省甘谷縣東）人，當時為蜀之大將軍（《蜀志》本傳）。「隴右」，今甘肅省隴山西部一帶。「氐羌」，指氐族、羌族，當時居住於天水郡的土伯特（藏族）系的少數民族。「氐羌」二字，底本誤作「互差」。「互」為「氐」之俗體，「差」為「羌」之俗體「羗」之訛。

段谷、侯和沮傷之氣，難以敵堂堂之陣

鄧艾擊破之於段谷、侯和之地[一]。**兵法云**[二]**：『無擊正正之旗，伐堂堂之陣。』**[三]

[一]以上注，如前條所云，乃上文『段谷、侯和沮傷之氣』注的追補。

[二]『云』，底本誤作『之』。

[三]《孫子·軍争》篇：『無邀正正之旗，無擊堂堂之陣，此治變者也。』此典之出處，李善注引《黄帝出軍決》（佚書），與敦煌本異。

辛輔弘寬恕之德

『宰輔』，謂司馬文王[一]。

[一]『謂』，底本作『滑』，恐筆者無知而誤，今改正。

先惠後誅

先加恩惠，不〔服〕，然後〔誅〕[一]。

〔一〕此句，底本作『不然後』三字，文意全不通。至少脱落了兩三個重要的實詞，今參考《文選集注》引《鈔》注『先以惠化人，人若不服，然後誅之也』，將『服』『誅』二字補上。然而，傳寫之際，何以專選重要的實詞跳過而將其脱落，不得其解也，俟考。

往者吴將孫壹，舉衆内附，位為上司，寵秩殊異

『壹』，孫權之從弟也〔一〕，滕胤〔二〕，及孫綝等謀殺〔三〕，〔殺〕諸〔葛〕恪來降〔四〕，魏封為侯。

〔一〕『孫壹』（？—二五九），吴孫堅之季弟静第四子奂之庶子，非孫權從弟而當是孫權之從姪（《吴志·宗室傳》），此注者失檢而致誤（參見底本下文第一八七行）。

『也』，底本作『之』，形近而訛。

〔二〕『滕』，底本誤作『騰』，今據《吴志·宗室傳（孫奂）》及《滕胤傳》等改。『滕胤』（？—二五六），孫壹之妹夫，温厚篤實的政治家，是對魏征戰的謹慎派人物。

〔三〕『及』，底本作『乃』，恐形近而訛。『綝』，底本誤作『林』，蓋傳寫之際，將左旁書落，今據《吴志·宗室傳（孫奂）》改。孫綝（二三一—二五八），吴室之一族，當時壟斷朝政，凶虐無道，特别與孫壹的義弟滕胤及吕據等關係惡劣，十分對立。

底本『滕胤，及孫綝等謀殺』一段文字，文意難解。檢《吴志·宗室傳（孫奂）》作如是

記載：『及孫綝誅滕胤、吕據，據、胤皆（孫）壹之妹夫也，壹弟封又知胤、據謀，自殺。』據《吴志》此載，知底本該段文字乃『及孫綝謀殺滕胤』之意。此注這種不成熟的表現，恐注者撰著時欠推敲所致。孫綝殺滕胤的具體情形，詳《吴志·孫綝傳》。

［四］『殺諸葛恪』的『殺』，底本無。對此注文仔細推敲，此動詞之有無至關重要，恐上文『謀殺』之『殺』下原有疊字號『々』，傳寫之際脱落，今將其補上。『諸葛恪』三字，底本作『諸格』二字，蓋傳寫之際不注意，將『葛』字書脱、『恪』字誤書作『格』所致。『諸葛恪』（二〇三—二五三），當時為吴之太傅，是對魏征戰的主戰派的先鋒。此注文『殺諸葛恪來降』一句的主語，顯然是句末所記述『來降』的、本注文開首所提示的『孫壹』，既然底本上句『滕胤，及孫綝等謀殺』注者所要表達的意思是『及孫綝等謀殺滕胤』（至孫綝等謀殺了滕胤後），那該句為『孫壹來降』之前提就更加明確。但《吴志·三嗣主傳（孫亮）》《宗室傳（孫奂）》《諸葛恪傳》《孫峻傳》載，殺諸葛恪者，是孫峻而非孫壹。諸葛恪被殺時間，據《吴志·三嗣主傳（孫亮）》載，在吴建興二年（二五三）冬十月，而孫壹亡命奔魏在魏甘露二年即吴太平二年（二五七），前者約在此四年之前（《魏志·高貴鄉公紀》）。敦煌本此注，顯然有悖於史實。此注如此不忠實於歷史，是一個特别嚴重的錯誤。

而巴蜀一州之衆，分張守備，難以禦天下之師[一]

司馬文王時伐蜀，〔蜀〕不過有九萬人[二]，分守張備[三]也，外不過有五萬，今發十五萬，必當禽獲蜀也[四]。

[一] 以下四條敦煌本注文，是對上文的追溯補注。

[二] 下一『蜀』字底本無，恐上『伐蜀』之『蜀』字下原有疊字號『々』，傳寫之際脱落，今據《晉書·文帝紀》（參見下注[四]）及此注之文意補。

[三] 『分守張備』一句，是正文『分張守備』交換文字位置的標示。此四字，底本作『泠守被備』。『泠』乃泥土，有涵濡的意思，『被』有覆蓋的意思，此二字作為正文的注解不合適，恐為誤寫。正文之『分』，乃分離、分散的意思，『張』乃分離、擴散的意思，是一熟語。以字形推測，疑此底本『泠』乃『分』之誤，『被』乃『張』之誤，今據正文及注文文意改。

[四] 以上注文，是對《晉書·文帝紀》（景元四年）文的概括。《文帝紀》云：『夏，帝將伐蜀，乃謀衆曰：「……計蜀戰士九萬，居守成都及備他郡不下四萬，然則餘衆不過五萬」』云云。又云：『於是（文帝）徵四方之兵十八萬，使鄧艾自狄道攻姜維於沓中，雍州刺史諸葛緒自祁山軍於武街，絶維歸路，鎮西將軍鍾會帥前將軍李輔、征蜀護軍胡烈等，自駱谷襲漢中。』此時討伐巴蜀的兵力，《晉書》云『十八萬』，敦煌本注謂『十五萬』，兩者不

同，或許注者所據，非唐太宗晚年所修的正史《晉書》，而是當時民間所流傳的今已亡佚的舊《晉書》，不得知也。

蜀王見禽於秦

『禽』字，前出之注（第一七九行）正文標示明明作『殺』，此處據下面的注文推定，又似乎與現存各本相同，含有『禽』的意思，今從現存各本改。

秦昭王伐蜀，貶蜀王為侯[一]。

[一] 此注，是對前出之注（第一七九行）的追加訂正，因之，與前注迥異。『昭』，底本作『照』，『照』乃『昭』之書寫體。『昭王』，秦之昭襄王（公元前三〇六—前二五一在位），《史記·六國年表》作『昭王』。秦昭襄王（昭王）伐蜀，《史記·秦本紀（昭襄王）》云：『（昭襄王）六年（前三〇一），蜀侯煇反，司馬錯定蜀。』然秦昭襄王貶蜀王為蜀侯事，未詳其所據，或許是注者揑造。

公孫述授首於漢[一]

公孫述據蜀，以十萬人守荊州門[二]**，漢使將岑彭伐之，支解**[三]。

[一] 此條注文，是對前文的追補。

〔二〕《後漢書·公孫述傳》:『(公孫述)又遣田戎及大司徒任滿、南郡太守程汎將兵下江關,破〔威〕虜將軍馮駿等,拔巫及夷陵、夷道,因據荆門。』李賢注:『荆門,山名也,在今硤州宜都縣西北,今猶有故城基趾在山上。』據此,此敦煌本注所謂『荆州門』三字,當作『荆門』二字,注者之誤也。此注所謂『以十萬人』,所據未詳。

〔三〕『支解』,底本作『元解』。『元』恐為『支』之殘誤。

往者吳將孫壹,舉衆內附,位為上司,寵秩殊異〔一〕

『孫壹』,權之從姪兒〔二〕,投魏,魏封孫壹為司徒〔三〕,故言『上司』。

〔一〕此條注文,是對前文的訂補。

〔二〕上文之注(第一八三行):『壹,孫權之從弟也。』此注予以訂正。

〔三〕『孫壹』,底本作『孫一』,恐傳寫之際,將『壹』字簡略所致,今復為正字。《魏志·三少帝紀(高貴鄉公)》云:『(甘露二年)六月乙巳,詔:「吳使持節、都督夏口諸軍事、鎮軍將軍、沙羨侯孫壹,賊之枝屬,位為上將,畏天知命,深鑒禍福,翻然舉衆,遠歸大國……其以壹為侍中車騎將軍、假節交州牧、吳侯」』云云。因之,此敦煌本注云『魏封孫壹為司徒』,恐注者誤記所致。

文欽、唐咨，為國大害，叛主讎賊，還為戎首

『文欽』，魏大將軍[一]，與毌丘儉等反，投吴。『唐咨』，利〔城〕人也[二]，魏欲殺之，浮江投吴。諸葛誕於壽春反，魏往征之，吴使文欽、唐咨遂來救之，諸葛誕疑而將殺欽。『戎』兵也。

[一]《魏志·毌丘儉傳》：『揚州刺史、前將軍文欽，曹爽之邑人也』云云，與此敦煌本注所説異。當時，『魏之大將軍』為司馬文王（昭），恐注者自己誤解而致誤。

[二]『利』字下底本無『城』字。《魏志·諸葛誕傳》云：『唐咨本利城人，黄初中，利城郡（山東省臨沂縣東）反，殺太守徐箕，推咨為主。文帝遣諸軍討破之，咨走入海，遂亡至吴，官至左將軍，封侯、持節。』今據此將『城』字補上。

咨困偪禽獲，欽二子還降

欽二子[一]，一名鴦，一名虎，來降，唐咨亦降。有人勸司馬文王：『何不殺欽二子？』曰：『不可殺，今欲懷來者。』遂於是遣還故城[二]，城上人云：『欽子尚不殺之，我等何懼耶[三]？』而不敢反[四]。太尉司馬文王[五]見之如此，遂攻而尅

之[六]。

[一]『二』，底本誤作『三』，今據下注文改。

[二]『是』，底本作『之』，疑為『是』的殘誤，今改正。

[三]『懼耶』二字，底本誤作『懽耳』。『懽』與『懼』，形近而訛。『懼』訛『懽』的例子，又見上文第八十六行『不敢言懼操』。『耳』字恐為『耶』字之殘誤，傳鈔之際將右旁書落而致訛。

[四]『不敢反』三字，底本作『不散及』，疑形近而訛，今據文意改。

[五]此六字，底本作『不在意司馬文王』七字，文意不通。底本此七字，與上文第一六四行『宰輔，太意司馬文王』的誤寫密切相關，疑底本『不』字為『太』字之誤，『在』字是因『不』字誤寫時不經意而竄入的衍文，今據文意改。

[六]以上史實，見《魏志·諸葛誕傳》：『欽子鴦及虎，將兵在小城中，聞欽死，勒兵馳赴之，衆不為用，鴦、虎單走，踰城出，自歸大將軍。軍吏請誅之，大將軍令曰：「欽之罪不容誅，其子固應當戮，然鴦、虎以窮歸命，且城未拔，殺之是堅其心也。」乃赦鴦、虎，使將兵數百騎馳巡城，呼語城內云：「文欽之子猶不見殺，其餘何懼？」表鴦、虎為將軍，各賜爵關內侯。城內喜且擾，又日饑困，（諸葛）誕、（唐）咨等智力窮，大將軍乃自臨圍，四面進兵，同時鼓譟登城，城內無敢動者……唐咨、王祚及諸裨將皆面縛降，吴兵萬衆，器仗軍實山積。』

措身陳平之軌

陳平事項羽，為都尉也[一]。『措』，置也。

[一]『也』，底本誤作『之』，此二字互訛的情形，已數見於上文。

疏證　案《説文·手部》：『措，置也。』又《廣雅·釋詁》：『措，置也。』陳平（？—前一七八），事見《史記·陳丞相世家》及《漢書·陳平傳》。

農不易畒，市不迴肆

令不改易農人之故畒隴，不迴改商人之市肆，言依舊也。

疏證　案此注以『改』訓『易』『迴』，並非無據。《周禮·冬官·玉人》『以除慝，以易行』，釋文云：『易，改也。』《史記·鄒陽傳》：『邑號朝歌而墨子回車』，是『回』與『迴』通也。《後漢書·郎顗傳》『回選賢能，以鎮撫之』，李賢注：『回，易。』是『回』亦有『改』義也。

司馬長卿《難蜀父老》

難蜀父老　司馬相如

『難蜀父[一]，司馬相如』。武帝建元六年，南越王相攻，漢使太行王恢征之[二]，未以相殺。平後，漢武使唐蒙使南越，〔南越〕王[三]餉[四]蒙蒟醬，蒙美之，問：『何處得此味？』南越王[五]曰：『牂牁南有夜郎國，出之。』蒙歸，乃上書，請開夜郎云[六]：『越，大富饒，今南方稱藩[七]，不父國家[八]，牂牁通船，今請開夜郎[九]，并舉蜀兵船下，城可得之。』帝乃遣唐蒙往開，二三年，開輸辛苦，蜀人怨嗟[一〇]，司馬〔長〕卿[一一]，既見蜀人如此，為此文[一二]，上以諷天子，下喻曉蜀人不須□勞苦[一三]也。

〔一〕『父』，底本作『文』，恐形近而誤。『難蜀父』三字，按例為標題《難蜀父老》之省略標示。

〔二〕『恢』，底本只有左旁『忄』，恐原本右旁不清晰所致，今據《史記·西南夷傳》《漢書·西南夷傳》補。

『征』，底本作『正』，恐為『征』之闕誤，今按文意將左旁補上。

〔三〕底本作『王』一字，疑將上句末『南越』之疊字號『々』脱落所致，今據上文『南越王』將此二字補上。

〔四〕『餉』，底本誤作『銅』，形近而訛，今據文意改。

〔五〕『南越王』三字，底本作『越□王』，恐為誤寫，今據上文改。

〔六〕底本『請』作『清』，『云』作『之』，蓋形近而訛。

〔七〕『藩』，底本作『蕃』，今據文意將左旁『氵』補上。

〔八〕『父』，底本作『文』，形近而訛。寫本『父』『文』二字常互誤（參見注〔一〕）。『父』為動詞，表『尊之如父』。『國家』，指天子、朝廷。

〔九〕『今』，底本誤作『令』。

〔一〇〕『人』，底本誤作『入』。〔一一〕『卿』字之上，底本脱『長』字，今補之。

〔一二〕『為』，底本作『乃』，恐是『為』字之闕誤，今據文意改。

〔一三〕此空格，原當作『厭』或『怨』字。敦煌本此注，本之於《史記·西南夷傳》《漢書·西南夷傳》《史記·司馬相如傳》《漢書·司馬相如傳下》。

漢興七十有八載，德茂存乎六世

『六世』，説高祖、武[一]，凡六世七十八年。

[一]『高祖、武』三字，是『自高祖至武帝』之略，謂高祖、惠帝、呂后、文帝、景帝、武帝六世。

湛恩汪濊

『汪濊』，深澤之貌[一]。『湛』，深也。

[一]『深』，底本作『泙』，疑為『深』之闕誤，今改正。李善注引魏張揖《漢書注》云：『汪濊，深貌也。』

疏證 案《説文·水部》：『汪，深廣也。』又：『濊，礙流也。』段注：『有礙之流也。《衛風》「施罛濊濊」，毛曰：「罛，魚罟。濊濊，施之水中。」按施罟而水仍流，故曰礙流。礙流者，言礙而不礙也。《韓詩》云流貌，與毛、許一也。又訓多水貌，《司馬相如傳》：「湛恩汪濊」。』《漢書·司馬相如傳》『湛恩汪濊』，師古注：『汪濊，深廣也。』《文選·思玄賦》：『私湛憂而深懷兮』，李善引舊注云：『湛，深也。』又《文選·封禪文》『湛恩厖鴻』，李善注：『湛，深也。』

洋溢乎方外

『洋溢也……』[一]，言思歸[二]多。

[一]此敦煌本注，有時以『也』作正文『乎』的標示。下文第二三四行，以『淡（浹之誤寫）也於兹』作正文『浹乎於兹』的標示，即其一例。

[二]『思歸』，人人願望歸順漢朝。

於是乃命使西征，隨流而攘，風之所被，罔不披靡

『西征』，通夜郎等。『使』，即唐蒙[一]。略入其地曰『略』。『攘』，除。『略』，取[二]。『披靡』，言皆順從也。

[一]正文之『使』，五臣注（吕向）云：『使，自謂也。』謂指司馬相如自身，與此敦煌本注迥異。

[二]底本『略入其地曰略』與『略，取』兩注，就今本《文選》而言，非此條正文之注，當為下文『略斯榆』之注，恐注者錯亂所致。

疏證　略，案《廣雅・釋詁》：『略，取也。』《左傳》宣公十五年：『晉侯治兵于稷，以略狄土』，杜注：『略，取也。』『攘』，《離騷》：『屈心而抑志兮，忍尤而攘詬』，王逸注：『攘，

除。』《毛詩·小雅·車攻序》：『宣王能内修政事，外攘夷狄。』釋文：『攘，除也，却也。』『披靡』，有『頹伏』之義，《史記·項羽本紀》：『項王大呼馳下，漢軍皆披靡。』正義云：『靡，言精體低垂。』又有『草木倒伏』之義，《文選·上林賦》：『應風披靡，吐芳揚烈。』敦煌本訓為『順從』，五臣注（吕向）訓為『從化貌』，其實並同也。

因朝冉從駹，定筰存邛

『冉』『駹[一]』，皆牂牁縣名。『邛』『筰』[二]，皆蜀地縣名。

[一]『冉』，底本誤作『舟』，『駹』，底本唯存左旁『馬』，蓋原本不清晰所致，今並據正文訂補。

[二] 此字，現存正文並作『筰』，今從底本。

略斯榆，舉苞滿[一]

『滿』，集注本、《史記·司馬相如傳》並同；尤本，胡刻本、五臣本、袁本、四部叢刊本、《漢書·司馬相如傳下》並作『蒲』，今從敦煌本注。

『苞滿』，蜀地名。

[一] 正文『略斯榆』之注，見上文注[二]，此當為注文錯置所致。

結軌還轅，東鄉將報，至于蜀都

『結軌還轅』，反迴轅也〔一〕，將東向報蜀都相如。

〔一〕二『轅』字，底本並誤作『轅』，字書無『轅』字，蓋形近而訛。

者老大夫、搢紳先生之徒，二十有七人，儼然造焉

為廿七人，亦風。

辭畢，進曰

『進曰』者，蜀老人。

蓋聞天子之牧夷狄也，其義羈縻勿絶而已

辛苦轉輸〔一〕，故云〔二〕夷狄天子之牧養〔三〕，羈縻不絶，所以遂如此使之辛苦。

〔一〕『辛苦』之上，底本有一『苦』字，此『苦』字當為衍文，今從此注下文作『辛苦』。『轉輸』，運輸也。

〔二〕『云』，底本誤作『六』。

［三］『牧養』二字，底本作『收青』。『收』與『牧』，形近而訛，此誤例，又見於上文第四十八行『徐州牧陶謙』句。『青』，疑為『養』字草體之訛。今據文意改。

今罷三郡之士

『三郡［一］』，臨邛、犍為、越嶲［二］。

［一］『郡』，底本誤作『群』。

［二］臨邛在漢代是蜀郡的屬縣，而犍為郡、越嶲郡並非巴蜀地方的郡名，此乃注者之誤解。《文選集注》卷八八引《文選鈔》云：『三郡，當時郡耳，不詳其名。又云，巴、蜀、廣漢等是。』五臣注（李周翰）云：『三郡，三蜀（蜀郡、廣漢、犍為）也。』

而功不竟

『竟』，可也。

疏證　案《毛詩·大雅·瞻卬》『鞫人忮忒，譖始竟背』，鄭箋：『竟，猶終也。』《荀子·富國》『皆有可也，知愚同；所可異也，知愚分』，楊倞注：『可者，遂其意之謂也。』敦煌本注訓『竟』為『可』，『不竟』即『不遂其意』也。

萬民不贍

『贍』，給也[一]。

[一]『給』，底本作『結』，恐形近而誤，今據文意改。

疏證 案《説文·貝部》：『贍，給也。』又《漢書·揚雄傳》：『雖頗割其三垂以贍齊民。』師古注：『贍，給也。』

此亦使者之累也

『使者』，蜀耆老謂使人，若大事不成，恐為使人之累。

竊為左右患之

『左右』，使人之左右。

且夫邛笮西夷之與中國並也，歷年兹多，不可記已

不可記並俱與舊來數世[一]。

[一] 此條注文，不可解，恐有錯簡、脱誤。『不可記』，底本作『不厈言』，疑『厈』與『可』形近

而訛。『言』，疑為『記』字右旁闕落所致，並據正文改。『並俱與』三字，疑正文『並』之訓釋，俟考。

仁者不以德來，强者不以力并

雖仁德之君，不以德而來歸之，兵强之士[一]，不畏其力而歸之[二]。言皆不歸從也[三]。

[一]『士』，底本作『ユ』（亦），恐為誤寫，今據文意改。

[二]『畏』與『威』音義並同，威脅也。

[三]『歸從』，底本作『從已歸』，『從』『歸』之間的小字『已』，恐為誤倒記號『√』之訛，今從之。

今割齊民以附夷狄，敝所恃以事無用

『齊民』，國之善民[一]，謂蜀自道。『夷狄』[二]，即夜郎等[三]。『所恃』[四]，蜀也。『無用』，夜〔郎等〕[五]。

[一] 上文第一六二行『齊民，善民』（鍾會《檄蜀文》『率土齊民』之注）與此注同。

［二］『狄』，底本作『犾』，形近而訛。『犾』，『狀』也，兩犬相齧（《説文·狀部》）。『狄』，北狄也（《説文·犬部》）。

［三］『郎』，底本誤作『即』，蓋涉上之『即』字而訛。

［四］『恃』，底本作『持』，形近而訛。

［五］『夜』下『郎等』二字原無，恐脱漏，今據上文補。

鄙人固陋，不識所謂

『鄙人』［一］，蜀耆老自謂［二］。『所謂』，言何意。

［一］『鄙人』之下，底本有『等』，衍。疑傳寫之際，將『鄙人』之上的『等』（見前條注［五］）誤混於此。

［二］五臣注（吕向）云：『鄙人，耆老自謂也。』與敦煌本此注同。

烏謂此乎，必若所云

『烏』，安也［一］。

［一］『烏』，底本誤作『鳥』，形近而訛。《史記·司馬相如傳》索隱：『烏者，安也。』

疏證　案《吕氏春秋·明理》『故亂世之主烏聞至樂』，高誘注：『烏，安也。』《文選·吴都賦》

『烏聞梁岷有陟方之館』，劉逵注：『烏，安也』。

則是蜀不變服，而巴不化俗也

『不變服』[一]，不變天子之化，俗不易改也。

[一]此注『不變服』三字，乃正文『不變服』與『不化俗』二句的共同標示。

疏證　案《尚書·舜典》『五刑有服』，僞孔傳：『服，從也。』《毛詩·大雅·蕩》『曾是在服』，毛傳：『服，服政事也。』敦煌本以『化』訓『服』，與僞孔傳之以『從』訓『服』，毛傳之以『服政事』訓『服』，其實一也。

僕常惡聞若説

『若』，汝[一]，謂蜀廿七人。

[一]五臣注（劉良）：『惡聞若説，謂父老説也。』與此注同。而《文選集注》卷八八引《文選鈔》：『若，如此。』與此注異。

然斯事體大，固非觀者之所覯也

『大』，言王者意大，非〔汝〕等所知[一]。

〔一〕「等」字上，底本無「汝」，恐傳寫之際脱落，今據文意及上文之注將「汝」字補上。又，《文選鈔》（前出）釋此正文二句云：「言此通南夷之事，大事，非汝觀者所能見也。」與此敦煌本注同。

疏證　案《毛詩・大雅・公劉》「迺陟南岡，乃覯于京」，毛傳：「覯，見也。」《吕氏春秋・自知》「文侯不説，知於顔色」，高誘注：「知，猶見也。」是「覯」有「見」義，「知」亦有「見」義，此乃敦煌本注以「知」訓「覯」之所本。

余之行急，其詳不可得聞已

「余之行急」〔一〕，言我為使急，不可一〔一〕聞之〔二〕。

〔一〕底本「余之行急」四字，是包括正文下句「其詳不可得聞已」在内的正文二句的省略標示。

〔二〕此句，底本作「不可一聞之」五字，「一」字之下，恐脱「一」字。「一一」，逐一之意。作「一一」方與正文之「詳」字相應，今將「一」補上。

請為大夫粗陳其略

「大夫」，蜀人。

蓋世必有非常之人，然後有非常之事

『非常人』，天子。『非常事』，通夜郎。

夫非常者，固常人之所異也。

『常人所異』[一]，即謂蜀父老。

[一]『異』，底本作『思』，誤。案：此正文標示『常人所異』四字，以下句注文『蜀父老』推測，當作『常人』二字，此注者自己不留心所致。

故曰非常之元，黎民懼焉

『元』，九條本、《漢書·司馬相如傳下》並同；尤本、胡刻本、袁本、四部叢刊本、五臣本、《史記·司馬相如傳》並作『原』。集注本『元』訛『先』，《鈔》不誤。今從敦煌本注。

『元』，本也。『懼焉』，言不測之[一]。

[一]『測』，底本誤作『側』，今據文意並改。

疏證 案：《史記·司馬相如傳》『邇陜游原，迥闊泳沫』，集解引《漢書音義》云：『原，本也。』《春秋繁露·重政》：『是以春秋變一謂之元，元猶原也。』是『元』與『原』通也。

『懼』，底本作『㒑』，誤。

及臻厥成，天下晏如也

及其成功，即受之安如也[一]。故遂引禹初治水時難，後百姓得力也。

［一］底本『受』作『孚』，『如』作『加』，並形近而訛，今改正。『受』訛『孚』的情形，又見下文第二三三行『願歸漢孚（受）號』。

疏證 案《爾雅·釋言》：『厥，其也。』《呂氏春秋·仲夏》『以定晏陰之所成』，高誘注：『晏，安也。』

昔者洪水沸出

『沸』 蒲[一]。

［一］底本『沸』字右下方有小字『蒲』，當是『沸』字反切的上字。

夏后氏戚之，乃堙洪塞源

『戚』，集注本、《史記·司馬相如傳》《漢書·司馬相如傳下》並同；尤本、胡刻本、袁本、四部叢刊本、五臣注本等舊刊本並作『慼』。今從此注本。

『夏氏』，禹。『戚』，憂。『堙』，塞也[一]。

[一] 底本『堙』作『慄』，『塞』作『寒』，並形近而訛。此正文二句的訓釋，五臣注（呂延濟）作：『夏后，謂禹也。慼，憂也。堙，亦塞也。』與此注合。

疏證 案《毛詩·小雅·小明》『自詒伊戚』，毛傳：『戚，憂也。』又《廣雅·釋詁》：『戚，憂也。』《廣雅·釋詁》：『堙，塞也。』《左傳》襄公二十五年『當陳隧者，井堙木刊』，杜預注：『堙，塞也。』

澌沈澹災

『澌』，集注本、九條本、袁本、五臣呂延濟注並同；五臣注本（正文）作『斯』；尤本、胡刻本、四部叢刊本、《漢書·司馬相如傳下》並作『灑』；《史記·司馬相如傳》作『漉』。今從此注本。

『澌』，分也，『澹』，搖之[一]。

[一] 《說文·水部》：『澹澹，水搖貌也。』五臣注（呂延濟）：『澹，水搖動貌。』與此相反，《漢書·司馬相如傳下》顏師古注作『澹，安也』。《文選集注》卷八八引陸善經注作『澹，靜也，言能靜水災也』。

令歸之於海，而天下永寧。當斯之勤，豈惟民哉！心煩於慮，而身親其勞

『令』，現存各本並作『東』，今從此注本改。

『令歸之……』[一]**，豈唯民苦，禹親其勞**[二]**。**

[一] 底本『令歸之』三字，是正文『令歸之於海』以下六句二十七字的省略標示。『令』，底本作『今』，文意不順，疑為『令』之誤，今改正。『歸之』二字，底本作『之歸』，恐誤倒，今正之。

[二]《文選集注》卷八八《難蜀父老》『當斯之勤，豈唯民哉』下引《文選鈔》云：『言當此之時勤，豈唯百姓，而禹亦不生毛。』其文意，與此敦煌本注頗相似。

躬腠胝無胈，膚不生毛

禹治水，櫛風沐雨[一]**。『腠』，毛孔。言勤苦，毛孔中皆生胝**[二]**。『胈』，腓裏白肉**[三]**，皆枯未好白也**[四]**，言辛苦也**[五]**。『膚』，皮膚，毛皆落**[六]**。**

[一]《莊子·天下篇》：『腓無胈，脛無毛，沐甚雨，櫛疾風。』底本『風』誤作『鳳』，今據《莊子》改。

[二] 以上四句十二字，是正文『腠胝』的注。此注以『毛孔』釋『腠』，頗奇特，通常釋為『膚

理」（皮膚的紋理）。

［三］『腓』，底本作『陛』，誤。《史記·司馬相如傳》索隱云：「《莊子》云：『禹腓無胈，脛不生毛。』李頤云：『胈，白肉也。』」李頤説與此敦煌本注相似。

［四］此句完全不能解讀，當有脱誤。

［五］以上四句十五字，乃正文『無胈』之注。

［六］『落』，底本作『洛』，恐傳寫之際，將『艹』書落而致訛。

故休烈顯乎無窮，聲稱浹乎于兹

『休』，美。『列』，業[一]。『浹也于兹』[二]，言至于漢。

［一］《文選集注》卷八八引《文選鈔》云：『休，美也；烈，業也。』與此注同。『休』，底本作『体』，『体』乃『休』之俗字（《干禄字書》平聲）。『列』，正文作『烈』。敦煌寫本中，『列』與『烈』通用（王重民《敦煌變文集叙例》），底本作『列』，不誤。『業』，底本誤作『葉』，兩字形近音同，故訛。

［二］此敦煌本注，時有以『也』作正文『乎』的標示者，如上文第二〇五行『洋溢也』（正文『洋溢乎方外』）即其例，此條標示，亦與之同。『浹』，底本誤作『淡』；二『于』字，底本並誤作『干』，形近而訛也。

疏證　案《尚書·大禹謨》「戒之用休」，僞孔傳：「休，美。」《爾雅·釋詁》：「休，美也。」《毛詩·大雅·思齊》「烈假不遐」，毛傳：「烈，業。」《爾雅·釋詁》：「烈，業也。」郭璞注：「謂功業也。」《爾雅·釋言》：「浹，徹也。」郝疏云：「徹者，《説文》云：『通也。』《小爾雅》云：『達也。』《爾雅·釋訓》注：『徹亦道也。』『道』『達』義俱為通也。」是「浹」有「通」義也。《國語·晉語》「道遠難通」，韋昭注：「通，至也。」故「浹」可訓為「至」。

且夫賢君之踐位也，豈特委瑣握躖，拘文牽俗，脩誦習傳，當世取説云爾哉

「握躖」二字，《史記》《漢書》並作「握躖」，集注本、尤本、胡刻本並作「喔躖」，五臣本、袁本並作「齷齪」，四部叢刊本作「喔齪」。今從敦煌本注。

言「賢君」如禹及漢武，豈「握躖」等小兒，皆欲大其國事[一]。

[一]「大」與「待」同義，唐時，「大」與「待」同音通用（蔣禮鴻《敦煌變文字義通釋》第四次增訂本一七五頁）。

必將崇論閎議

「閎」，《史記》、五臣本、袁本並同，集注本誤作「劾」，《漢書》作「谹」，尤本、胡刻本並作

『呟』，今從此敦煌本注。

『崇』，高[一]**。『閎』，大**[二]**。謂開夜郎。**

[一]『崇』，底本作『嵩』，此二字通用。

[二]『閎』，底本只書一部首『門』，恐為『閎』之闕誤，今改正。

疏證 案《爾雅·釋詁》：『崇，高也。』《文選·羽獵賦》『涉三皇之登閎』，李善注引韋昭説云：『閎，大也。』又《漢書·儒林（張山拊）傳》『入則鄉唐虞之閎道，王法納乎聖聽』，師古注：『閎，大也。』

故馳騖乎兼容苞舉

『苞舉』二字，《文選》各本、《史記》《漢書》並作『并包』，今從此敦煌本注改。

『兼容[一]**苞舉』，言傍通天下。**

[一]『容』，底本誤作『客』。

而勤思乎參天貳地

《易》云[一]**：『三天兩地。』**[二]**天陽，故『三』。地偶，故言『二地』**[三]**。**

[一]『云』，底本誤作『之』。此二字常常互訛。

[二]《易·説卦傳》云：『參天兩地而倚數。』韓康伯注云：『參，奇也；兩，耦也。七九陽數，六八陰數。』

[三]此四句十字，正確的説法應當是：『天陽而奇，故言三天。地陰而偶，故言二地。』此注摘字備考，而過於簡略。

浸淫衍溢

『浸淫衍溢』[一]，言多恩澤。

[一]『浸』，底本誤作『侵』，今據正文改。

今封疆之内

『今封壃[一]』，謂中夏及蜀也[二]。

[一]『壃』，底本誤作『墦』。『壃』乃『疆』（境）之俗字，『墦』乃墳墓。底本作『墦』，恐為『壃』字草體之訛。

[二]『也』，底本誤作『寸』，疑為『也』之殘誤，今改正。

而夷狄殊俗之國

『夷狄殊俗』，即夜郎等。

疏證 『郎』字，底本誤作『即』，恐涉上文『即』字而訛。

父兄不辜

『兄』，集注本、《史記》《漢書》並同；九條本、尤本、胡刻本、袁本、四部叢刊本、五臣本並作『老』。今從此敦煌本注。

父兄無辜罪，而被殺也。

係累號泣，内嚮而怨

『累』，《史記》《漢書》並同；《文選》各本並作『縲』。今從此敦煌本注。

言蠻夷皆然，無有主當[一]，故被係累[三]，皆號泣向中國也。

［一］『主當』，主領也，乃唐宋時之俗語。另外又可作動詞（主宰），如唐杜甫《病柏》詩：『偃蹇龍虎姿，主當風雲會。』浦起龍《讀杜心解》云：『主當，猶言主持。』北宋曾鞏《寄致仕歐陽少師》詩云：『主當西湖月，勾留潁水春。』

［一］『係』，底本誤作『保』，形近而訛，今改正。

蓋聞中國有至仁焉，德洋恩普，物靡不得其所

言道猨郎之等［一］。**『聞中國有至仁』，謂武帝。『靡』，無。**

［一］『道』與『導』同義。『郎』，底本作『既』，恐形近而訛。

『之等』，表同類的連語助詞，乃當時之俗語。此用例，又見上文第一一二行。

疏證　案：《爾雅·釋言》：『靡，無也。』《毛詩·邶風·泉水》『有懷于衛，靡日不思』，鄭箋：『靡，無也。』

今獨曷為遺己

『曷為遺己』［一］，**棄夜郎之民而不教之**［二］。

［一］底本無『曷』字，此處空一格，恐原本不清晰所致，今據正文補。

［二］『郎』，底本誤作『明』，蓋『郎』『明』二字草體相似而訛，今據文意改。

戾夫為之垂涕

『戾』，當為臺隸字［一］。

[一] 該注為此敦煌本注唯一的文本考訂。『臺隸』，地位最低的奴僕。『戾』與『隸』同音。

南馳使以誚勁越

『誚』，責[一]。

[一] 此訓釋，《文選集注》卷八八引《文選鈔》所釋同。『誚』，底本誤作『消』，今據正文改。

疏證 案《史記·黥布傳》：『項王由此怨布，數使使者誚讓召布。』集解引《漢書音義》云：『誚，責也。』

四面風德，二方之君，鱗集仰流，願得受號者以億計

四面□□[一]**，猤狼、滇池**[二]**，願歸漢受號**[三]。

[一] 此處空二格，恐為原本正文之『風德』二字，或為其譯文之『化德』二字。

[二] 『猤狼』，夜郎國（貴州省）；『滇池』，滇池國（雲南省），二國當時屬西南夷，此乃正文『二方』之具體所指。

底本『猤』誤作『掖』，『滇』誤作『憤』，蓋形近而訛。『夜郎』『滇池』二夷之名，又見於上文第五行『當漢武帝建元五年，知通夜郎、滇池』（司馬相如《喻巴蜀檄》）。

[三] 『受』，底本誤作『孚』，與此同例者，又見上文第二二〇行『即孚（受）之安如也』。

故乃關沬若，徼牂牁

沬、若水上為『關』[一]。『徼』，繞為柵塢[二]。『牂牁』，郡名，言為『關』『柵』也。

[一]『沬』，底本誤作『味』，今據正文改。

[二]《史記·司馬相如傳》『南至牂牁為徼』，索隱云：『張揖曰：「徼，塞也，以木柵水為蠻夷界。」』張揖之說，與敦煌本此注同。《文選集注》卷八八引《文選鈔》，亦引上述之張揖說。

鏤靈山，梁孫原

『鏤』者，鏤鑿通之[一]，令□通中國[二]。『孫原』，水名[三]。言樑區來歸漢[四]，繞領得之[五]。

[一]下一『鏤』字，疑衍。《文選集注》卷八八引陸善經注云：『鏤，謂鑿通也。』

[二]『令』，底本作『今』，恐形近而訛。『通』字之上，或原為『鑿』字。

[三]『孫』，底本誤作『縣』；『水』，底本誤作『火』，並形近而訛，今據正文及李善注改。

[四]『樑區』，語義未詳，或指通好地域。

[五]『繞領』，語義未詳，或有『總括』之意。

遠撫長駕

『遠撫長駕[一]』，謂撫御得夜郎等，路開。

[一]『遠』，底本作『袁』，當為『遠』之闕誤。

使疏逖不閉

『逖』，遠也[一]，不閉塞之[二]，使通。

[一]《文選集注》卷八八引《文選鈔》云：『逖，遠也』，與此訓釋同。

[二]『閉』，底本作『開』，疑涉上文之『開』而訛，今據文意改。

疏證 案《尚書·牧誓》『逖矣西土之人』，偽孔傳：『逖，遠也。』又《史記·司馬相如傳》『逖聽者風聲』，集解引徐廣說云：『逖，遠也。』

曶爽闇昧

『曶』蒲没闇也。『爽』，明也[一]。『曶爽闇昧』，謂狂（以下闕）

［一］《書·牧誓》『時甲子昧爽』，孔傳：『爽，明。』李善注亦引孔傳。然而，《文選集注》卷八八引《文選鈔》云：『爽，不明也。』五臣注（李周翰）云：『曶爽，未明也。』並與此敦煌本注異。